SCHMITTS FALL

MANFRED KLIMANSKI

Schmitts FALL

EIN OSTRATAL-KRIMI

ZUM BUCH

Der Solo-Oboist des Sinfonieorchesters der fiktiven Stadt Ostratal wird wegen sexuellen Missbrauchs einer jungen, geistig zurückgebliebenen Frau erpresst. Der etwas heruntergekommene Privatdetektiv Heinz Schmitt soll den Erpresser ausfindig machen. Schmitt stößt bei seinen Ermittlungen auf den Betrieb einer Behindertenwerkstätte, in der junge Menschen mit geistiger Behinderung an ein Netzwerk von Prominenten der Stadt verkuppelt werden. Bevor er jedoch Ergebnisse erzielt, geschieht bei der Geldübergabe ein Mord. Und Schmitt hat das zweifelhafte Vergnügen, in den Besitz der vereinbarten Summe zu kommen.

Durch einen weiteren Mord muss er mit seinen Recherchen wieder bei null anfangen. Dabei macht Schmitt mehr und mehr Bekanntschaft mit Musikerinnen und Musikern aus der klassischen Szene und wird tief in deren Gedanken- und Lebenswelt gezogen. Die Polizei tappt im Dunkeln. Die Spurenlage ist dünn, auch wenn sich die Machenschaften innerhalb der Behinderteneinrichtung zunehmend aufhellen. Da die Staatsanwaltschaft dem zuständigen Kriminalkommissar die weiteren Ermittlungen in diesem Betrieb untersagt, ist der Privatdetektiv auf sich gestellt. Nur durch einen Zufall kommt Schmitt der Aufklärung doch noch näher, gerät dabei allerdings selbst in höchste Lebensgefahr.

„Denn während sich so mancher Möchtegern-Krimischreiber allzugern in den Tiefen des Deskriptiven verirrt, hat Klimanski eine tragende Geschichte ersonnen,die er mit feinsten Krimizutaten wie Mord, Erpressung und ein bisschen Sex aufbaut, dramaturgisch sauber hinlegt und die selbst erfahrene Krimileser bis zur Zielgraden des Buches im Unklaren lässt, wer denn nun der Täter ist."

Badische Zeitung Freiburg

„Ich kann Ihnen nur sagen, dass ich den zweiten Fall gerne lesen werde. Ich bin zu gespannt, wie der Autor die Fäden dieses besonderen Protagonisten Schmitt bewegen wird. Und ich glaube, dass Sie es im tiefsten Inneren auch sein werden."

Thriller-Nord (Italien) Laura Salvadori

Für meine „olle Karen“ (sie weiß dann schon ...)

Eine Ähnlichkeit der Figuren dieses Romans mit lebenden oder toten Personen ist nicht beabsichtigt und wäre rein zufällig. Soweit Personen der Zeitgeschichte in diesem Roman namentlich genannt werden, sind deren Hintergründe eher erfunden als wahr.

PERSONENREGISTER

Heinz Schmitt (51), *Privatdetektiv*

Dr. Susanne Mälis (51), *dessen Ex-Gattin, Musikwissenschaftlerin*

Rolf Herkenrath (Mitte 40), *Solo-Oboist*

Aline Herkenrath (Mitte 40), *dessen Gattin, Pianistin*

Gernot Ruf (Mitte 40), *Geiger*

Sonja Ruf (etwa 40), *dessen Gattin, Klavierlehrerin*

Silke Ruf (23), *deren Tochter*

Mischa Ruf (2o), *deren Sohn, Student*

Herbert Laile (Mitte 40), *Solo-Schlagzeuger*

Ingo Harbrecht (35), *Solo-Posaunist*

Paolo Terrini (weit über 60), *Generalmusikdirektor*

Andreas Bellheim (49), *Orchester-Intendant*

Robert Heinke (Anfang 60), *Kioskbesitzer*

Achim Röllke (über 60), *dessen Cousin*

Gerd Armbruster (etwa 50), *Sozialarbeiter*

Peter Ringwald (61), *Leitender Kriminalhauptkommissar*

Michael Kohl (alterslos), *Kriminalhauptmeister*

Karsten Berger (38), *Leitender Oberstaatsanwalt*

IMPRESSUM

Manfred Klimanski „Schmitts Fall"

Dritte überarbeitete Auflage Juni 2024

Umschlaggestaltung und Satz: Saskia Bannasch
Herstellung und Verlag:
BoD – Books on Demand, Norderstedt

ISBN 978-375-838-832-3

DIE OBOE

KAPITEL 1

„Schmitt!"
Die Stimme klang – unnett. Diese Bezeichnung traf es noch am ehesten, fand Rolf Herkenrath.
„Äh, bin ich da mit der Detektei Schulzenrieder verbunden?"
„Ja."
Immerhin keine Umschweife, dachte Herkenrath.
„Kann ich bitte mit Herrn Schulzenrieder sprechen?" *Oder Frau*, fügte Herkenrath im Stillen politisch korrekt hinzu.
„Nein, niemand da außer mir. Alle unterwegs."
Oh, Herr Schmitt geruht doch wenigstens zu erklären, dachte Herkenrath, diesmal spöttisch.
„Und wer sind Sie?", fragte Schmitt.
„Mein Name ist Rolf Herkenrath."
„Aha, und Sie rufen an wegen ...?"
„Das würde ich lieber mit Herr Schulzenrieder selber besprechen."
Herkenrath erlaubte sich diesmal den Verzicht auf die gedachte Frau.
„Sagen Sie's mir, ich vertrete Herrn Schulzenrieder. Er ist ständig unterwegs." Schmitt wurde ausführlich.
In Ordnung: Herr. Soviel wusste er nun. Herkenrath sah klarer. Wenn auch die Frage blieb, wie und wem das nützen sollte.
„Ich werde erpresst", offenbarte sich Herkenrath.
„Weswegen? Womit? Wieviel?"
Damit kam Schmitt ohne Umschweife auf die zentralen Fragen jeder Erpressung.
„Nicht am Telefon," verlangte Herkenrath.
„Gut, dann kommen Sie morgen früh um zehn in mein Büro. Die Adresse haben Sie?"
Schmitt klang, nett hin, unnett her, doch souverän und kompetent.
„Nein, zehn geht nicht. Da bin ich unaufschiebbar beruflich verhindert", sagte Herkenrath bedauernd. „Zwei Uhr am Nachmittag wäre okay."
„In Ordnung", erwiderte Schmitt. „Sie wissen, wo?", wiederholte er.

„Ja, Langgasse zwei im zweiten Obergeschoss".
„Gut, dann sehen wir uns morgen", schloss Schmitt das Telefonat ab.
Die Woche fängt ja gut an, dachte Schmitt bei sich. *Ich weiß gar nicht, warum alle immer was gegen den Montag haben.*

„Wer erpresst Sie weswegen? Und was hat derjenige gegen Sie in der Hand, besser gesagt, womit werden Sie erpresst? Und wieviel Geld oder welche sonstige Leistung wird von Ihnen verlangt? Und hätten Sie das, beziehungsweise könnten Sie diese erbringen?"

Schmitt kam am nächsten Tag gleich umfänglich zur Sache. Herkenrath schaute sich im Büro um. Ein leerer Schreibtisch Marke *zum dritten Mal gebraucht*, ein Beistelltisch mit Laptop, ein Stuhl hinter, ein Stuhl vor dem Schreibtisch. Ein geschlossener Rolladenschrank, ein ebenfalls geschlossener Beistellschrank von derselben Marke wie der Schreibtisch. Kein Teppich auf dem leicht angeschmuddelten Laminatboden. Nur ein billiger Kalender an den ansonsten kahlen Wänden. Kunststoffjalousetten an den Fenstern, die in den Innenhof zeigten, backside. Kein Vorzimmer. Eine weitere Tür, wahrscheinlich zum WC. Kein Deut Geruch nach Erfolg. Im Hausflur ein billiges Schild „Detektei Schulzenrieder – Tag und Nacht erreichbar persönlich oder unter der Telefonnummer ...". Das gleiche Schild unten neben der Haustür, nur mit dem Zusatz „2. OG links".

Schmitt war um die fünfzig, kurzer Sparschnitt Marke Eigenbau auf dem Kopf, unrasiert, blass, nicht dünn, nicht dick, schmale Lippen, schmale Augen, alles schmal. Billige Hose, billiges Hemd, Aldi 7,50 Euro. *Alles billig, billig*, dachte Herkenrath. Schulzenrieder war offensichtlich nicht mit einem dicken Konto gesegnet, oder er war geizig, oder beides. Leistete sich aber einen Mitarbeiter.

Herkenrath war nicht begeistert. Aber schließlich hat Kollege Laile die Detektei empfohlen, überlegte er. Sie habe ihn in seiner Scheidungssache zügig, diskret und vor allem erfolgreich bedient. Ich muss Laile unbedingt fragen, ob er auch mit diesem Herrn Schmitt zu tun hatte.

„Wo arbeitet Herr Schulzenrieder, wenn er denn mal da ist?"

„Wir wechseln uns ab. Quasi Schreibtisch-Sharing", witzelte Schmitt. Überraschenderweise. „Also noch einmal: Wer, weswegen, womit, wieviel!"

Herkenrath wurde nervös. Verlegen pfriemelte er an seinen Fingern herum.
„Ich soll eine junge Frau vergewaltigt haben."
„Und? Haben Sie?" Schmitt fragte das in einem völlig geschäftsmäßigen Ton.
„Nein."
Herkenrath wurde nachdrücklich, wenn auch mit einem leichten Zittern in der Stimme.
„Ich hatte zwar Sex mit ihr, aber einvernehmlich."
„Schön gesagt. Und warum sind Sie dann bei mir?"
„Das Mädchen ... die junge Frau ... " Herkenrath blickte zu Boden. „Sie ist dreiundzwanzig Jahre alt und geistig leicht behindert. Ich bin einundvierzig und verheiratet. Ihr Vater ist ein Freund von mir. Es war ... Es gibt missverständliche Fotos."
„Haben Sie die Fotos dabei?"
Herkenrath reichte ihm fünf Abzüge. Schmitt sah darauf den nackten Herkenrath mit einem durchaus beachtlichen Ständer und eine ebenfalls nackte Schönheit in verschiedenen Stellungen, zweimal offensichtlich in einem Wohnzimmer auf einer Couch beziehungsweise einem Teppich und dreimal in einem anderen Raum, wahrscheinlich einem Kinderzimmer auf dem Parkett- oder Laminatboden, vier Hände und zwanzig Finger an und in allen möglichen Körperteilen und -öffnungen. Den unten rechts stehenden Angaben über Datum und Uhrzeit nach wurden die Fotos an zwei verschiedenen Tagen und jeweils nachmittags gemacht.
„Wie oft haben Sie sie denn 'einvernehmlich' gevögelt?", wollte Schmitt wissen.
Der Sarkasmus des *einvernehmlich* war unüberhörbar.
„Also", stammelte Herkenrath, „also ich bitte Sie um einen anderen Ton. Lassen Sie diese Ausdrücke!"
„Wie oft?"
„Drei- bis viermal."
„Sowas wissen Sie nicht genauer?"
„Okay, genau siebenmal."

„Und warum wollen Sie zahlen?"
„Meine Frau würde sich scheiden lassen und das will ich nicht. Mein Freund würde mich totschlagen. Und meine Stellung im Orchester wäre flöten ..."
„Welche Summe wird von Ihnen verlangt?"
„Zwanzigtausend Euro."
„Und? Haben Sie die?"
„Ja. Ich verdiene als Solo-Oboist im hiesigen Sinfonieorchester nicht schlecht und meine Frau ist vermögend."
„Und Sie können ohne Mitwissen Ihrer verehrten Gattin zwanzigtausend Euro loseisen?"
„Ja. Ich habe ein Konto in Luxemburg, auf das ich meine Nebeneinkünfte einzahle. Musiker lassen sich ja gerne bar bezahlen. Meine Frau weiß nichts davon."
„Und das Finanzamt auch nicht."
Herkenrath verzog das Gesicht ob dieses Einwurfes.
„Und was wollen Sie von mir?", fuhr Schmitt fort.
„Dass Sie den Erpresser ausfindig machen. Entweder schon vor oder spätestens bei der Geldübergabe. Und dass Sie ihn" (oder sie, Herkenrath stolperte ständig über diese korrekte Geschlechterzuordnung) „mundtot machen, ausschalten, abschalten, egal."
„Mein Honorar beträgt zweihundertfünfzig Euro am Tag plus Spesen, das wissen Sie?"
„Was? Das ist ja ... Das sind ja ...„ Herkenrath rechnete in aller Schnelle nach „Siebentausend Euro im Monat, im Schnitt, ich meine ..."
„Ich habe meine betriebswirtschaftlichen Kalkulationen noch nie begründet und fange damit auch jetzt nicht an." Schmitts Lippen wurden noch schmaler. „Außerdem erhalte ich pauschal fünfzig Euro Spesen pro Tag. Natürlich rechne ich die mit Belegen ab. Benötige ich weniger, zahle ich die Differenz zurück; brauche ich mehr, geht das auf meine Kappe. Das ist doch fair." Schmitt war eisig. „Darüber gibt es keine Diskussion. Basta."
Herkenrath fühlte sich überfahren. Er war unsicher, ob er diesem ihm zutiefst unsympathischen Mann, der keinerlei

Empathie zeigte, nicht die geringste Gefühlsregung, sein Problem überlassen wollte. Einem Mann, dem es offensichtlich völlig egal war, ob Herkenrath tatsächlich eine geistig behinderte Frau mehrfach vergewaltigt, missbraucht, sexuell genötigt hatte, wie auch immer. Wichtig waren Honorar und Spesen. Aber andererseits: Er brauchte ihn. Er hatte Angst; die Furcht breitete sich in den letzten Tagen immer stärker vom Magen bis in die Herzgegend aus. Sie beeinträchtigte ihn jede Minute. Beruflich und bei allem, was er tat. Im Wachzustand wie im Schlaf.

„In Ordnung. Akzeptiert. Aber befreien Sie mich von diesem Albtraum. Und übrigens: Nein, ich weiß nicht, wer mich erpresst."

„Dann woll'n wir mal. Ich benötige eine Menge Angaben Ihrerseits. Und noch eins: Honorar und Spesen bekomme ich bar auf die Hand."

Stück für Stück setzte sich für Schmitt ein klareres Bild des Geschehens zusammen. Wenn er es auch mühsam aus Herkenrath herausfragen musste. Herkenraths Bekannter, Gernot Ruf, ebenfalls Musiker, Lehrer für Violine an der örtlichen Musikschule, hatte eine Tochter namens Silke. Ausgesprochen hübsch, dreiundzwanzig Jahre alt, geistig behindert. Sie besaß das intellektuelle Niveau einer sechsjährigen, den Körper allerdings einer altersgemäß reifen Frau und das Gesicht einer Schönheit. Lange honigblonde Haare, grüne, etwas schrägstehende Augen, ein voller Mund, hohe Wangenknochen. Sie hing jedoch völlig von ihren Eltern ab, Gernot und Sonja. Rolf Herkenrath war mehr oder weniger ständiger Gast im Hause Ruf. Dort wurde mit einigen Kollegen aus dem Orchester an Kammermusikstücken in verschiedenen Besetzungen gearbeitet, am Klavier teils Sonja Ruf, teils Aline Herkenrath, Ehefrau von Rolf Herkenrath. Auch sie Pianistin, von Haus aus vermögend, aber laut Herkenrath weder großzügig noch großherzig. Durch diese musikalische Zusammenarbeit ergaben sich gemeinsame Essen, Ausflüge und Veranstaltungen. Für Silke wurde Herkenrath zu Onkel Rolf.

Und wie es so läuft, eines Tages am Nachmittag ... Silke war, was selten vorkam, allein zu Haus und nicht wie üblich beschäftigt in einer beschützenden Werkstatt in der Nähe. Rolf Herkenrath schaute aufs Geratewohl herein. Eine Melange aus kindlicher Unbefangenheit Silkes und einem sich möglicherweise aus einem gewissen Ehefrust ergebenden Blutstau in der Mitte von Herkenraths ansehnlichem Körper führte über anfänglich spielerisches Berühren, Streicheln und zärtliches Entkleiden schließlich zum laut Herkenrath einverständlichen erstmaligen Sex.

Jedenfalls wehrte sich Silke nach seiner Aussage nicht. Sie schien den Sex zu genießen, zumindest bis zum Eindringen Herkenrats in ihren Körper. Das versuchte sie abzuwehren, aber Herkenrath war inzwischen dermaßen erregt, dass er schon nach dem ersten Stoß kam, so dass Gewalt laut seiner Aussage auch zu diesem Zeitpunkt nicht im Spiel war. Anschließend säuberte er sich, sie und die Couch der Rufs, nahm Silke das Versprechen ab, niemandem etwas zu sagen, gab ihr zur Motivation zwanzig Euro *für ein Eis* („viel Geld für Silke!"), noch einen onkelhaften Kuss und ging. Für die nächsten Male passte er, diesmal ganz gezielt, noch weitere Gelegenheiten ab. Überwiegend, wenn das auch ein bisschen blöde klänge, erfolgreich. Immer nach demselben Muster, immer mit Silkes Abwehr vor seinem Eindringen, immer mehr allerdings mit der stärkeren Absicht, dem stärkeren Willen seinerseits. Er, Herkenrath, könne sich nicht vorstellen, wer die Fotos geschossen haben könnte, wann und vor allem wie und immerhin ja auch an verschiedenen Wochentagen. Nicht allerdings bei den ersten zwei Gelegenheiten, davon war kein Bild dabei. Wichtig sei ihm die Erwähnung seines Eindruckes, dass Silke mit ihm nicht ihre ersten sexuellen Erfahrungen gemacht hatte. Bis auf die fast schon panische Angst vor dem Eindringen seines Gliedes in ihre Vagina hatte sie ohne Scheu seinen Schwanz in die Hand genommen, seine Hände auf all ihren Körperteilen zugelassen, seine Zunge geduldet, wo auch immer er sie eingesetzt hatte. Ihm waren nie Personen in der Nähe aufgefallen, kein Schattenhuschen an den Fenstern.

Der Sex fand immer im Haus der Rufs statt, zumeist im Wohnzimmer auf der Couch oder dem Fußboden, zweimal in Silkes Zimmer. Deshalb musste derjenige, der die Fotos gemacht hatte, sich im Hause aufgehalten haben. Dies allerdings hätte ihm doch auffallen müssen, schließlich habe er als Musiker ein feines Gehör und würde bei aller Erregung durchaus das Klicken oder Summen eines Fotoapparates mitbekommen.

Schmitt übernahm den Fall, die Fotos, einen Vorschuss von zweitausendeinhundert Euro für sieben Tage und verlangte von Herkenrath, die Zahlung an den Erpresser auf diesen siebten Tag festzulegen. Mit der Begründung, vorher könne er, Herkenrath, das Geld eben nicht besorgen. Das müsste dem Erpresser genügen. Sieben Tage brauche er, Schmitt, um das gesamte geschilderte Umfeld zu sondieren, dem Erpresser nahe zu kommen und ihn eventuell bereits vor der Geldübergabe zu

entlarven. Spätestens bei dieser werde er dem Erpresser *an die Gurgel gehen*, Fotos und Geld sicherstellen, dem Erpresser eindringlich beibringen, zukünftig auf andere Weise sein Geld zu verdienen und damit seinen Auftrag abschließen.
Herkenrath murrte zwar ob der zu bezahlenden sieben Tage, das sei doch irgendwie unnötig, Schmitt könne doch gleich in den nächsten ein oder zwei Tagen zu einer entsprechend verabredeten Geldübergabe mitkommen und den Erpresser (*oder die Erpresserin,* wie er automatisch mitdachte) dingfest machen. Er, Schmitt, wolle doch wohl nicht nur sein Honorar in die Höhe treiben. Nachdem Schmitt ihm jedoch erklärt hatte, dass seine Chancen, aus der Sache völlig heil herauszukommen, erheblich stiegen, wenn Schmitt den Erpresser so früh wie möglich stellen konnte, auf jeden Fall vor der Geldübergabe, einigten sie sich auf die Sieben-Tage-Frist.

KAPITEL 4

Schmitt war sich im Klaren darüber, dass er keine sieben Tage benötigen würde, um den Erpresser zu stellen. Das passierte am ehesten bei der Geldübergabe.

Aber zum einen brauchte er das vereinbarte Honorar dringend, zum anderen hatte Herkenrath offensichtlich Geld übrig und zum Dritten wollte er tatsächlich ermitteln. Er hatte im Moment keinen anderen Klienten. Seine seit langem von ihm geschiedene Frau hatte zwar keine Ansprüche gegen ihn, aber auch ohne eine solche Belastung lebte er von der Hand in den Mund. Als promovierte Musikwissenschaftlerin war sie durch einige Lehraufträge, Veröffentlichungen und Vortragsreisen ganz gut im Geschäft. Und Kinder gab es nicht. Sie führte ihm netterweise den einen oder anderen Klienten zu, denn sie verfügte über ausgezeichnete Kontakte in die Kunst-, Musik- und auch in die gehobene Bildungsbürgerszene. Dafür war er ihr im Rahmen seiner mittlerweile etwas gefühlsarmen Persönlichkeit dankbar. Er hatte zweimal vergebliche Anläufe zum ersten juristischen Staatsexamen unternommen. Nach mehr oder weniger befriedigenden siebzehn Jahren als Schadenssachbearbeiter bei einer mittelehrlichen Versicherung wurde er wegen vermeintlicher, aber nie bewiesener Mittäterschaft in einem zwar vorsätzlichen, jedoch lächerlichen Versicherungsbetrug in hohem Bogen rausgeschmissen. Und nun schlug er sich seit neun Jahren als Gründer, Geschäftsführer, Eigentümer und einziger Mitarbeiter der Detektei Schulzenrieder durch, für die er den Geburtsnamen seiner Mutter verwendete. Besser, sich hinter diesem zu verstecken.

Welch eine Zerstörung lang aufgegebener Illusionen. Welch ein Abstieg aus luftigen Schlössern. Wenn Schmitt nicht mittlerweile kalt wie eine Hundeschnauze wäre, müsste seine Seele in einem Meer von Tränen ertrinken. Ein paar abgetragene Klamotten, ein roter, klappriger Peugeot 306, genau wie er selbst in die Jahre gekommen, eine von seinen Eltern geerbte, unbelastete Zweizimmer-Eigentumswohnung in der

Falkensteinstraße, ein paar ebenfalls geerbte Möbel waren sein ganzer Besitz. Ab und zu ein Honorar wie jetzt das von Herkenrath.
Wie gut, dass seine Ex damals ihren Mädchennamen beibehalten hatte. So kam niemand, dem sie seine Detektei empfahl, auf die Idee, dass es sich dabei um persönliche Hilfsmaßnahmen handelte. Schmitt revanchierte sich, indem er ihre Kreise mied, in denen er sich früher bewegen musste: Aufgeblasene Schwätzer, versteckt hinter ihren Masken großbürgerlicher Anständigkeit. Bei Empfängen unerträglich, wenn auch privat möglicherweise ganz angenehm. Konzert-Abo mit weihevoller Musik und Atmosphäre. Konzertpausengeschwafel und hinterher *backstage* dito Gesülze mit den Musikern, die doch zumeist nur sehnlichst auf ein Bier aus waren. Gut: Die *Bildenden* waren noch schlimmer, wenn auch nicht so opportunistisch.
Und Herkenrath: Immerhin hatte er nicht diesen schmallippigen, engherzig kleinen Mund, den Oboisten nach Meinung von Schmitt unabänderlich brauchen, um die Atemluft in das dünne Röhrchen zu blasen. Groß war Herkenraths Mund allerdings auch nicht. Und offensichtlich hatte sich sein Hirn beim Pressen der Luft in die Oboe verflüchtigt. Sonst müsste dort oben im Kopf doch wenigstens ein bisschen Blut angekommen und nicht ausschließlich in der Mitte seines Körpers in den kleinen Herkenrath geflossen sein.
Schmitts Gedanken waren wieder mal nicht zu bremsen, misanthropisch, mies, fies, negativ. Er riss sich zusammen, trank einen Korn und dann noch einen. Freundlicher ging es in seinem Kopf trotzdem nicht zu.
Die dringlichsten Fragen für Schmitt lagen auf der Hand:
Wer hatte die Fotos geschossen?
Wie kamen sie zu Stande, wenn keine versteckten Kameras im Hause Ruf installiert waren (was absurd gewesen wäre)?
Wurde zufällig fotografiert, in einem (un)glücklichen Moment, oder planvoll und auf Herkenrath abgezielt, oder war ein professioneller Erpresser tätig geworden?
War überhaupt der Fotograf der Erpresser oder hatte jener die Fotos weitergegeben? Warum wurde untypischerweise ein so

hoher Einmalbetrag verlangt, auch wenn dieser natürlich nicht als einmalig garantiert war, statt eher leistbarer, niedrigerer Monatsteilbeträge?
War das etwa doch ein Amateur, der die Gunst der Stunde nutzte?
Er musste unbedingt noch heute Nachmittag mit Herkenrath sprechen, mit dem er auch zu klären hatte, wie der Erpresser weiter mit ihm in Kontakt bleiben wollte. Sein Handy klingelte. Herkenrath.
„Herr Schmitt, der Erpresser hat sich eben telefonisch gemeldet."
„Erstmal guten Tag oder wenigstens 'Hallo, Herr Schmitt'. Oder ist es bei Musikern nicht mehr...."
„Jetzt pampen sie nicht rum. Ich soll das Geld in drei Tagen, also am Freitag bereithalten. Er hat in keiner Weise mit sich reden lassen. Die Art der Scheine ist ihm egal. Der Treffpunkt wird noch mitgeteilt."
Herkenrath klang außerordentlich nervös, geradezu fahrig. „Haben Sie die Stimme erkannt?", erkundigte sich Schmitt.
„Nein, ich konnte auch nicht hören, ob männlich oder weiblich."
„Na gut, wir müssen uns sowieso treffen. Ich habe da noch einige Fragen. Und übrigens: Der Vorschuss bleibt trotzdem in der verabredeten Höhe!"
Schmitt war im Gegensatz zu Herkenrath überhaupt nicht nervös.

Herkenrath ist ein schwanzgesteuerter Idiot, dachte Schmitt am nächsten Tag. *Und es ist völlig in Ordnung, dass er abkassiert wird. Aber Auftrag ist Auftrag.* Er stieg in seinen Peugeot, bog von der Falkensteinstraße rechts in die Hermannstraße, fuhr diese bis zum Brunnenplatz und dann weiter durch die Schillerstraße. Schließlich war er in dem Viertel, in dem das Haus der Rufs stand.

Der Neufelsring stieg langsam an und schlängelte sich dann in langen Kurven auf den Hügel mit den Villen der Chefärzte, Intendanten, Profiteuren großer Betrügereien und Steuerhinterziehungen nebst den hilfreich dazu die Hand reichenden Rechtsanwälten. Verleger, Vorstände großer Unternehmen, Erben großer Vermögen, stilles und lautes Geld, alles Schmitts Lieblinge aus der sogenannten besseren Gesellschaft dieser Stadt. Am Beginn des Aufstiegs dieser Straße sowie der Karrieren standen die kleineren Einfamilienhäuser wie das von Sonja und Gernot Ruf. Auf den ersten Höhenmetern bereits die wuchtigeren Häuser mit den schickeren Autos davor und danach, wie gesagt ...

Das Grundstück der Rufs im Neufelsring drei war verblüffend groß, nicht protzig groß, aber mehr als hinten und vorne nur ein Rasen in Handschuhbreite. Die Fenster des Erdgeschosses, soweit von der Straße aus zu sehen, waren altmodisch geschnitten mit je zwei gleichgroßen Flügeln. Die Eingangstür war aus Holz, jedenfalls wirkte das von Schmitts geparktem Auto aus so, mit einem kleinen verglasten Guckloch auf Augenhöhe. Schmitt nahm an, dass man auf den hinteren Teil des Grundstücks über eine Terrasse gelangte. Das erste Obergeschoss wies ähnlich geschnittene, wenn auch kleinere Fenster auf.

Das Dach, ein Flachdach mit leichter Neigung, war mit Sonnenkollektoren zugepflastert. *Da bin ich aber überrascht*, dachte Schmitt sarkastisch. Er schätzte die Wohnfläche auf gut und gerne 160 qm, rund 80 unten und 80 oben. Eine Garage mit Kipptor und ein Carport wiesen auf zwei Autos hin. Alles in allem eine gutbürgerliche Ausprägung aus den sechziger

Jahren in solider und gehobener finanzieller Ausstattung. Beachtenswert für ein Musiklehrerehepaar mit der einen oder anderen Mucke, stellte Schmitt fest. Das liegt durchaus über dem Durchschnitt der Einkommen von Musikern, die sich mit Unterricht und kleineren Konzerten über Wasser halten müssen. Aber was soll's, sofern nicht Gernot Ruf ein einträgliches Nebeneinkommen als professioneller Erpresser hat, geht mich das schließlich nichts an, sagte sich Schmitt. Da er nichts Besseres zu tun hatte, lümmelte er sich in seinen Fahrersitz, soweit es sein lädierter Rücken zuließ und nahm sich den *Volksboten* vor, die dünne, örtliche Zeitung, über deren ständige Schludrigkeiten in Text und Nachricht er sich merkwürdigerweise über alle Maßen ärgern konnte.

Auch heute wieder an der Ankündigung eines Konzertes mit Cello, Violoncello und Klavier. Was, bitte schön, ist der Unterschied zwischen einem Cello und einem Violoncello, sinnierte Schmitt. Oder hier: Ein „Trio-Konzert mit xy (Viola) und blablabla (Violine)"! Ein Trio? Es war zum Aus-der-Haut-Fahren. Und dann auch noch „der aus Peking stammende Pianistin Soundso". Und das alles auf einer Seite derselben Ausgabe. Schmitt war so in Rage, dass er begann, die Druckfehler zu zählen.

Dabei übersah er beinahe den jungen Mann, der das Haus der Rufs verließ. Er war neunzehn, zwanzig Jahre alt, etwas dicklich, etwas plump, etwas weniger hübsch, auch wenn er diesen Eindruck durch Kultklamotten zu überspielen suchte. Er trug eine trendige Umhängetasche und bewegte sich Richtung Straßenbahnhaltestelle.

Schüler war er wohl nicht, schloss Schmitt, denn jetzt um zehn Uhr begann an keiner Schule der Unterricht. Eher ein Student, der zur Universität oder einer der Hochschulen ging. Und offensichtlich ein Bewohner des Hauses Ruf. Sohn, aufgenommener Austauschstudent, angenommenes Kind, naher Verwandter, gerettetes Straßenkind ...

Schmitts Gedanken schweiften ab und er rief sich zur Ordnung. Natürlich der Sohn des Hauses und Bruder von Silke Ruf. Er musste Herkenrath fragen, ob er mit dieser Vermutung richtig lag und warum er, Herkenrath, ihm nichts davon erzählt hatte. Denn das war nachgerade ein idealer Kandidat für diverse Fotoaufnahmen. Die Rufs besaßen zwar offensichtlich zwei Autos, aber ebenso offensichtlich nur sie und er, denn die Wagen fehlten. Für den Sohn war kein Parkplatz vorhanden. Vielleicht durfte er hin und wieder mal mit Mamas oder Papas Auto fahren, dachte Schmitt gallig. Und ein Motorrad oder eine der trendigen Vespa-Nachbauten waren auch nicht zu sehen. Möglicherweise wollte der Junge diesen Zustand bald durch eine größere Einnahme ändern.

Nicht weit von hier hatte Schmitt auf der Herfahrt einen Kiosk entdeckt. Eventuell lohnte es sich, mit dem Eigentümer zu plauschen. Außerdem spürte er ein Hungergefühl, denn sein Frühstück hatte heute Morgen wie jeden Morgen seit der Trennung und Scheidung von seiner Frau nur aus zwei Tassen Kaffee bestanden, wenn auch ohne die früher üblichen zwei Zigaretten. Und dann waren auch noch die betreuten oder beschützenden oder beschützten Werkstätten oder wie immer sie heißen mochten, der Arbeiterwohlfahrt oder Caritas oder von wem zum Henker hier in der Nähe. Die wollte er sich zunächst mit dem gebotenen Abstand mal genauer anschauen.

KAPITEL 6

Schmitt wendete und bog vom Neufelsring nach wenigen Metern rechts in die Schillerstraße ein, die nach etwa achthundert Metern in den Bismarckplatz mündete. Hier trafen sich zwei Straßenbahnlinien. Die eine führte ins Zentrum, die andere zur Universität und sowohl zum Theater als auch zum verhältnismäßig neuen Konzerthaus, dem „Klangpalast" der Stadt. Schmitt konnte direkt bei seinem Ziel parken, einem größeren Kiosk mit Stehtischen an der Seite und davor, einigen Sonnenschirmen und einem breiten Angebot an Druckerzeugnissen und Süßigkeiten jeder Art, einigen kleineren warmen und kalten Speisen sowie Getränken in breiter Palette. Genau so, wie es sein musste. Viel Betrieb war nicht. Schmitt als einziger Kunde sah sich einem rundlichen jovialen Mann Anfang sechzig gegenüber mit mehr Kahlheit als Haaren auf dem Schädel, aber einem herrlichen Schnauzbart und neugierig blickenden Augen.

„Tag".

Der Schnauzbart offenbarte einen Mund, der sich zuvor darunter verborgen hatte.

„Morgen", erwiderte Schmitt. „Ich hätte gerne eine Flasche Apfelschorle und ..." Er inspizierte die ausgelegten Brötchen „ ... eine Käsesemmel."

„Ein Glas zur Flasche?", fragte der Bart.

Schmitt nickte, erhielt das Gewünschte, zahlte und dachte wehmütig an die Zeiten zurück, als er gut ein Bier zum Brötchen vertrug und Getränke wie *Apfelschorle* noch nicht mal ignorierte.

„Na, viel los ist ja nicht".

„Nein, erst kurz vor Beginn des Unterrichts in der Schule und der Arbeitszeit, in den Schulpausen und den Mittagspausen, da ‚kracht die Schwarte'. Und auf den Heimwegen fällt auch noch was ab", erklärte der Kioskbetreiber bereitwillig.

Und zwischendurch kommen dann Typen wie du, dachte er.

„Sind ja dann wohl eher Stammkunden."

„Jepp".

Und wie um das zu untermauern, tauchte jetzt eine Mittfünfzigerin auf, der der Bärtige unaufgefordert und mit einem fröhlichen Gruß eine Zeitschrift reichte, ihre Grußerwiderung und die Bezahlung entgegennahm, um sich dann wieder Schmitt zuzuwenden.

„Laufkundschaft habe ich allerdings auch. Der Platz und die Straßenbahnkreuzung sind ideal. Ich muss direkt aufpassen, nicht zu reich zu werden."

„Dann will ich doch mal Ihren Reichtum mehren. Geben Sie mir wohl noch einen Kaffee? Schwarz und ohne Zucker bitte. Hier in der Nähe gibt es doch eine beschützende Werkstätte von der AWO oder von der Caritas oder so?"

„Nein, das ist eine, die von einer Kette namens LaboraVita geführt wird. Die ist schon noch ein Stück weit weg. Da vorne rechts in die Schützenstraße und dann nach etwa fünfhundert Metern wieder rechts in die Wohlgemuthstraße. Danach sind's noch etwa dreihundert Meter. Wieso fragen Sie?"

„Da wird die Tochter eines Bekannten betreut, die Silke Ruf", flunkerte Schmitt.

„Ach. Die süße Silke. So ein hübsches Ding und dann so zurückgeblieben. Eine Schande ist das. Übrigens: Ich heiß' Robert Heinke. Freut mich, einen Bekannten von Gernot zu treffen."

„Einen weitläufigen Bekannten", ruderte Schmitt etwas zurück, „über einen gemeinsamen Bekannten, der auch Musiker ist. Mein Name ist Schmitt. Einfach nur Schmitt!"

"Gott sei Dank ist ja der Mischa normal, wie man so sagt", fuhr Heinke fort. "Wenn er auch ganz im Vertrauen ein gewisses Früchtchen zu sein scheint. So'n bisschen verkorkst ist er ja wohl. Kein Wunder, wo die Eltern ihre ganze Liebe der Silke geben. Aber das wissen Sie ja auch."

Mannomann, dreimal hintereinander „Ja" und dann noch dieses blöde, falschgesetzte „Wo", dachte Schmitt. Immerhin wusste er jetzt, dass Mischa wohl der Sohn der Rufs war.

„Der Gernot bringt seine Silke sicher täglich mit dem Auto zu den Werkstätten", fuhr Schmitt äußerlich unberührt von Heinkes Sprachverhunzungen und den neuen Informationen fort.

„I wo. Gernot und seine Frau haben Silke den Weg antrainiert.

Und wenn es nicht gerade Katzen hagelt, geht sie zu Fuß. Morgens hin, nachmittags so gegen fünf zurück. Und da müssten Sie mal seh'n, wie die Männer der Silke hinterher gucken. Die jungen wie die alten. Und ich nehme mich da nicht aus. Sie läuft ja direkt an meinem Kiosk vorbei." Heinke kicherte. „Und manchmal kommt sie mittags zusammen mit ein paar anderen aus dem Heim auf einen Happen zu mir, dann ist aber ein Betreuer dabei. Das ist vielleicht ein komischer Kerl. Ich hätt' den nicht eingestellt."

Robert Heinke war in Fahrt. Offensichtlich weiß er alles aus dem Viertel und lässt auch alle an seinem Wissen teilhaben. *Die typische Plaudertasche, die darüber hinaus auch noch alles mitkriegt,* dachte Schmitt.

Indes fragte er: „Was meinen Sie mit komisch?"

„Ja, ich weiß nicht so recht. So'n bisschen linkisch, fast tuntig. Also ich jedenfalls würde ihm meine Kinder nicht anvertrauen. Vor allem, weil ich keine habe", witzelte Heinke. „Aber vielleicht tut das in so einer Einrichtung nichts zur Sache."

„Sind da eigentlich nur geistig oder auch körperlich Behinderte?" wollte Schmitt wissen.

„Nein, nein. Wohl nur geistig Behinderte, allerdings haben die teilweise auch körperliche Schäden. Und es sind alles Jugendliche so ab achtzehn oder junge Erwachsene wie die Silke. Aber jetzt muss ich in die Puschen kommen."

Heinke deutete nach halbrechts, von wo eine ganze Gruppe auf den Kiosk zustrebte, bei der es sich offensichtlich um Büroangestellte handelte, die zu einer frühen Mittagspause kamen.

Schmitt sah ein, dass ein weiteres Gespräch, zumindest jetzt, nicht möglich war, weil Heinke diese Gruppe im Gegensatz zu den vorherigen vereinzelten Kunden nicht nebenbei bedienen konnte. Aber er hatte mehr erfahren, als er erhofft hatte. Sohn Mischa ein Früchtchen? Der Betreuer merkwürdig? Und Silke zog die Blicke aller männlichen Wesen des Bismarckplatzes auf sich. Das bedeutete, dass sie wahrscheinlich keine Kleidung trug, die ihre körperlichen Reize verbarg. Und auch nicht wie ein kleines Mädchen sprang und trippelte und bummelte.

Dass sie vielleicht sogar die Blicke bemerkte, die sie auf sich zog? Und sie genoss?
Und was bringen mir diese Erkenntnisse, wenn es denn tragfähige sind, sinnierte Schmitt auf dem Weg zu seinem Peugeot und entschied nach einem Blick auf seine Uhr, sich doch noch auf einen Sprung zu dem Gebäude der Werkstätten zu machen. Er setzte kurz zurück und fuhr dann, wie von Heinke beschrieben, in die Schützenstraße und danach rechts in die Wohlgemuthstraße. Heinke konnte prima schätzen, bemerkte Schmitt anerkennend, denn fast genau nach dreihundert Metern fand er auf der gegenüberliegenden Straßenseite das tief nach hinten gezogene, zweigeschossige Anwesen der LaboraVita. Er parkte unmittelbar vor dem Haus. Und wartete.

Nach einer langen Weile öffnete sich der Haupteingang. Eine munter schwatzende Gruppe Jugendlicher trat auf die Straße. Mittendrin zwei Männer, die offensichtlich Betreuer oder Ausbilder oder ähnliches waren. Einer um die vierzig, schlank, das volle dunkle Haar kurz geschnitten, etwa 1,80 Meter groß. Der andere ... Schmitt konnte es kaum glauben: Gerd Armbruster. Wie er leibte und lebte. Kaum älter geworden, obwohl Schmitt ihn das letzte Mal vor neun Jahren gesehen hatte. Nicht übermäßig groß mit seinen 1,75 Meter. Kompakt, breite Schultern, kein übergroßer Bauchansatz erkennbar. Immer noch fast schulterlanges Haar, jetzt hinten zu einem Pferdeschwanz zusammengebunden, interessant graumeliert, dunkelbraun gebranntes Markantgesicht. Jeder Quadratzentimeter strotzte auf den ersten Blick vor Männlichkeit. Dazu natürlich passende Jeans, eng in Schritt und Hinterteil, lockeres T-Shirt und Boots. *Herrgottnochmal,* fluchte Schmitt in Gedanken, der Scheißkerl musste jetzt doch auch schon an die Fünfzig sein. Und ein kurzer Vergleich mit ihm brachte ihn fast zum Heulen. Gerd Armbruster. Der Kerl, dem er seinen Rausschmiss vor neun Jahren aus seinem Job bei der Versicherung zu verdanken hatte. Der ihn aus seinem ruhigen, okay: schon ein bisschen sehr spießigen Leben in dieses Schlamassel gebracht hatte. Der offensichtlich wieder auf die Füße gefallen war. Bester Laune, wie es aussah: fester Job, wieder mitten im Dasein. Allerdings war er wohl nie wirklich draußen gewesen, dieses Obermistschwein. Schmitt erinnerte sich so klar, als ob das alles erst gestern passiert wäre. Er war jahrelang als erfahrener Schadenssachbearbeiter bei der Garant-Versicherung AG zuständig für die Regulierung von Kraftfahrzeug-Unfällen. Gerd Armbruster wurde vorgeworfen, über einen Zeitraum von mindestens zweieinhalb Jahren Unfälle mit Autos fingiert zu haben, die alle bei der Garant versichert waren. Schmitt fiel wieder ein, dass Armbruster studierter Sozialarbeiter war, der mit straffälligen Jugendlichen zu tun hatte. Diese setzte er für seine Machenschaften ein. Dafür erhielten sie ein bisschen Kohle, viel Freiheit und vor allem immer außerordentlich gute Zeugnisse und Empfehlungen von Armbruster, ihrem Helden, ihrer Lichtgestalt, auch wenn sie wieder einmal anderweitig mit dem Gesetz in Konflikt geraten waren.

Ihm war in der Schadensabwicklung nie etwas Ungewöhnliches aufgefallen, zumal die beteiligten Autos in aller Regel auf unterschiedliche Namen zugelassen waren. Aber in der Zentrale der Garant befasste sich wohl jemand damit, Muster in den tausenden und abertausenden Versicherungsfällen aufzuspüren, auch in den Verkehrssachen. Und dem fiel auf, dass bei etwa dreißig Unfallschäden nicht alles mit rechten Dingen zuging. Schmitt wurde der Vorwurf gemacht, dieses Muster nicht erkannt zu haben. Er hatte schwere Kritik einstecken müssen und eine heftige Abmahnung. Das war's dann aber auch. Bis, ja bis herauskam, dass Armbruster als Kopf hinter allem steckte. Der aber machte einen Deal mit der Geschäftsführung, bevor eine Anzeige gegen ihn ergehen konnte. Er nannte seinen angeblichen Komplizen in der Versicherung, nämlich Schmitt („Sie werden ja wissen, dass ich eine solche langfristige und regelmäßige Betrügerei nie ohne Hilfe in Ihrer Versicherung durchführen konnte.").

Aufgrund dieses Geständnisses und des hoch und heiligen Versprechens, den Gesamtschaden von damals rund einhundertzwanzigtausend Euro in höchstmöglichen Monatsraten abzubezahlen, verzichtete die Garant auf eine Strafanzeige.

Ein öffentliches Strafverfahren wurde in solchen Fällen wegen der Negativwerbung allzu gerne vermieden. Und auch gegen Schmitt wurde aus denselben Gründen keine Anzeige erstattet. Aber er flog fristlos raus. Und musste sogar auf ein Zeugnis verzichten. Und damit er auch ja keine Kündigungsklage einreichte, wurde ihm großzügig die Beteiligung an der Rückzahlung des vermeintlich auch von ihm vorsätzlich verursachten Schadens erlassen. Zuckerbrot und Peitsche. Sein Anwalt, mit dem er damals noch befreundet war, riet ihm, dieses Angebot der Garant anzunehmen, da er gegen Armbrusters *Geständnis* nie und nimmer hätte anstinken können.
Armbruster war also wieder im Geschäft. Wieder mit Jugendlichen, diesmal mit behinderten. Schmitt hatte ein ungutes Gefühl. *Ich werde doch nicht in ein Wespennest stechen, überlegte* er.

KAPITEL 7

Schmitts Büro lag in der Langgasse, einer Seitenstraße der Hindenburgallee. Er ärgerte sich jeden Tag aufs Neue darüber, dass dieser Name nach wie vor die Straßenschilder verunzierte. Diesem Erzreaktionär und Antidemokraten wird im kollektiven Gedächtnis weiter gehuldigt, regte sich Schmitt regelmäßig auf. Und das Schlimmste ist, dachte er, dass es den meisten Mitbürgern egal ist und ein nicht geringer Teil der übrigen gar Sympathien für diese Namensgebung hegt. Das Gebäude war in den sechziger Jahren des vergangenen Jahrhunderts gebaut worden und befand sich wie ein Großteil des Viertels in einem vernachlässigten Zustand. Die Miete jedoch bewegte sich im unteren Bereich; Schmitt konnte sie gerade noch aufbringen. Er rechnete allerdings täglich damit, einen Brief des jetzigen Eigentümers zu erhalten, das Gebäude sei in das Blickfeld einer Heuschrecke geraten und deshalb leider und so weiter und so fort.

So wie er waren die meisten Mieter in Ein-Zimmer-Büros untergebracht, wenige in zwei Zimmern und nur eine Import-/Export-Firma verfügte über eine Fünfzimmer-Flucht. Die direkten Nachbarn Schmitts waren links ein Rechtsanwalt, wie Schmitt Alleinkraft, und rechts ein Naturheilkundler, immerhin mit getrenntem Warte- und Behandlungsraum. Von seinem Ausflug in die Wohlgemuthstraße zurückgekehrt, ließ Schmitt sich in seinem spartanischen Büro die bisherigen Ereignisse des heutigen vormittags nochmals durch den Kopf gehen. Dem potentiellen Erpresser war er zwar noch nicht näher gekommen. Aber merkwürdige Typen und Verhaltensweisen hatte er doch registriert. Wie hatte Heinke einen der Betreuer beschrieben? Linkisch bis tuntig! Als linkisch konnte man Armbruster nicht bezeichnen. Soweit sich Schmitt erinnerte, wirkte sein Verhalten allerdings teilweise etwas geziert, was unter Umständen als tuntig gedeutet werden konnte. Obwohl er sicher alles andere als schwul war.

Nach einer ausgiebigen Mittagspause, zu Hause in der Falkensteinstraße mehr auf dem Sofa liegend als am Esstisch sitzend

verbracht, rief Schmitt am Nachmittag Herkenrath an. Den erwischte er gerade in einer Probenpause.
„Guten Tag Herr Herkenrath, Sie erzählten mir gar nicht, dass Silke einen jüngeren Bruder hat, den Mischa", kam Schmitt gleich zur Sache.
„Aber das ist doch unwichtig", erwiderte Herkenrath gereizt.
„Unwichtig? Wer hat denn die Aufnahmen gemacht? Wissen Sie das schon? Nein! Sie sagten mir, es wäre niemand im Haus gewesen, als Sie und Silke Ihre Doktorspiele spielten. Und ich habe mir mittlerweile das Haus angesehen. Ich denke, es kann wohl ausgeschlossen werden, dass die Fotos durchs Fenster geschossen wurden."
„Wieso kann das ausgeschlossen werden?" Herkenrath wurde trotzig.
„Weil die Fenster zu klein für eine geeignete Perspektive sind, wenn Ihre Bumserei so stattgefunden hat, wie Sie sie mir geschildert haben."
„Herr Schmitt, ich bitte Sie wirklich ernsthaft, diese Ausdrücke zu lassen." Herkenrath war wieder rechtschaffen empört.
„Jaja. Außerdem: Wie sollten denn die Fotos im Obergeschoss gemacht worden sein? Ein Teil Ihrer ..." Schmitt legte eine Kunstpause ein "... Ihrer Aktivitäten fand doch in Silkes Zimmer im Obergeschoss statt, wenn ich Sie richtig verstanden habe."
„Wie auch immer. Mischa war das nicht. Silke und ich waren immer allein im Haus, wenn wir uns geliebt haben. Ich hätte ihn sicher gehört, wenn er zu Hause gewesen wäre."
„In seinem Zimmer? Auf Socken schleichend? Mit einem auf Videoaufnahme gestellten, wahrscheinlich supermodernen Smartphone oder gar Tablet? Da knackst oder zischt nix, lieber Herr Herkenrath. Davon kann man herrliche Standfotos ziehen." Schmitt war in Fahrt. „Und wenn Videoaufnahmen gemacht wurden, dann existieren vermutlich nicht nur die Fotos, sondern auch ein paar neckische, kleine Pornofilmchen, die jederzeit auf Youtube veröffentlicht werden können. Da ist der Effekt noch viel größer, als wenn sie nur Ihre Frau zu Gesicht bekommt."
Herkenrath reagierte verstört. So ganz drang das Gehörte offensichtlich noch nicht zu ihm durch.

„Aber Mischa kann das unmöglich gewesen sein. Er wird doch nicht seine eigene Schwester bei sowas filmen. Eher wäre er doch dazwischen gegangen."
„Gut, es kann auch ganz anders gewesen sein", lenkte Schmitt ein. „Wenn auch die Wahrscheinlichkeit sehr hoch ist, dass Mischa die Fotos gemacht hat. Und woher wussten Sie eigentlich immer, wann die Eltern nicht zu Hause waren?"
„Wenn beide Autos fehlten, waren sowohl Gernot als auch Sonja nicht da. Und beim ersten Mal stand zwar Gernots Auto in der Garage, sonst hätte ich ja gar nicht geklingelt, aber er war an dem Tag ausnahmsweise mit Sonja in ihrem Auto mitgefahren. Sie mussten einen gemeinsamen Termin wahrnehmen, hatten sie mir abends zuvor bei der Probe erzählt."
„Übrigens wurde mir heute hinterbracht, dass Mischa ein ziemliches Früchtchen sein soll", gab Schmitt die Information von Heinke weiter.
„Wer redet denn so einen Quatsch", ereiferte sich Herkenrath. „Das spielt doch keine Rolle. Wie steht's denn mit seinen Finanzen? Er trägt ja ganz schicke Klamotten und allein für die Umhängetasche dürfte ordentlich was hingeblättert worden sein. Wenn sie keine Fälschung ist. Ein Auto oder ein Motorrad habe ich allerdings nicht bemerkt."
„Er hat keinen Führerschein. Viel Geld werden seine Eltern nicht für ihn übrig haben. Schließlich sind da das Haus, die beiden Autos und nicht zuletzt Silke. Als Musiklehrer verdienen die beiden nicht so gut. Aber Mischa bekommt etwas von seinen Großeltern. Und er ist wohl sehr sparsam und lässt sich gerne einladen. Eher jedenfalls als andersrum, wie man hört."
„Aha. Ach, übrigens, kennen Sie einen Gerd Armbruster?", erkundigte sich Schmitt.
„Nein. Wer soll das sein? Haben Sie von dem das mit dem Früchtchen?"
„Egal. Ich werde heute noch einiges in Ihrem Fall erledigen, nachdem ich schon den ganzen Morgen in der Sache unterwegs war. Ich melde mich morgen früh vielleicht schon mit dem einen oder anderen Zwischenergebnis."

„Nein, morgen geht auf gar keinen Fall", entgegnete Herkenrath. „Da sind den ganzen Tag Proben und abends findet das Konzert im hiesigen Konzerthaus statt. In den Zwischenzeiten muss ich mich mit meinem Instrument beschäftigen und auch einfach mal abschalten."
„In Ordnung. Haben Sie das Geld schon besorgt?"
„Ja, das habe ich gleich heute früh geholt und in meiner hiesigen Bank in mein Schließfach deponiert. Luxemburg ist schließlich nicht weit."
„Und der Erpresser hat sich bislang nicht wieder gemeldet von wegen Geldübergabe?", fragte Schmitt.
„Nein. Und das verstehe ich nicht."
„Lassen Sie sich dadurch nicht verunsichern. Der hält Sie hin. Damit will er verhindern, dass anlässlich der Geldübergabe geeignete Maßnahmen zu seiner Identifizierung organisiert werden können."
Schmitt hängte den Experten raus.
„Sie melden sich bitte sofort, wenn er wieder Kontakt aufnimmt."
Herkenrath sagte ihm dies zu und verabschiedete sich. Die Pause war vorbei. Der letzte Teil der heutigen Probe begann.

KAPITEL 8

Schmitt lungerte an diesem warmen und sonnigen Herbsttag in der Nähe des Kiosks am Bismarckplatz rum und wartete darauf, dass Silke erschien. Pünktlich kurz vor fünf kam sie am Kiosk vorbei, grüßte Heinke fröhlich, der ebenso fröhlich zurückgrüßte und lief beschwingten Schrittes weiter. Zeitlich kam das gut hin, wenn die Betreuungszeit in der beschützenden Werkstätte um halb fünf endete. Tatsächlich hatte sie nicht den Gang einer Sechsjährigen, sondern den einer jungen Frau, angezogen mit einem Sommerkleidchen und flachen Schuhen. Schmitt war hingerissen von ihrer Schönheit und vor allem von ihrer kindlich-erotischen Ausstrahlung, gepaart mit völliger Unbefangenheit. *Herkenrath hatte eindeutig recht mit seiner Beschreibung*, dachte Schmitt.

„Tag, Silke", sagte Schmitt.

„Hallo. Wer bist du?"

Silke schaute ihm gerade in die Augen.

„Ich bin ein Freund von Onkel Rolf." Schmitt musste die Wahrheit etwas verbiegen. „Ich heiße Heinz."

„Oh, schenkst du mir dann auch etwas, Onkel Heinz? Oder gibst du mir Geld?", zwitscherte Silke.

Schmitt runzelte die Stirn. Was war das denn?

„Geben dir die Freunde von Onkel Rolf denn immer Geschenke oder Geld?", wollte er wissen.

Silke überlegte.

„Nein, bloß Onkel Rolf. Der ist ganz lieb."

„Und was musst du dafür tun?", fragte Schmitt.

„Das darf ich nicht sagen. Das ist ein großes Geheimnis." Silke senkte ihre Kleinmädchenstimme, sodass sie einen verschwörerischen Klang annahm. „Aber es kitzelt!"

„Und andere Onkels kitzeln dich nicht?"

Schmitt war kein Kinderpsychologe. Bei Lichte betrachtet konnte er gar nicht mit Kindern. Aber es lief ganz gut; er blieb mit der vertrauensseligen Silke im Gespräch.

„Nein, ich habe nur Onkel Rolf. Die anderen sind keine Onkels."

„Die anderen? Wen meinst du?"

Schmitt war verwundert.
„Na, die anderen Männer. In unserer Werkstatt. Die, die immer mal vorbeikommen. Aber die kitzeln nicht."
Silke war jetzt etwas ärgerlich über die Begriffsstutzigkeit des Mannes, der ein Freund von Onkel Rolf war.
„Und was machen die?"
„Das darf ich auch nicht sagen. Aber die sind doof."
„Und die kommen zu dir in die Werkstatt?"
„Zu mir und zu Liane. Und zu Anne. Und auch zu Markus und zu Andi. Das ist unsere Gruppe", sagte Silke stolz.
„Und die bringen euch Geschenke oder Geld?"
Schmitt war völlig konsterniert. Und er musste aufpassen, dass Silke diese Fragen nicht langweilig wurden oder dass sie sie verärgerten.
„Nein", sagte Silke mit Nachdruck. „Die geben uns nichts."
Und dachte augenscheinlich, *wie kann der Mann so blöd sein*.
„Gut, die kommen in die Werkstatt. Und dann?"
„Dann gehen sie mit mir oder Liane oder Anne oder Andi oder Markus in ein Zimmer."
„Aha. Und was macht ihr da?"
„Aber das darf ich doch nicht sagen!"
Silke stampfte mit einem Fuß auf.
„Okay, okay", beruhigte Schmitt sie. „Und ihr bekommt dafür gar nichts?"
„Doch. Manchmal. Manchmal schenkt uns Gerd etwas oder lädt uns zum Essen oder zu einem Eis ein. Oder er gibt uns auch mal Geld."
Gerd Armbruster, dachte Schmitt. Das kann nur der Gerd Armbruster sein, den ich heute Mittag aus den Werkstätten kommen sah. Der dort eine Zigarette rauchte. Was läuft da? Wenn es das ist, was ich denke, könnte ich kotzen. Gerd Armbruster, dieser Drecksack.
Mittlerweile waren sie an der Einmündung des Neufelsrings angekommen.
„Ich muss jetzt weiter geradeaus, Silke. War nett mit dir. Vielleicht sehen wir uns mal wieder. Das würde mich freuen. Tschüss."

Schmitt winkte.
„Tschüss, Onkel Heinz".
Silke winkte zurück und bog mit ihrem beschwingten Gang in den Neufelsring ein.

Sobald sie außer Sichtweite war, kehrte Schmitt um und ging Richtung Kiosk zu seinem Auto. Er war immer noch geschockt über Silkes treuherzige Erzählungen. Die beschützende Werkstatt ein Puff mit behinderten Jugendlichen und jungen Erwachsenen? Was für ein Zynismus! Und Gerd Armbruster als Zuhälter? Unvorstellbar? Aber etwas anderes konnte es nicht bedeuten. Alles sprach für diese Annahme. Auch Herkenraths Äußerungen, dass Silke so unbefangen bei seinen Sexspielchen mitmachte. Schmitt stieg in seinen alten Peugeot und fuhr zurück zu seinem Büro in der Langgasse, um einen ersten Bericht zu schreiben.
Um halb acht war Schmitt mit der Niederschrift seiner bisherigen Ermittlungen fertig. Er schloss sein tristes Büro ab und fuhr zu seiner Wohnung in der Falkensteinstraße, einem weiteren freudlosen Abend entgegen.
Eine Dose Fisch in Tomatensoße mit zwei Scheiben Brot und zwei Flaschen Bier einsam vor dem Fernseher und einem späten Schnaps. Alternativ allein in der gegenüberliegenden Wirtschaft einen Wurstsalat essen, ebenfalls mit zwei halben Bier und einem späten Schnaps, vielleicht mit Anschluss, aber wohl eher nicht, wie meistens? Oder sollte er sich mit seiner Ex treffen, sich für die Vermittlung des Auftrags Herkenrath bedanken und ihr ein bisschen was über die Entwicklung erzählen? Es war schon einige Monate her, dass sie sich gesehen hatten. Seitdem sie geschieden waren, hatte sich merkwürdigerweise ein ganz gutes Verhältnis entwickelt. Aber nur, wenn sie mit sich allein waren und keiner ihrer Bekannten aus Kunst, Wissenschaft und höherer Gesellschaft anwesend war. Schmitt beschloss, seine ehemalige Ehefrau anzurufen.
„Mälis", meldete sich eine weibliche, klare Stimme.
„Susanne, ich bin's", sagte Schmitt aufgeräumt. „Ich wollte mich bedanken für den neuen Kunden, den du mir vermittelt hast.

Zur Abwechslung mal eine interessante Geschichte. Nix mit Ehebruch, Scheidung oder Geklaue in Supermärkten."
„Keine Ursache. Ich weiß bloß nicht, von wem oder was du sprichst."
„Na, von Herkenrath, dem Oboisten aus unserem Orchester hier."
Pause.
Dann meldete sich Susanne Mälis wieder.
„Das muss dann über Herbert Laile gelaufen sein. Du erinnerst dich? Für den hast du vor ungefähr zwei Jahren mal gearbeitet. Ich glaube, da ging es um einen Investitionsschwindel oder eine Scheidungssache oder sowas. Stimmt, der Laile hat vor ein paar Tagen angerufen und wollte nochmal den Namen deiner Detektei und die Telefonnummer für einen seiner Kollegen. Er selbst ist Schlagzeuger in unserem hochwohllöblichen Orchester, wie du vielleicht noch weißt. Ich dachte, er wollte die Auskunft für sich selbst und schämte sich das zu sagen."
„Dann kennst du Herkenrath gar nicht? Und auch keinen Gernot Ruf?"
„Nee, höchstens so flüchtig, dass ich mir weder Namen noch Gesichter gemerkt habe. Aber klar, trotzdem kannst du dich bedanken. Mit was denn nur?"
„Ich dachte an eine Flasche Wein für dich. Und ein, zwei Flaschen Bier für mich."
„Einverstanden. Aber denk' dran, keinen billigen Fusel, du alter Biertrinker! Bei dir oder bei mir?"
„Lieber bei dir. Du weißt ja, bei mir sieht es immer so aus, als ob ..."
Schmitt schämte sich hörbar.
Susanne Mälis war zwar seit einigen Jahren mit einem etwa gleichaltrigen Banker zusammen. Beide hatten aber ihre jeweiligen Wohnungen behalten, was für Paarbeziehungen ab einem bestimmten Alter lebens- oder zumindest beziehungsrettend sein konnte.
Knapp dreißig Minuten später klingelte Schmitt unten an der Haustür der Wilhelmstrasse siebzehn mit einer nicht zu billigen, aber bei weitem auch nicht zu teuren Flasche auf die Schnelle gekühlten Rieslings aus dem Württembergischen und

seinen zwei Flaschen Bier, ansonsten einem frischen Hemd (Zeemann dreizehn Euro, da ließ er sich nicht lumpen!), einer engen Jeans (da passte er gerade soeben noch rein) und einem wie hingeklatschten Lächeln. Er fuhr in das fünfte Obergeschoss, obwohl sein Arzt ihm schon mehrfach gesagt hatte, dass er Treppen laufen sollte, statt den Fahrstuhl zu benutzen. Die Tür zur schicken Dreizimmerwohnung seiner Ex stand offen. Er freute sich schon auf den schönen Balkon und den herrlichen Blick über die schummrig erleuchtete Stadt.

Bussi Bussi konnte er noch nie ausstehen. So nahmen sie sich nur kurz in den Arm. Und da bei beiden noch nicht einmal ein Fünkchen Glut aus vergangenen Tagen übriggeblieben war, zeugte der Körperkontakt lediglich von einer, wenn auch oberflächlichen, Freundschaft.

Mälis hatte ein paar Häppchen vorbereitet, über die sich Schmitt sogleich hermachte.

„Tut mir leid, aber ich habe einen Mordshunger", entschuldigte er sich zwischen zwei Bissen.

„Nur zu. Aber du wirst doch ein wenig Zeit haben, mir die Flasche aufzumachen."

„Ist ein Schraubverschluss. Wie bei allen Schwabenweinen."

Schmitt tat so, als ob er sich auskenne.

Mälis schaute zum Fenster raus. Na ja, er hatte recht. Und das hatte auch gar nichts mit der Qualität der Weine zu tun, sondern verdankte sich dem mittlerweile exorbitanten Preis guter Korken. Trotzdem trauerte sie dieser Zeit ein wenig nach. Wenn etwa zwei Drittel des Lebens vergangen sind, trauert man vielem nach, dachte sie wehmütig. Intellektueller Geistesmensch hin oder her.

Sie war vor zwei Monaten einundfünfzig Jahre alt geworden.

Eine burschikos gepflegte Erscheinung, ein ganz klein wenig rundlich mit der einen oder anderen größeren Kurve. Aufgrund ihrer ein wenig kurz geratenen Körpergröße wirkte sie pummeliger als sie eigentlich war. Mit dem leicht blondierten Pagenkopf und ihrer modischen schwarzen Hornbrille sah Mälis schlicht und einfach niedlich aus.

Sie hatte sich schon kurz nach ihrer Promotion zur Musikwissenschaftlerin als Biographieforscherin auf die Herkunft prominenter Musiker spezialisiert und dabei auf die Frage, welche Schlüsse daraus gezogen werden konnten. Mälis war in diesem Bereich eine mittlerweile ausgesprochen gefragte Autorin, Vortragsreisende und Universitätslehrerin. So hatte sie nach langen Recherchen entdeckt, dass Herbert von Karajan als Herbert Müller geboren wurde und mit achtzehn Jahren am Anfang seines Studiums den Geburtsnamen seiner Mutter dazusetzte. Mit dem Künstlernamen Herbert Müller-Gerbertsheim begann für ihn bereits mit zwanzig eine, wenn auch überschaubare, Dirigentenkarriere. Kurz danach verliebte sich Constanze von Karajan unsterblich in den schönen jungen Mann und hochtalentierten Musiker. Sie stammte aus einem alten ostpreußischen Adelsgeschlecht und heiratete ihn vom Fleck weg, obwohl sie gute dreizehn Jahre älter war. Bei ihr ging es um Götterverehrung, bei ihm um Berechnung. Er nahm ihren Namen an und machte als Herbert von Karajan eine langandauernde Weltkarriere. Niemand kam ihm darauf, denn Constanze überlebte die letzten Kriegsmonate ebenso wenig wie ihre Familie; die Unterlagen wurden durch die Kriegseinwirkungen allesamt vernichtet. Ein Übriges taten die Anwälte Karajans. Es gab immer wieder diese und jene Gerüchte, die jedoch stets durch sofortige Klageandrohung im Keim erstickt wurden. Erst Susanne Mälis klärte das auf, lange nach Karajans Tod. Nicht ganz so spektakulär und im banalen Musikbetrieb der Schlagerwelt angesiedelt verlief die Namensgebung von Tony Marshall. Als Herbert Blödt geboren, nahm er im Gesangsstudium den wesentlich seriöseren Namen Herbert Hilger an, den Geburtsnamen seiner Mutter. Als es mit der Opernkarriere nichts wurde und er sich den hübschen französischen Chansons der siebziger Jahre widmete, nannte er sich Tony Marshall. War aber auch kein Erfolg. Erst später machte er mit seinen bekannten Bierzelthits eine riesige Karriere. Mit *Blödt* wäre das sicher nicht machbar gewesen. Und mit Hilger, na ja. Niemand wusste von *Blödt* (außer einem sehr kleinen Kreis Eingeweihter), bis Susanne Mälis kam.

Wie in den anderen Fällen kam nur sie auch dem Geheimnis der Dirigentenkarriere von Karl Muck auf die Spur. Geboren 1859 in Darmstadt und gestorben 1940 in Stuttgart galt er Zeit seines Lebens als *der* Wagnerinterpret. Mälis kam mehr aus Zufall hinter dieses Geheimnis des durchaus mittelmäßigen Dirigenten. Wagner hatte während eines Aufenthalts an der Oper in Novosibirsk in einer der kalten Winternächte die Mutter von Karl Muck, Elisabeth Windisch, geschwängert. Er stand natürlich wie in einigen weiteren Fällen nicht zu seiner Vaterschaft, förderte aber die Karriere seines Sohnes über alle Maßen. Ohne diese Protektion wäre Muck ein guter Dirigent überwiegend mittelmäßiger Orchester städtischer Bühnen gewesen. So aber dirigierte er alle bedeutenden Orchester des Deutschen Reiches und der umliegenden Nationen und leitete gleichzeitig eine renommierte Klasse ehrgeiziger Dirigierschüler wie zum Beispiel Ferdinand Leitner.

Unter anderem wegen dieser Forschungsergebnisse wurde Mälis erst vor kurzem zur Honorarprofessorin der Universität Aarhus berufen. Frau Professorin Dr. Susanne Mälis, sinnierte Schmitt, ebenfalls leicht melancholisch.

„Nun erzähle aber, was du denn so Interessantes an der Backe hast."

Mälis war in ihren eigenen vier Wänden nicht immer die feinsinnige Geisteswissenschaftlerin.

„Ich habe endlich mal eine richtig spannende Geschichte. Herkenrath, der Oboist, wird erpresst mit Fotos, auf denen er beim Sex mit einer jungen Frau gezeigt wird. Die ist zwar volljährig, hat aber den Verstand eines kleinen Mädchens."

„Schwein!"

„Stimmt. Aber sie ist eine Schönheit und strahlt auf ihre Weise so viel Erotik aus wie kaum jemand in meiner Bekanntschaft."

Schmitt konnte seine Begeisterung für Silke nicht verheimlichen.

Was hast du schon für Bekanntschaften, dachte Mälis.

„Auch Schwein!" sagte sie mit Nachdruck.

„Ach komm, du weißt, dass ich nicht der Superobermacho bin."

Schmitt war tatsächlich etwas ärgerlich.

„Is ja gut. Weiter", drängelte Mälis.
„Die Silke, so heißt die Kleine, ist die Tochter eines Musikerpaares. Die haben auch noch einen Sohn. Der ist nicht behindert und ebenfalls volljährig. Ich vermute, dass er die Fotos gemacht hat. Ich glaube aber nicht, dass er der Erpresser ist."
„Wie das?"
„Ich denke, er hat die Fotos weitergegeben an jemanden, der das als Chance wahrnimmt und die nötige kriminelle Energie besitzt. Die traue ich dem Sohn erstmal nicht zu. Aus welchem Grund er sie weitergegeben hat, weiß ich nicht. Hat er sie verkauft? Ist Rache im Spiel? Will er sich irgendwo einkaufen? Und halt dich fest: Silke ist normalerweise tagsüber in einer beschützenden Werkstatt."
„Korrekt heißt das seit einiger Zeit ‚Werkstätte für behinderte Menschen'", sagte Mälis.
„Jaja, schon gut. Und Silke hat mir heute Dinge erzählt, aus denen ich schließe, dass da geistig behinderte Jugendliche mit entsprechend schrägen Freiern zusammen gebracht werden. Und weißt du, wer da arbeitet? Gerd Armbruster, der Dreckskerl!"
„Silke hat dir das erzählt? Einfach so? Die ist doch quasi noch ein Kind, hast du gesagt."
Mälis war erschüttert und zugleich skeptisch.
„Ja. Sie hat aber sofort Vertrauen zu mir gefasst, weil ich mich als guten Freund von Herkenrath ausgegeben habe, den sie Onkel Rolf nennt. Zu mir hat sie auch gleich Onkel Heinz gesagt."
„Onkel Heinz." Mälis lachte glockenhell. „Der gute Onkel Heinz. Aber mit ihrem kindlichen Verstand ..."
„Das hat mich auch gewundert. Sie scheint allerdings schon länger sexuelle Erfahrungen zu haben, welcher Art auch immer. Und denkt sich offenbar nichts dabei."
„Da hast du allerdings Recht. Das ist tatsächlich spannend. Und du hältst mich doch auf dem Laufenden, ja?"
„Klar. Morgen gehe ich noch mal los und höre mich um. Und am Freitag ist dann die Geldübergabe. Zwanzigtausend Euro!"
„Ups. Gibst du mir die Hälfte ab?" Mälis imitierte gierige Handbewegungen.

„Haha. Und was sagst du zu Armbruster?"
„Was soll ich sagen? Dir hat er das Leben verkorkst; meines hat er gerettet."
Ihr Verhältnis zu Armbruster war nicht gebrochen, allerdings war sie ihm auch nie persönlich begegnet.
„Nur weil durch den ganzen Scheiß damals unsere Ehe draufging, ist er doch nicht dein Lebensretter!"
Schmitt war empört oder spielte das gut. Manchmal war das bei ihm nicht zu unterscheiden.
Mälis lachte ihn aus.
„Gewissermaßen schon. Und warum hast du nur eine Flasche Wein mitgebracht? Nun sitze ich da und hab nix mehr, wo's doch jetzt erst richtig lustig wird."
Es war dann doch immerhin halb zwölf, als Schmitt in seine Wohnung zurückkam und gleich ins Bett ging.

Den Donnerstag ließ Schmitt langsam angehen. Er wollte zunächst unbedingt die Behindertenwerkstatt der LaboraVita näher anschauen, allerdings ohne Armbruster in die Arme zu laufen. Als erstes googelte er in seinem Büro unter *Werkstätte*, dann unter *Beschützende Werkstätten*. Dabei stieß er auf die seit einigen Jahren rechtlich verbindliche Bezeichnung und die Beschreibung: *Werkstätten für behinderte Menschen*, die sowohl der Eingliederung in das Arbeitsleben als auch der Dauerbeschäftigung von Menschen mit Behinderung dienen und diese für ihre Arbeit auch entlohnen. Schmitt war beeindruckt. Unter LaboraVita AG fand er einen Wohlfahrts- und Gesundheitskonzern, der neben Krankenhäusern, Spezialkliniken und Seniorenzentren auch diese Werkstätten eingerichtet hatte. Letztere vorwiegend in ländlichen Regionen und nur drei in größeren Städten, darunter die hiesige. Dieser Konzern hatte die Rechtsform einer Aktiengesellschaft, sogar im Dax vertreten. Allerdings war die Aktie derzeit schlecht bewertet, wie Schmitt herausfand.

Schmitt war zwar nicht der Meinung, dass das ganze Gesundheitssystem und der Bereich der Versorgung Hilfsbedürftiger für alle und jederzeit kostenlos und demzufolge auf niedrigem Niveau organisiert sein sollten, fand es aber andererseits anstößig, wenn damit Geld verdient wurde. Und dann noch mit Aktien. Und folglich mit spekulativem Handel.

Laut Googleauftritt war das Spezielle am Angebot des Konzerns, dass deren Werkstätten in erster Linie als Internate eingerichtet waren und sie sich vor allem behinderter Jugendlicher aus prekären Verhältnissen annahmen. Das bringt ja auch am meisten Kohle und vor allem gesicherte, da aus Steuergeldern vom Staat finanziert, vermutete Schmitt missgünstig. Deshalb auch die meisten Plätze auf dem flachen Land, weil da die Unterbringungskosten bei gleich hohen Erstattungssätzen niedriger waren als in der Stadt. Dass aber diese Einrichtungen zentral gesteuerte Puffs für Perverse waren, auf diesen Gedanken kam nicht mal Schmitt.

Er rief die hiesige Behindertenwerkstatt an und fragte nach Armbruster.
„Ich suche ihn mal und verbinde", sagte eine freundliche weibliche Stimme.
„Nein, nein, ich habe jetzt keine Zeit. Ich wollte nur wissen, ob er im Hause ist. Kann ich ihn vielleicht heute oder morgen am Nachmittag sprechen?"
„Ich schau mal."
Es raschelte, dann meldete sich die freundliche Stimme wieder.
„Morgen Nachmittag ja, heute Nachmittag nein. Da ist er auf Weiterbildung."
„Na, dann bedanke ich mich sehr", bemerkte Schmitt artig, wünschte noch einen guten Tag und wusste, dass er heute Nachmittag eine „journalistische" Stippvisite bei der LaboraVita AG Niederlassung allhier vornehmen würde.
Er setzte sich in Richtung Kiosk am Bismarckplatz in Bewegung, diesmal mit der Straßenbahn. Er wollte sein Glück in puncto Parkplatz nicht herausfordern. Mal sehen, ob ich beim Besitzer in Erfahrung bringen kann, was genau Mischa Ruf studiert und wo ich ihn am ehesten antreffe, überlegte Schmitt. Eine vorgeschobene Reportage über das Alltagsleben der unmittelbar Betroffenen in der Verwandtschaft geistig behinderter Jugendlicher müsste für ein Gespräch ausreichend sein. Er hatte Glück.
„Was genau Mischa studiert, weiß ich auch nicht", sagte Robert Heinke, der Kioskbesitzer, „aber ich kann Ihnen verraten, wo Sie ihn finden", fügte er verschmitzt hinzu. Dabei war ihm nicht anzusehen, ob er Schmitt den Reporter abnahm.
„Na, dann raus damit."
Schmitt schob ihm einen Zwanzigeuroschein über die Theke.
„Danke, aber das hätte ich Ihnen auch ohne Bestechungsgeld gesagt. Nachmittags arbeitet der Junge oft in der Behindertenwerkstatt oder hilft da mit oder so. Auf jeden Fall donnerstags, denn da sind wohl einige der Betreuer regelmäßig auf irgendwelchen Fortbildungsveranstaltungen."
Das traf sich ja gut. Schmitt war begeistert. Zurück in seinem Büro prüfte er erstmal die eingegangene Post und die E-Mails.

In erster Linie nach irgendwelchen Anzeichen weiterer Aufträge durch neue oder alte Klienten. Erwartungsgemäß fand er: Nichts. Dieses *Nichts* setzte sich leider nicht fort, was Rechnungen und Mahnungen in der Briefpost betraf. Wenig erfreut erledigte Schmitt die Überweisungen nach alter Väter Sitte. Er war schließlich dank Herkenraths Honorarzahlung recht flüssig. Anschließend platzierte er die Füße auf dem Tisch und legte sich seine Legende für den Nachmittag in den Behindertenwerkstätten und für Mischa Ruf zurecht, falls er den antreffen sollte.

Schmitt entschied sich für eine vermeintliche Reportage über die Ausbildung und Betreuung geistig zurückgebliebener junger Menschen, deren Einsatzmöglichkeiten und unauffällig am Rande auch deren Sexualität. Außerdem über die Schwerpunkte der Betreuung neben der Vermittlung beruflicher Fähigkeiten, die Verdienstmöglichkeiten der hauptberuflichen Kräfte und derer, die stundenweise beschäftigt waren. Desweiteren das Verhältnis der Internatsinsassen zu denen, die nur tagsüber anwesend waren. Dadurch erhoffte sich Schmitt einen Einblick, der ihn nicht nur in Sachen Erpressung, sondern auch in Sachen möglicher sexueller Ausbeutung weiterbringen sollte. Dabei schloss er die Möglichkeit nicht aus, dass beides miteinander zusammenhing.

KAPITEL 10

Diesmal benutzte Schmitt wieder seinen zuverlässigen 306er, da vor den Gebäuden der LaboraVita genügend Parkplätze vorhanden waren. Bei der Anmeldung stellte Schmitt sich als freier Journalist vor, der vor allem für überregionale Blätter schrieb. Er fragte nach Gerd Armbruster, einem alten Bekannten, mit dem er hier verabredet sei.

„Das tut mir aber leid. Der Gerd ist heute Nachmittag nicht da", erklärte die freundliche Stimme von heute Morgen, in persona leider ein ältliches, unansehnliches Mädchen, was Schmitt bedauerlich fand.

„Vielleicht nehmen Sie mit Herrn Hackenjoos vorlieb. Ich sag ihm mal schnell Bescheid." Sprach's und hatte schon das Telefon zur Hand.

Tatsächlich hatte Herr Hackenjoos Zeit und er freute sich auch, einem Bekannten von Herrn Armbruster helfen zu können. Schmitt erläuterte sein Vorhaben und stieß auf keinerlei Vorbehalte oder Misstrauen. Hackenjoos war sichtlich interessiert, wozu wohl auch eine kleine Dosis Eitelkeit beitrug. Sie zogen sich in eine Besprechungsecke zurück.

„Selbstverständlich muss ich das noch mit der Geschäftsleitung abklären. Aber wir können ja schon mal loslegen. Und was ich nicht weiß, oder was vielleicht ein bisschen delikat sein mag, geht dann nach oben", sagte Hackenjoos.

„Prima. Sie führen den Betrieb als Internat und auch als offenes Haus. Mich interessiert die Gesamtzahl jugendlicher Behinderter, wie viele von ihnen geistig zurückgeblieben sind, das Verhältnis weiblich zu männlich und wie viel im Internat leben oder zu Hause. Klarer gesagt, ich interessiere mich ausschließlich für die Ihnen anvertrauten, geistig auf dem Niveau von etwa sechsjährigen Kindern stehenden, jungen Menschen."

Das war gleich die volle Ladung und Hackenjoos sagte das auch.

„Warum diese Eingrenzung auf mittelgradig geistig behinderte Jugendliche oder junge Erwachsene?", fragte er.

„Weil ich mir sehr gut vorstellen kann, dass hier das größte Problempotential liegt für die Zukunft dieser Menschen,

wenn Eltern oder andere Nahestehende mal nicht mehr sind."
„Das trifft aber auf alle geistig Behinderten zu. Aber gut, Sie sollen Ihre Antworten haben."
Hackenjoos war sehr offen. Er informierte klar und sachlich und Schmitt notierte. Insgesamt wurden einhundertsiebzehn Menschen in den Werkstätten beschäftigt neben den Ausbildern, Betreuern, der Geschäftsleitung, der Verwaltung und weiterem Personal.
„Auf jeden Behinderten kommen im Schnitt rund anderthalb Mitarbeiter", erklärte Hackenjoos sichtbar stolz.
Von den einhundertsiebzehn „Klienten" waren rund fünfzig junge Erwachsene zwischen achtzehn und fünfunzwanzig Jahren, davon etwa die Hälfte mit Defiziten in der Kindheitsentwicklung. Davon wiederum etwa halbe-halbe männlich und weiblich, von denen rund zwanzig im Internat untergebracht waren. Unter denen überwogen allerdings die Männer. Schmitt merkte den routinierten Ausführungen an, dass offensichtlich häufiger Besucher kamen, die sich für diese Einrichtung, ihre Arbeit und ihre Zielsetzung interessierten.
„Bekommen Sie denn genügend Personal? Ich kann mir vorstellen, dass ein Handwerksmeister oder ein Sozialpädagoge oder was immer ein Betreuer als Abschluss braucht, in der freien Wildbahn erheblich mehr verdient", meinte Schmitt.
„Diejenigen, die nicht aus einem Handwerksberuf kommen, verdienen innerhalb des für Sozialeinrichtungen geltenden Tarifvertrages nicht mehr und nicht weniger als überall sonst. Bei den Meistern, ja nun, das wird eine Abwägung zwischen geringerem Lohn einerseits und besser geregelten Arbeitszeiten sowie der Arbeitsplatzsicherheit andererseits sein. Wir bieten darüberhinaus eine zweijährige Vollzeitausbildung zum Arbeitserzieher bzw. zur Arbeitserzieherin an. Bewerber müssen eine abgeschlossene Berufsausbildung vorweisen und einige Jahre in diesem Beruf gearbeitet haben. So bilden wir also zu Teilen unsere eigenen Mitarbeiter heran."
Schmitt erfuhr im Laufe einer Dreiviertelstunde eine Menge Einzelheiten, die ihn jedoch überhaupt nicht interessierten, bis er sich endlich dem Kern näherte.

„Ich nehme an, dass Sie auch eine Menge Aushilfskräfte, Praktikantinnen und Praktikanten und ähnliche Mitarbeiter beschäftigt haben. Wie stellen die sich denn finanziell und sozial? Arbeitet dieser Personenkreis eigenverantwortlich mit den Behinderten oder unter fachlicher Aufsicht?"
„Na ja, Praktikanten bekommen außer einer Art pauschalem Fahrtkosten- und Essenszuschuss nichts. Und Honorarkräfte als Aushilfen bekommen zwischen acht und zwölf Euro die Stunde. Nach einer Einarbeitung haben sie dann schon ein gewisses Maß an Eigenverantwortung, denn wir können ihnen natürlich nicht immer jemanden an die Seite stellen. Aber das schreiben Sie bitte nicht."
„Einverstanden. Ist von diesen Arbeitskräften gerade jemand im Haus, mit dem ich sprechen könnte?"
„Ich glaube, Mischa Ruf wäre da richtig. Der hat nämlich gleichzeitig eine Schwester hier, kennt also sowohl die Wirkungsstätte als auch das häusliche Leben mit Behinderten."
„Das wäre prima", heuchelte Schmitt, der genau darauf gehofft hatte.
„Warten Sie hier bitte einen Moment. Ich schicke ihn gleich zu Ihnen. Ich selbst darf mich schon verabschieden. Die Arbeit ruft, und wenn ich nicht zurückrufe ..., haha", witzelte Hackenjoos. „Und senden Sie mir bitte Ihren Artikel vor der Veröffentlichung zu, damit ich ihn mir nochmal angucken kann."
„Versprochen."
Hackenjoos entschwand und kurze Zeit später erschien Mischa Ruf. Auch heute schick angezogen. Nach einem kurzen Vorgeplänkel kam Schmitt zur Sache.
„Sie vermitteln hier ja keine beruflichen Fähigkeiten. Worin bestehen Ihre Aufgaben?"
„Da geht es vor allem um Beaufsichtigung. Und dann versuche ich, meinen Jungs und Mädchen Verhaltensregeln beizubringen, damit sie sich selbständig in kleinen Dingen des täglichen Lebens zurechtfinden."
„Wie ist die Konzentrationsfähigkeit der *Jungs und Mädchen?"*
„Na ja, die lässt nach ein bis zwei Stunden rapide nach und muss dann wieder mühsam aufgebaut werden."

„Wie kommen die *Jungs und Mädchen* damit zurecht, im Kopf Kinder und im Körper Erwachsene zu sein?"
„Das ist schwierig zu sagen und eine Antwort darauf geht auch weit über meine Fähigkeiten hinaus. Aber ich habe eine Schwester tagsüber hier und abends zu Hause. Die ist ganz unbefangen."
„Das heißt?"
„Sie bewegt sich wie eine Frau und benimmt sich wie ein Kind."
„Und wie gehen diese Kindfrauen und Kindmänner mit ihrer Sexualität um?"
Schmitt merkte, dass er sich nun auf dünnem Eis bewegte, denn Mischa Ruf war plötzlich ganz verschlossen.
„Das ist jetzt aber ... wie soll ich sagen ... Das geht jetzt aber an der Sache vorbei", meinte er unsicher und runzelte unwillig die Stirn.
„Ganz und gar nicht. Daraus können immerhin Konflikte entstehen, jedenfalls gruppendynamische Probleme wie an jedem Arbeitsplatz. Nur eben eventuell ganz spezifische. Das interessiert mich natürlich für den Artikel und meine Leser auch. Wie also gehen die *Jungs und die Mädchen* damit um und wie die Betreuer?"
Schmitt kam sich mittlerweile richtig professionell vor.
„Natürlich wird an stillen Orten an sich oder anderen gefummelt, das ist ja ganz normal", führte Mischa Ruf altklug-fachmännisch aus. „Wie kleine Kinder ja auch an sich rumspielen. Und die Betreuer lassen es sicherlich geschehen, wenn sie das dann doch mal mitkriegen. Die halten das, wie gesagt, für normal."
„Und kommen da auch Erwachsene ins Spiel?"
„Na, das wäre aber ganz schön pervers. Oder meinen Sie nicht?"
Mischa Ruf blickte Schmitt halb kokett und halb verworfen an. Wie hatte Robert Heinke, der Kioskmann ihn geschildert? Als Früchtchen? Genau das war er. Und plötzlich war Schmitt sich ganz sicher, dass Mischa Ruf mit der Erpressung von Herkenrath zu tun hatte. Er hat fotografiert oder gefilmt. Er war der Typ für sowas und vor allem: Er hatte die Gelegenheit! Was immer er oder andere dann weiter mit den Fotos angestellt haben.

„Studieren Sie Sozialpädagogik oder Psychologie oder Ähnliches? Oder anders gefragt, wollen Sie hier später hauptberuflich arbeiten?"
Schmitt versuchte, auf ein unverfänglicheres Gleis zu kommen.
„Nein, ich studiere seit drei Semestern BWL, also Betriebswirtschaftslehre" (Klugscheißer, kommentierte Schmitt in Gedanken) „und bin durch meine Schwester an diesen Nebenjob gekommen."
„Dann können Sie mir vielleicht auch sagen, wie sich das Ganze hier finanziert", gab sich Schmitt interessiert.
„Da fragen Sie besser in der Geschäftsleitung nach. Aber so im Groben ist das eine Kombination aus Beiträgen der Eltern, Erlösen aus den Werkstätten, staatlichen Zuschüssen und Spenden. Und dann sind da noch die sogenannten Arbeitspaten."
„Arbeitspaten? Was ist das denn?" Schmitt war sichtlich erstaunt.
„Das sind sozial engagierte Leute, die mit mindestens einhundert Euro monatlich einen Ausbildungs- oder Arbeitsplatz mitfinanzieren."
„Und ist dieser Ausbildungs- oder Arbeitsplatz dann direkt mit einem Behinderten verknüpft? Sozusagen personalisiert?"
Schmitt wurde akademisch.
„Ja natürlich. Nur so entsteht eine notwendige persönliche Bindung und Verantwortung für den behinderten jungen Menschen einerseits und eine direkte menschliche Beziehung dieses behinderten Jugendlichen zu einem liebevollen Menschen andererseits, der ist dann sozusagen Vater- oder Muttersatz."
Das klingt ja wie aus einem Werbeprospekt. Von dort hat Mischa Ruf das Gesülze wohl, dachte Schmitt.
„Hat Ihre Schwester auch einen Arbeitspaten?", wollte Schmitt wissen.
„Nein, unsere Eltern wohnen ja hier vor Ort. Die Paten kümmern sich um diejenigen im Internat. Aber da kommt ja gerade einer, sehen Sie", rief Mischa Ruf und zeigte auf einen Mann Mitte Vierzig, der gerade die Eingangshalle in Richtung einer großen Flügeltür durchquerte.

Donnerwetter, dachte Schmitt. Das ist ja Herbert Laile, der Kollege von Herkenrath. Das wird ja immer interessanter. Er bedankte sich bei Mischa Ruf und steuerte den Ausgang an. Ein artiges „Auf Wiedersehen" Richtung des ältlichen Mädchens am Empfang und schon war er draußen.

Hochzufrieden mit den Ergebnissen seiner Ermittlungen am heutigen Donnerstag ging er zu seinem Auto.

KAPITEL 11

Am späten Nachmittag rief Herkenrath dann doch nochmal an. „Der Erpresser hat sich nun endlich gemeldet. Ich soll das Geld morgen pünktlich um zwölf Uhr in einer Lidltüte am Kiosk gegenüber dem Eingang zum Hauptbahnhof in den Abfalleimer rechts vom Kiosk legen."

„Gut, dann kann es ja losgehen. Ich schlage vor, dass wir uns morgen gleich um halb neun in meinem Büro sehen. Dort sprechen wir alles nochmal durch und ich berichte Ihnen von meinen Fortschritten. Danach nehmen Sie ganz normal an Ihrer Probe teil" (Bloß nicht fragen, was sie spielen, sagte sich Schmitt.) „bis zur ersten Pause um elf. Dann erwarte ich Sie am Bühneneingang, in Ordnung? Danach bleibt uns genug Zeit, das Geld aus Ihrem Bankschließfach zu holen und noch in Ruhe irgendwo einen Kaffee zu trinken. Nachmittags sitzen Sie schon wieder brav in Ihrem Orchester."

„Einverstanden, ich komme dann morgen früh in Ihr Büro", erwiderte Herkenrath.

„Ach ja, ich bringe die Lidltüte mit. Passt wohl besser zu mir", sagte Schmitt.

Hast du eine Ahnung, dachte Herkenrath.

Nach einem ereignislosen Abend und einer weiteren völlig überflüssigen Nacht saß Schmitt bereits um acht Uhr in seinem Büro und bereitete den Bericht für Herkenrath vor. Dieser erschien pünktlich um halb neun. Nach einer kurzen Begrüßung kam Schmitt gleich zur Sache.

„Ich habe durchaus einige Neuigkeiten. Zum Beispiel bin ich inzwischen mehr denn je überzeugt davon, dass Mischa Ruf mit der Entführung zu tun hat. Zumindest hat er die Fotos geschossen, die Sie belasten. Außerdem bin ich sicher, dass Silke erheblich mehr sexuelle Erfahrungen hat als die von Ihnen geschilderten. Und ich glaube, dass sie diese in der Behindertenwerkstatt sammelte. Drittens nehme ich an, dass genau dort ein Porno- oder Sexring oder, grob gesagt, Puff aufgezogen wurde, in dem sogenannte brave Bürger mit Mädels oder Jungs wie Silke rummachen."

„Langsam, langsam", wendete Herkenrath ein. „Jetzt mal der Reihe nach. Wieso gehen Sie nun davon aus, dass Mischa beteiligt ist?"
„Ich hatte gestern Nachmittag ein aufschlussreiches Gespräch mit ihm in der Werkstatt." Nach einem Blick in Herkenraths Gesicht beschwichtigte Schmitt. „Keine Sorge, ich gab mich als Journalist aus. Das wurde mir auch abgenommen. In diesem Gespräch reagierte Mischa auf eine dermaßen durchtriebene Art, dass mir klar war, er muss von den Sexeskapaden wissen, von Ihren und denen der anderen. Und er hatte natürlich Gelegenheit genug, um zu Hause die Fotos zu machen. Außerdem ist er ein stadtbekanntes Früchtchen, wie ich Ihnen bereits sagte. Was immer damit gemeint sein mag."
„Und Silke?"
„Mit Silke sprach ich bereits am Mittwochnachmittag. Da habe ich mich als guter Freund von Ihnen ausgegeben, aber nur mit Vornamen. Aus dem Gespräch wurde klar, dass sie auch mit Anderen Sexualkontakte hatte." Schmitt konnte sehr behutsam sein. „Welcher Art auch immer, vielleicht zu Hause, auf jeden Fall aber in der Werkstatt und sicher nicht nur mit dortigen Kumpels."
„Unvorstellbar. Das kann ich nicht glauben."
Für Herkenrath schienen diese Erkenntnisse sichtlich niederschmetternd zu sein.
„Ich bin mir aber ganz und gar nicht sicher, ob Silke auch zu denen gehört, die in der Behindertenwerkstatt an die Perverslinge unserer Stadt vermietet worden sind oder ob das nur Internatsinsassen betrifft. Haben Sie schon mal den Begriff ‚Arbeitspaten' gehört?"
Herkenrath zögerte.
„Nein."
Überzeugend klang das nicht.
„Ich wäre Ihnen dankbar, wenn Sie noch mal darüber nachdächten, lieber Herr Herkenrath. Ich bin überzeugt davon, dass dort üble Dinge laufen und möglicherweise dieselben Typen dafür verantwortlich sind wie für Ihre Erpressung. Ich habe dort auch zwei Bekannte getroffen. Gerd Armbruster, eine ziemlich

dubiose Gestalt, der jetzt als Sozialarbeiter oder was weiß ich dort beschäftigt ist. Er war Initiator eines groß angelegten Versicherungsbetruges vor etwa neun Jahren. Und Ihren Kollegen Herbert Laile, der einer der Arbeitspaten ist."

„Ich kann Ihnen da nicht weiterhelfen", sagte Herkenrath nach kurzer Überlegung.

„Sie sollen ja auch nicht mir weiterhelfen, sondern sich selbst!" Schmitt schüttelte den Kopf. Er war sich sicher, dass Herkenrath über die Einrichtung der Arbeitspaten Bescheid wusste und vielleicht sogar über mehr.

„Wir können das ja nach der Geldübergabe noch vertiefen. Vielleicht erübrigt es sich auch dadurch, dass wir nachher den Erpresser stellen", lenkte Schmitt schließlich ein. „Jetzt sollten wir aber die Einzelheiten unseres Vorgehens heute Vormittag planen."

Zunächst aber beichtete Herkenrath, dass er seiner Frau noch am Vorabend von der Erpressung erzählt hatte.

„Ich konnte nicht anders. Das lag mir einfach zu schwer auf der Seele. Und ich wollte ihr auch nicht länger verschweigen, dass ich in Luxemburg ein Konto unterhalte und die zwanzigtausend Euro von dort besorgt habe."

Schmitt verzog das Gesicht. So blöd kann nur ein Bürgersöhnchen sein, ein verwöhntes, abhängiges.

„Und was hat Ihre Frau zu Ihren sexuellen Verirrungen gesagt?"

„Die habe ich natürlich nicht erwähnt. Halten Sie mich für blöd?"

Dazu sage ich lieber nichts, dachte Schmitt.

„Ich habe ihr erzählt, ich hätte mein Diplom der Musikhochschule Hamburg gefälscht und das habe jemand spitz gekriegt. Und der wolle nun zwanzigtausend Euro haben."

„Und? Haben Sie das Diplom gefälscht?"

„Nein, natürlich nicht. Das wäre auch wurscht. Einen Job im Orchester kriegt man nicht wegen eines Diploms. Damit bekommt man noch nicht mal eine Einladung zum Probespiel. Da kommt es drauf an, wo man studiert hat und vor allem bei welchem Professor. Und dass der noch Kontakte zum Orchesterleben hat und seine Empfehlung ... Aber alles das ist doch jetzt scheißegal!"

„Und sonst? Haben Sie wenigstens sonst die Klappe gehalten?" fragte Schmitt mit etwas verbissenem Gesichtsausdruck.
Herkenrath druckste herum.
„Na ja, dem Laile habe ich auch etwas gesagt."
Schmitt verdrehte die Augen gen Zimmerdecke.
„Herr Herkenrath! Eine Ermittlung in Sachen Erpressung muss äußerst diskret verlaufen. Sonst kann das ja gleich im ‚Volksboten' veröffentlicht werden. Mann, wie soll ich denn unter diesen Voraussetzungen den Täter finden und vor allem die Hintergründe aufdecken, zum Beispiel, ob noch andere in die Erpressung involviert sind."
Herkenrath sah ihn fragend an.
„Verwickelt", erläuterte Schmitt.
„Das habe ich schon verstanden."
Herkenrath war offensichtlich beleidigt.
„Aber wieso sollen noch andere in die Erpressung involviert sein?"
„Es ist doch mehr als möglich, dass der Fotograf nicht der Erpresser ist", erklärte Schmitt. „Und dass der Erpresser nicht selbst das Geld holt, falls er oder sie aus Ihrem Bekanntenkreis stammt und so weiter und so weiter."
Herkenrath war sichtlich zerknirscht.
„Das habe ich nicht bedacht", sagte er.
„Was haben Sie denn dem Laile gesagt?" forschte Schmitt nach.
„Na ja, dass ich erpresst werde und um zwölf Uhr am Hauptbahnhof Geld übergeben soll. Der Rolf Laile ist Soloschlagzeuger in unserem Orchester und mein bester Freund. Der hält dicht. Und er kommt auch nicht zum Treffpunkt, wenn Sie deswegen Angst haben. Die Probe fängt nach der Pause um halb zwölf wieder an und läuft bis ein Uhr. Allein schon deshalb wird er nicht zum Bahnhof kommen können. Und ich konnte auch gar nicht anders, als ihm davon zu erzählen. Als ich ihm nämlich sagte, dass ich mich zur Pause um elf verdünnisieren werde, weil ich zum Arzt muss, hat er so lange nachgebohrt, bis ich mit der Wahrheit rüberkam. Wissen Sie, ich war noch nie groß beim Arzt und sichtbar habe ich ja nix. Da hat er sich halt Sorgen gemacht."

Schmitt schüttelte den Kopf.
„Und was für eine Story haben Sie ihm erzählt?"
„Dass es sich um verfängliche Fotos von einer lange zurückliegenden Studienfahrt handelt."
„Und das hat er Ihnen abgenommen, obwohl er Ihnen schon das mit dem Onkel Doktor nicht glaubte?"
„Ja. Er ist eben ein Freund und ich habe ihm ja nur von tausend Euro erzählt", sagte Herkenrath mit einem verschmitzten Ausdruck, der aber nur kurz über sein Gesicht huschte.
Immerhin, dachte Schmitt.
„Gut. Und Ihrer Frau haben Sie nichts von Ort und Zeit gesagt!"
„Doch."
Herkenrath senkte den Blick.
„Himmelherrgott nochmal!"
Schmitt explodierte. Seine Selbstdisziplin war wie weggeblasen.
„Sie hat mir versprochen, auf gar keinen Fall zu kommen, weil ich sagte, es könne gefährlich werden."
Schmitt atmete tief durch.
„Na gut. Das ist jetzt so, wie es ist. Sie müssen los. Ich hole Sie dann wie besprochen um elf am Konzerthaus ab. Bühneneingang."

Schmitt holte Herkenrath wie verabredet um kurz nach elf am Bühneneingang des Konzerthauses ab. Sie mieden das *Café Musica* gleich um die Ecke, weil in der Pause dort auch immer Kollegen aus dem Orchester saßen. Zwei Straßen weiter Richtung Hauptbahnhof befand sich in ausreichender Distanz vom *Klangpalast* ein Eiscafé mit dem unverfänglichen Namen *Soletta*. In das *Musica* würde ich allein schon wegen des Namens nicht gehen, dachte Schmitt mürrisch. Sie bestellten jeder einen Espresso. Dann gingen sie die Geldübergabe im Einzelnen durch. Zuvor musste Schmitt jedoch noch eines klären.
„Nachdem Sie schon Gott und der Welt von der Erpressung und von Ort und Zeit der Geldübergabe erzählt haben: Wem sagten Sie noch, dass Sie das Geld in einem Schließfach Ihrer Bank deponiert haben?", fragte Schmitt unschuldig.
„Erstens habe ich nicht Gott und der Welt was weitergegeben, sondern lediglich meiner Frau und meinem besten Freund. Und zweitens: Niemandem. Und drittens: Sie sind ein Arschloch!"
Schmitt amüsierte sich wie Bolle.
„Wir werden ja noch Freunde", grinste er.
Herkenrath fühlte sich nach dem für seine Verhältnisse extremen Schimpfwortexzess merkwürdigerweise saumäßig wohl.
„Und wie geht's jetzt weiter?", fragte er.
„Jetzt holen wir erstmal in aller Ruhe das Geld und werden uns dann vorsichtig über Umwege Richtung Bahnhof bewegen. Und zwar so, dass wir sicher sein können, nicht verfolgt zu werden."
„Wieso das denn?"
„Weil wir verhindern sollten, dass der Erpresser oder ein Mitwisser uns auf dem Weg zum Bahnhof das ganze schöne Geld klaut und wir dann hinsichtlich seiner Identität in die Röhre gucken."
Herkenrath musste erneut anerkennen, dass Schmitt sowohl umsichtig als auch einfach gut in seinem Job war.
„Wir werden gemeinsam ungefähr Viertel vor zwölf auf der rechten Seite des Bahnhofsvorplatzes circa zweihundertfünfzig Meter von Haupteingang und Kiosk entfernt eintreffen. Sie

werden dann fünf Minuten vor zwölf am Kiosk des Bahnhofes sein und Ihre Lidltüte mit dem Geld im Abfalleimer deponieren. Danach verschwinden Sie sofort im Bahnhofsgebäude."
„Und Sie?"
„Ich bleibe auf der rechten Seite des Vorplatzes und beobachte Umgebung und Leute. In dem Moment, in dem sich der Erpresser oder ein Gehilfe dem Kiosk nähert, werde ich wissen, dass es soweit ist. Der wird nämlich instinktiv die Gegend ständig nach einer Falle ausspähen und sich damit auffällig machen, ohne sich dessen bewusst zu sein", erläuterte Schmitt ausführlich ganz gegen seine Art.
„Aber ich kann doch im Eingangsbereich des Bahnhofes stehen bleiben. Vielleicht erkenne ich denjenigen, der das Geld holt."
„Und er Sie! Genau das gilt es ja zu verhindern."
Dem konnte Herkenrath nichts entgegensetzen und so zahlten sie und verließen das Eiscafé. Wegen eventuellen Verfolgern wechselten sie mehrmals die Straßenseite und machten einige Umwege. Zwar bezweifelte Schmitt, dass sie beobachtet wurden, aber er wollte zeigen, dass er sein Honorar wert war. Ziemlich pünktlich Viertel vor zwölf waren sie am Bahnhofsvorplatz. Beiden fiel nichts Ungewöhnliches auf. Die Menschen strömten aus Straßenbahnen und Seitenstraßen in den Bahnhof und den umgekehrten Weg hinaus.
Nach ein paar Minuten sagte Schmitt: „Nu mal los. Und nicht vergessen: Nachdem Sie das Geld hinterlegt haben, verschwinden Sie sofort im Gebäude!"
„Ist in Ordnung. Ich bin ja nicht blöde!"

Na ja, dachte Schmitt. Er beobachtete Herkenrath, wie er in der Tat unauffällig den Platz Richtung Kiosk überquerte, die Lidltüte mit dem Geld in den Abfalleimer auf der rechten Seite steckte und zum Hauptportal des Bahnhofs weiterging. Bevor er jedoch den Eingang passierte, drehte er sich um und schaute in verschiedene Richtungen, als ob er gerufen worden war. Was soll das denn, ärgerte sich Schmitt. Im selben Moment sah er, wie sich eine Gestalt auf einem Skateboard Herkenrath näherte. Mittlere Größe, was durch das Board allerdings nicht

genau festzumachen war. Kapuzenpulli, ebenso schwarz wie die Hosen. Die Kapuze über den Kopf und das halbe Gesicht gezogen. Die Gestalt stoppte vor Herkenrath, der sie, soweit Schmitt erkennen konnte, erstaunt ansah. Was jetzt geschah, erlebte Schmitt wie einen Alptraum. Die Gestalt setzte Herkenrath die rechte Faust unter das Kinn, wo sie einige Sekunden blieb. Dann wurde die Faust in einer fließenden Bewegung gesenkt, die Gestalt stieß sich mit dem linken Fuß ab, rollte auf dem Board ohne ersichtliche Hast in der Schmitt entgegen gesetzten Richtung über den Vorplatz des Bahnhofs und verschwand in der Fußgängerzone. Schmitts Augen wanderten zurück zu Herkenrath und er sah gerade noch, wie dieser zusammensackte und der Länge nach auf den Boden rutschte. Er blutete heftig aus dem Kopf. Wo die Wunde saß, konnte Schmitt nicht erkennen. Er war völlig paralysiert und unfähig, irgendetwas zu denken oder zu tun. Er starrte auf Herkenrath, um den sich langsam eine durcheinander rufende Menschentraube bildete.
Das durfte doch nicht wahr sein! Was um Gottes willen war da passiert? Mechanisch nahm Schmitt sein Handy, wählte 112 und gab, nachdem sich die Rettungsleitstelle gemeldet hatte, durch, dass direkt vor dem Haupteingang zum Bahnhof ein stark blutender, offensichtlich schwer verletzter Mann lag. Seinen Namen nannte Schmitt ebenso wenig wie den von Herkenrath. Wie aufgezogen bewegte er sich über den Platz Richtung Hauptportal, wo mittlerweile zwei Bundespolizisten, die irgendwoher aufgetaucht waren, die Menschen zurückdrängten, so gut es ging.
Schmitt hatte plötzlich einen freien Blick auf Herkenrath. Der blutete aus dem Hals, besser gesagt aus dem Unterkiefer. Das Blut pumpte in Intervallen, aber es wurde mit jedem Stoß weniger. Herkenraths Beine, Füße und Hände zuckten unkontrolliert. Er war leichenblass, die Augen geschlossen. Plötzlich lag er ganz still; das Blut hörte auf zu fließen. Schmitt wurde kotzübel. Dennoch ging er ruhig an der größer werdenden Menschenmenge zum Abfallkorb neben dem Kiosk, fischte die Lidltüte heraus und setzte seinen Weg Richtung Fußgängerzone

fort. Im Gehen warf er einen Blick in die Tüte, in der das Geld ganz offensichtlich unberührt lag. Nachdem er den Platz überquert hatte, drehte er sich um.
Mittlerweile waren zusätzlich zu den Bundespolizisten einige Blauuniformierte aus dem nahegelegenen Polizeipräsidium zum schwerverletzten Herkenrath geeilt. Mit vereinten Kräften war es ihnen gelungen, die Menschen abzudrängen. Einer der Polizisten kniete neben dem Verletzten und versuchte eine Herzmassage. Ein Notarztwagen kam angerast, gleich hinter ihm ein Krankentransporter. Der Notarzt und ein weiterer Weißkittel sprangen aus ihrem PKW und rannten zu dem bewusstlosen Oboisten.
Der Notarzt löste den Polizisten ab und kniete nun gleichfalls neben Herkenrath. Noch bevor die zwei Rettungssanitäter die Krankentrage aus ihrem Transporter geholt hatten, blickte der Notarzt auf und zu ihnen hinüber. Er schüttelte den Kopf. Die Beiden verstauten die Trage wieder und schalteten das Blaulicht aus.
Schmitt war innerlich immer noch wie erstarrt. Was war das denn? Er konnte nicht fassen, was sich vor seinen Augen abgespielt hatte. Ihm war koddrig wie selten und er hatte das Gefühl, am ganzen Körper zu zittern. Bisher hatte er weder mit körperlicher Gewalt noch mit Schlägern, geschweige denn mit Mord und Mördern zu tun gehabt. Wer hatte Herkenrath getötet? Und warum? Der Erpresser konnte es kaum sein. Oder war die ganze Erpressung eine Falle, eine tödlich gestellte Falle? Und wie wurde Herkenrath getötet? Schmitt hatte keinen Schuss gehört, kein Messer aufblitzen sehen. Nur mit der Faust konnte eine solche Wunde nicht gerissen werden. Dessen war sich Schmitt auch ohne jede Erfahrung sicher. War es eine Zufallstat von irgendeinem Spinner, die jeden hätte treffen können? Falscher Ort, falscher Zeitpunkt? Das schloss Schmitt aus, dazu war der Täter zu zielgerichtet vorgegangen. Und auch eine Verwechslung konnte Schmitt sich nicht vorstellen, das wäre bei der Vorgeschichte zu viel des Zufalls.
Er nahm die Lidltüte fester in die Hand und war nach wenigen Schritten ebenso in der Fußgängerzone untergetaucht wie vor etwa zwanzig Minuten der Mörder Herkenraths.

DAS SCHLAGZEUG

KAPITEL 13

„Schmitt."
„Du hast doch wohl nichts damit zu tun?" Die Stimme seiner Ex war unverkennbar.
„Womit soll ich nichts zu tun haben?"
„Tu doch nicht so unschuldig. Mit dem Mord an Herkenrath natürlich. Der *Volksbote* ist heute voll damit. Wer sonst soll mit Rolf H., hiesiger Solo-Oboist, gemeint sein?"
„Ja, es war Herkenrath. Und nein, ich habe nichts damit zu tun. Aber ich habe alles aus ungefähr zweihundert Metern gesehen. Es war schrecklich und ich will sowas nie wieder erleben! Wenn wir uns heute Abend treffen, erzähle ich dir ..."
„Ich muss unbedingt die Seminare in Aarhus vorbereiten", fiel Susanne Mälis ihm ins Wort. „Tut mir leid."
„Aha, man setzt sich rechtzeitig ab. Wie vor neun Jahren."
„Du redest Quatsch, Schmitt! Tschüss!"
Sein Abschiedsgruß ging ins Leere. Mälis hatte schon aufgelegt.

Schmitt dachte nach. Abgesehen vom tief sitzenden Schock über den Mord an Herkenrath wurmte ihn die Tatsache, dass er seinen Auftraggeber verloren hatte. Nach menschlichem Ermessen musste Frau Herkenrath wissen, dass ihr verstorbener Mann einen Privatdetektiv eingeschaltet hatte und um wen es sich handelte.

Dass sie dies der Polizei erzählen würde, war wahrscheinlicher als das Gegenteil. Da Schmitt überaus gerne herausfinden wollte, wer denn nun erpresst, wer die Fotos geschossen, vielleicht sogar, wer Herkenrath umgebrachte hatte, war eine Kontaktaufnahme mit der Witwe angebracht. Zumal dadurch sowohl ihr als auch den Typen von der Kripo jedweder Wind für Verdächtigungen aus den Segeln genommen würde. Wer denn auch sollte ihm misstrauen, wenn er von sich aus die Erpressung weiter aufklären wollte? Aber konnte er bereits heute, einen Tag nach dem Mord diesen Kontakt mit Aline Herkenrath suchen? Wenn die Trauer so tief, der Schrecken so groß war? Andrerseits: Die Polizei hatte sie bestimmt bereits in der Mangel.

Schmitt gab sich einen Ruck, suchte die Telefonnummer und die Adresse von Aline Herkenrath im Telefonbuch heraus und rief an. Nach sechsmaligem Klingeln meldete sie sich.

„Herkenrath."

„Frau Herkenrath, Sie kennen mich nicht. Mein Name ist Schmitt. Ich habe Ihrem Mann bei einer privaten Angelegenheit geholfen. Es tut mir so leid, was mit ihm geschehen ist. Ich spreche Ihnen mein Mitgefühl aus."

Schmitt war hörbar ungeübt in Trauerangelegenheiten.

„Ich danke Ihnen, Herr Schmitt. Was kann ich für Sie tun?"

Frau Herkenrath klang nicht nur gefasst, sondern geradezu geschäftsmäßig.

„Es geht um die Erpressung, von der Ihr Mann Ihnen erzählt hat."

Frau Herkenrath wurde eisig. „Ja?"

„Nein, um Gottes willen. Nicht ich habe ihn erpresst. Im Gegenteil, er hatte mich beauftragt, den Erpresser zu ermitteln und

die ganze Sache zu einem guten Ende zu bringen. Hat er Ihnen davon nichts erzählt?"
„Davon nicht. Von der Erpressung ja. Und? Was kann ich nun für Sie tun?"
Da war es wieder, das durch und durch Geschäftsmäßige. Schmitt konnte es sich nicht erklären. Sie hatte gestern ihren Mann unter schrecklichen Umständen verloren. Und sie war doch Musikerin, Pianistin, soweit Schmitt sich erinnern konnte. Das hatte doch auch mit Gefühlen zu tun. Merkwürdigerweise hatte Schmitt seinen Kinderglauben noch nicht verloren, obwohl er doch der Hochkultur und ihren Jüngerinnen und Jüngern nichts abgewinnen konnte.
„Ich würde gerne mit Ihnen sprechen. Ihnen die Hintergründe erläutern, den Tathergang, den Stand der Ermittlungen ..."
„Ja, in Ordnung. Wann können Sie denn? Oder besser: Kommen Sie doch heute gegen fünf Uhr zu mir. Ich bin um sechs Uhr in die Polizeidirektion bestellt und habe dann wenigstens schon ein paar Informationen."
Schmitt war perplex. Hatte diese Frau keine Emotionen? Oder war das nur ihre Art, damit umzugehen?
„Das passt mir gut. Ich bin dann um fünf bei Ihnen im Buchenweg."
„Gut. Bis dann, Herr Schmitt."
„Ja. Auf Wiederhören."
Schmitt atmete tief aus. Damit hatte er nicht gerechnet. Aber es war wesentlich angenehmer, als mit einer hysterischen Frau zu reden.
Schmitt machte sich rechtzeitig auf den Weg und fuhr mit seinem Peugeot durch die halbe Stadt in den Buchenweg, der in einer ruhigen, bürgerlichen, aber nicht übertrieben reichen Gegend lag. Das Einfamilienhaus der Herkenraths war schon älter, hatte aber wie das der Rufs für Musiker den Vorteil, ungestört und ohne zu stören üben und proben zu können. Zumal ein schönes Grundstück die Nachbarn auf Abstand hielt.
Aline Herkenrath öffnete unmittelbar nach seinem ersten Klingeln, als ob sie hinter der Tür gewartet hätte.
„Mein Name ist Schmitt. Guten Tag, Frau Herkenrath. Nochmal herzliches Beileid."

„Danke, Herr Schmitt. Bitte treten Sie ein."
Sie ging voraus in ein großzügig und hübsch eingerichtetes Wohnzimmer, in dem sich auch ein Konzertflügel und mehrere Notenständer befanden.
Schmitt bemerkte nun, dass sie durchaus litt und ganz und gar nicht die beherrschte *Grande Dame* war, die er vom Telefonat her erwartet hatte. Sie war für eine Frau eher groß, so um die 1,75 m, sehr schlank und ihre etwa fünfundvierzig Jahre sah man ihr an. Ihre verweinten Augen lagen tief und um ihren Mund deuteten einige Längsfalten auf Schmerzen hin, die nicht unbedingt körperlicher Natur sein mussten. Aline Herkenrath war makellos, aber völlig unerotisch.
Von ihr ging keinerlei Ausstrahlung aus, die Schmitt auch nur annähernd in Wallung brachte. Und das lag sicherlich nicht an ihrer Trauer. Oder an Schmitt. Ähnliches hatte er früher schon öfter bei Pianistinnen erlebt, die er durch seine Ex kennengelernt hatte. Oder besser allgemein bei vielen Musikerinnen der ernsten Zunft. Alles soweit okay, aber ebenso viel Sexappeal wie eine Dose Kolophonium. Nun ja, er war ja auch nicht hier, um die Witwe mit seinem ungeübten Triebleben zu beglücken, zumal sein eigener Sexappeal ...
„Frau Herkenrath, inwieweit hat Ihr Mann Ihnen von der Erpressung erzählt. Und wann?", wollte Schmitt wissen.
„Er hat es mir am Donnerstagabend gesagt. Aber sagen Sie mir doch erstmal, wie Sie ins Spiel gekommen sind."
„Ihr Mann hat mich am vergangenen Montag kontaktiert. Wir vereinbarten, dass ich den Erpresser spätestens bei der Geldübergabe gestern fassen und, wenn man so will, unschädlich machen sollte. Falls ich ihn oder sie nicht vorher im Rahmen meiner Ermittlungen erwischte. Ich habe Ihren Mann dann gestern zum Hauptbahnhof begleitet und war Zeuge des Mordes, ohne zunächst zu begreifen, dass Ihr Mann vor meinen Augen getötet wurde. Ich weiß nicht, ob der Täter ein Mann oder eine Frau ist. Eine Gestalt im Kapuzenpulli kam auf einem Board an, hielt kurz vor Ihrem Mann und fuhr gleich darauf weiter. Ich konnte noch nicht einmal die Größe dieser Gestalt einigermaßen sicher erkennen. Ihr Mann hatte zuvor das Geld

verabredungsgemäß in einen Abfalleimer beim Kiosk vor dem Haupteingang des Bahnhofs abgelegt. Als ich später nach dem Geld suchte, war es weg. Ob der Erpresser es in dem Durcheinander an sich nahm oder ein anderer das Geld zufällig fand, keine Ahnung."

„Und was wollen Sie nun von mir?", fragte Frau Herkenrath gänzlich ungerührt.

„Ich wollte Ihnen anbieten, in dieser Sache weiter zu ermitteln und, wenn möglich, das gezahlte Geld zurückzuholen."

„Wollen wir das nicht lieber der Polizei überlassen?"

„Die Polizei wird versuchen, den Mord an Ihrem Mann aufzuklären. Die Erpressung wird die Mordkommission nur insoweit interessieren, als diese mit dem Mord in Zusammenhang stehen könnte. Das hat sie meiner Meinung nach wohl nicht. Der Erpresste ist, so leid es mir auch tut, tot. Er kann keine Anzeige mehr erstatten. Und dass überhaupt eine Erpressung stattgefunden hat, behaupten nur Sie und ich. Vielleicht handelt es sich in Wirklichkeit um einen Schwindel, der etwas Anderes verdecken soll. Immer aus dem Blickwinkel der Polizei natürlich. Und im Übrigen: Es gilt ja auch, den Ruf Ihres Mannes zu schützen."

Schmitt legte sich enorm ins Zeug. Schließlich ging es um seine Ehre oder das, was er dafür hielt. Und darum, in dieser Angelegenheit weiterhin einen Auftraggeber, besser eine Auftraggeberin zu haben. Das versprach einen gewissen Schutz vor zu intensiven Verdächtigungen und Unterstellungen durch die Polizei, mit denen Schmitt durchaus rechnete.

„Warum sollte der Ruf meines Mannes berührt sein? Eine gefälschte Diplomarbeit ist ja nun nicht die Welt, vor allem nicht heutzutage. Jedenfalls nicht posthum."

Frau Herkenrath zeigte sich unbeeindruckt und schaute verstohlen-deutlich auf die Uhr.

„Sie haben völlig Recht. Die gefälschte Diplomarbeit eines Toten wäre keiner Rede wert. Und den Verlust des Geldes könnte man eventuell verkraften, zumal es unversteuert war. Um nicht den Begriff Schwarzgeld zu verwenden. Aber der Grund für die Erpressung war leider ein ganz anderer."

Schmitt hatte nun wieder die volle Aufmerksamkeit von Frau Herkenrath, die plötzlich nicht mehr an ihren Sechs-Uhr-Termin dachte.
„Ihr Mann hatte eine Affäre und davon gibt es Fotos", fuhr Schmitt vorsichtig fort.
Frau Herkenrath saß ganz still und unbewegt.
„Aber auch das ist doch nichts Außergewöhnliches heutzutage", brachte sie fast tonlos hervor und Schmitt sah ihr an, dass sie jetzt wirklich unglücklich war. „Wir hatten schon einige Jahre kaum noch Sex. Das ist irgendwie eingeschlafen."
Bla, bla, bla, dachte Schmitt, immer derselbe getretene Quark. Er wartete. Nach einer Weile fuhr Aline Herkenrath fort.
„Ich hatte natürlich so eine Ahnung, dass Rolf mit anderen Frauen ... oder mit einer anderen Frau ... Ich bin da nicht so aktiv und brauche ..."
Sie verstummte. Schmitt wartete weiter.
„Rolf wollte schon mehr und auch anders ... Anders, als es mir lieb war."
Verklemmte Ziege, dachte Schmitt.
„Frau Herkenrath, das Problem ist, dass Ihr Mann die Affäre mit Silke Ruf hatte."
Aline Herkenrath erstarrte. Ihr Blick richtete sich auf das Fenster und weiter ins Nichts. Sie war nun völlig fassungslos. Ihre Augen füllten sich mit Tränen, aber sie liefen nicht über. Sie hatte offensichtlich keine Ahnung von den aushäusigen Triebanfällen ihres Mannes gehabt, weder mit anderen Frauen noch gar mit der *kleinen Silke*.
„Und was machen wir jetzt?", fragte sie in Richtung Fenster.
Schmitt ließ ihr Zeit, bevor er seine Vorschläge unterbreitete. Nach ein, zwei Minuten endlosen gemeinsamen Schweigens begann er.
„Als erstes müssen wir zusammen eine Strategie entwickeln, wie Sie sich gegenüber der Polizei verhalten. Was Sie denen sagen und was Sie besser verschweigen. Mein Vorschlag ist, dass Sie einfach so tun, als wären Sie vollkommen überrascht vom Mord an Ihrem Mann. Als könnten Sie sich überhaupt nicht vorstellen, wer so etwas tut. Ihr Mann hätte keine Feinde, hätte

keine dunkle Seite gehabt und hätte nie jemandem etwas getan. Er sei ein treuer Ehemann gewesen, der nur seine Musik kannte, seine Tätigkeit im Orchester ernst nahm und daneben etwas Kammermusik mit befreundeten Musikern betrieb."
„Bis auf den treuen Ehemann und seine dunkle Seite stimmt das ja auch", erwiderte Frau Herkenrath.
„Und von einer Erpressung haben Sie nie etwas gehört", ergänzte Schmitt.
„Von einer Erpressung habe ich nie etwas gehört", wiederholte Frau Herkenrath brav.
„Ich nehme auch nicht an, dass die Kripo durch Andere von dieser Erpressung hören wird. Der Erpresser selbst wird im eigenen Interesse seinen Mund halten. Und wenn Sie und ich nichts ausplaudern, bleibt es tatsächlich unter uns. Damit bin ich bei meinem zweiten Vorschlag, den ich vorhin schon anklingen ließ: Sie beauftragen mich förmlich, mit den Ermittlungen in der Erpressungsangelegenheit fortzufahren. Dadurch bietet sich mir im günstigsten Fall die Gelegenheit, mit dem Erpresser Tacheles zu reden und ihn endgültig mundtot zu machen. Außerdem könnte ich so die zwanzigtausend Euro wiederbeschaffen. Nebenbei werde ich möglicherweise durch diese Ermittlungen eine Spur in der Mordsache finden und der Polizei auf die Sprünge helfen können", fuhr Schmitt fort, flott und forsch.
„Das leuchtet mir ein. Einverstanden. Wie sehen Ihre Bedingungen aus?"
„Ich bekomme ein Tageshonorar von zweihundertfünfzig Euro zuzüglich Spesen. Ihr Mann hatte mich bereits für sieben Tage bezahlt, sodass Ihre Verpflichtung am Dienstag beginnt. Üblicherweise erhalte ich einen Vorschuss, in diesem Fall erneut für sieben Tage und zwar in bar. Für die Spesen bekomme ich ebenfalls einen Vorschuss und zwar fünfzig Euro pro Tag. Das wären dann für sieben Tage insgesamt zweitausendeinhundert Euro. Wenn Sie mir die bitte für Montag oder Dienstag bereit halten. Ich hole sie dann bei Ihnen ab und wir können einen schriftlichen Vertrag über den Ermittlungsauftrag machen. Die Spesen werden natürlich abgerechnet."

Schmitt wunderte sich selbst über seine Ehrlichkeit in Sachen des bereits geleisteten Honorars durch Rolf Herkenrath. Andererseits hatte dieser vielleicht irgendeine Notiz hinterlassen. Allerdings verschwieg er den noch nicht abgerechneten Spesenvorschuss der vergangenen Woche.
„Ich erwarte Sie also Dienstag."
Aline Herkenrath reichte ihm eine sehr kühle Hand zu einem ebensolchen Blick.
Schmitt verließ das Haus. Aus dieser Frau mochten andere schlau werden, er wurde es nicht

KAPITEL 15

Nach einem weiteren freudlosen Abend ging Schmitt trotz mittlerweile scheußlichem Wetter am Sonntagmorgen statt in die Kirche, in der er seit seiner immerhin kirchlichen Trauung nicht mehr gesehen wurde, und statt in die Kneipe, die er sonntags ebenso mied, in sein Büro. Er hatte keinen besonderen Grund. Arbeit, selbst banale Büroarbeit war nicht zu erledigen. Aber merkwürdigerweise konnte er in seinem Geschäftsraum logischer, direkter und abstrakter denken als zu Hause und wurde durch nichts abgelenkt. Nach einer gewissen Zeit des Nachdenkens kam Schmitt zu dem Entschluss, mit den Eltern oder wenigstens einem Elternteil von Silke Ruf zu sprechen. Er musste herausfinden, ob und gegebenenfalls wieviel sie möglicherweise vom Missbrauch ihrer Tochter wussten. Nach weiteren Überlegungen, wie ein glaubwürdiger Zugang zu den Rufs zu ermöglichen sei, fand er, dass dies am ehesten über seine bereits erprobte Rolle als Journalist gelingen könnte. Vielleicht käme er bei ihnen über ein musikalisches Thema zu seinem eigentlichen Anliegen. Und mit seinem Halbwissen aus vergangenen Ehezeiten fiele ihm diese Maskerade sicherlich nicht schwer. Schmitt suchte die Telefonnummer der Rufs heraus. Nach kurzem Läuten wurde abgenommen.

„Hier spricht Silke Ruf", meldete sich eine kindliche Stimme.

Schmitt zögerte. Würde sie seine Stimme wiedererkennen?

„Kann ich bitte deinen Papa sprechen?"

Schmitt hörte, wie Silke nach ihrem Papa rief.

„Wer ist es denn?", klang es aus dem Hintergrund.

„Weiß nicht", antwortete Silke.

„Gernot Ruf."

„Schmitt, guten Tag. Entschuldigen Sie bitte die Störung am heiligen Sonntag, aber ich habe mir gedacht, dass ich Sie bei diesem miserablen Wetter am besten zu Hause erreiche. Ich bin Journalist und schreibe für einige überregionale Blätter derzeit eine Reihe über Kammermusikensembles, die eher nebenberuflich als solche arbeiten und deren Besetzung nicht alltäglich ist. Ob Sie mir wohl für ein Interview zur Verfügung stehen könnten?"

„Wie kommen Sie auf mich beziehungsweise auf uns?“, wollte Ruf wissen.
„Für einen Journalisten, besonders für einen freien wie mich, ist Recherche die Hälfte seiner Arbeit und zwar der unbezahlte Teil“, antwortete Schmitt gut gelaunt.
„Jetzt mal raus mit der Sprache: Was wollen Sie mir verkaufen?“
Schmitt lachte kurz auf.
„Nichts. Aber ich verstehe, dass Sie misstrauisch sind. Kann ich bei Ihnen für ein Gespräch, von sagen wir etwa dreißig Minuten, vorbeikommen? Zum Beispiel morgen Vormittag?“
„Einverstanden. Halb zehn. Und wenn Sie mir doch mit einer Versicherung, einem Abo oder sowas kommen, schmeiße ich Sie hochkant raus.“
„In Ordnung. Dann bis morgen.“

Das passt ja, freute sich Schmitt. Vormittags ist Silke in den Werkstätten und der Filius sicherlich in der Uni. Und selbst wenn Mischa zu Hause wäre: Er kennt mich auch nur als Journalisten. Also keine Gefahr.
Schmitt stand auf und wollte sich seinen Regenmantel überziehen, als es klopfte. Schnell war er wieder hinter seinem Schreibtisch und drückte den Türöffner. Ein etwa fünfunddreißigjähriger Mann mit Regenjacke und Schirm betrat das Einzimmerbüro.
„Guten Tag“, sagte er floskellos mit dem typischen Gesichtsausdruck eines Menschen, der jederzeit auch anders kann.
Polizei, dachte Schmitt.
„Polizei“, sagte der Mann, „Kriminalhauptmeister Kohl.“
Er zeigte seinen Dienstausweis, den Schmitt entgegennahm und eingehend studierte.
„Ich habe einige Fragen zum Todesfall Herkenrath.“
„Tag“, sagte Schmitt lakonisch. Wie kommen die denn jetzt schon auf mich, fragte er sich. Hatte die Herkenrathsche etwa doch gequatscht?
„Wir haben erfahren, dass Sie für Herrn Herkenrath in einer Erpressungsangelegenheit, nun ja, gearbeitet haben.“
Schmitt blieb zurückhaltend.
„Ja?“, fragte er gedehnt.

„Ja", sagte Kohl. „Erzählen Sie doch mal, um was es bei dieser Erpressung ging, und ob Sie etwas herausbekommen haben."
„Bin ich etwa verdächtig?"
Kohl fixierte ihn.
„Nun machen Sie mal halblang. Ich habe nur ein paar Fragen. Aber wir können Sie natürlich auch förmlich als Zeugen bei uns im Präsidium vernehmen."
Kohl konnte eben auch anders.
„Das wäre mir lieber", sagte Schmitt.
Kohl reagierte ärgerlich.
„Das ist eigentlich nicht nötig. Aber wenn Sie meinen, Sie müssten Zeit gewinnen ..."
„Darum geht es doch gar nicht. Ich will nur, dass meine Aussagen ordentlich in einem von mir unterzeichneten Protokoll stehen, damit es keine Missverständnisse gibt."
Natürlich will ich Zeit gewinnen, und wie. Und vor allem vorher mit der Herkenrath sprechen, du Schafskopf. Schmitt war sich aber auch darüber im Klaren, dass er mit seinem Verhalten keinen neuen Freund gewonnen hatte.
„Also morgen früh um elf Uhr im Büro von Kriminalhauptkommissar Ringwald!", stellte Kohl mit einer Bestimmtheit fest, die keinen Widerspruch duldete.
„Das wird leider etwas knapp. Ich habe um halb zehn einen Zahnarzttermin", flunkerte Schmitt.
„Gut, dann um halb zwölf. Aber seien Sie pünktlich. Mein Chef wird sonst gerne recht ungemütlich."
„Ich werde da sein und stehe dann voll und ganz zur Verfügung."
„Worauf Sie sich verlassen können", verabschiedete sich Kohl.
Hat die Herkenrathsche ihren Mund also doch nicht halten können. Er rief sie an.
„Herkenrath."
„Frau Herkenrath, hallo. Hier ist Schmitt. Eben war die Polizei bei mir und wollte alles über die Erpressung Ihres Mannes wissen. Was haben Sie denen denn erzählt?"
„Nichts. Das war doch so abgemacht. Ich habe dort nichts erzählt", sagte Aline Herkenrath verwundert und auch ein wenig verstimmt.

„Aber wie kommen die sonst darauf?"
Noch während er die Frage stellte, fiel ihm ein, dass Rolf Herkenrath ihm gebeichtet hatte, auch Herbert Laile über die Sache informiert zu haben. Und für den hatte er ja einst gearbeitet. Der kannte den Namen der Detektei Schulzenrieder und die Büroadresse. Beides hatte er Aline Herkenrath noch gar nicht mitgeteilt. Allein mit dem Namen Schmitt hätte die Polizei gar nichts anfangen können.
„Entschuldigen Sie bitte, Frau Herkenrath. Tut mir sehr leid. Da war ich auf dem völlig falschen Dampfer. Ich weiß nun, wer die Kripo auf die Spur gebracht hat. Hat nichts mit Ihnen zu tun. Ich werde mich wie verabredet am Dienstag wieder bei Ihnen melden. Auf Wiederhören."
„Auf Wieder ...", stotterte eine völlig verdutzte Aline Herkenrath.
Schmitt war immer noch überrascht. Da hatte die Kripo doch tatsächlich schon begonnen, das Umfeld von Rolf Herkenrath unter die Lupe zu nehmen und bereits mit seinen Kollegen im Orchester zu sprechen. Respekt. Vielleicht hatte sich allerdings Laile auch von sich aus mit seiner Geschichte bei der Polizei gemeldet. Wie auch immer, morgen würde er im Präsidium gegrillt werden. Darüber war Schmitt sich im Klaren.
Nun zog er im zweiten Anlauf seinen Regenmantel an, einen alten Trenchcoat aus den späten achtziger Jahren. Für ihn ein Kultstück. Er verließ sein Büro, schloss ordentlich ab, stieg in sein Auto und fuhr einem faulenzerischen Sonntagnachmittag und -abend entgegen.

KAPITEL 16

Am nächsten Tag klingelte er pünktlich um halb zehn an der Haustüre Neufelsring 3. Gernot Ruf öffnete ihm. Es regnete immer noch, war aber wärmer als am Abend zuvor. Deshalb hatte Schmitt nur eine leichte Jacke an und einen Regenschirm dabei. Ruf sah richtig sympathisch aus. Ein jungenhafter Typ mit vollem Haar, auf unkünstliche Art verwuschelt. Schlabberhose, leichter Pulli und barfuß. Im Alter von Herkenrath, also Mitte vierzig. *Schönes Alter*, dachte Schmitt neidisch.
„Kommen Sie rein. Sie haben ja gar keine Verkaufsutensilien dabei", witzelte Ruf im Blick auf fehlende Akten- oder sonstige Taschen.
„Guten Tag", sagte Schmitt „nein, ich will ja nicht sofort rausgeschmissen werden."
„Wir gehen dann mal ins Wohnzimmer. Kaffee?"
„Das wäre toll."
Schmitt schaute sich im Zimmer um, während Ruf eine Thermoskanne holte. Tassen, Zucker und Milch standen schon auf dem Tisch vor der gemütlichen Sitzecke mit Couch und den üblichen zwei Sesseln. Schmitt erkannte die Couch und das Umfeld von den Fotos, die Herkenrath ihm überlassen hatte. Nun war die Couch jedoch unschuldig und lud nur zum Sitzen ein.
„Aber nehmen Sie doch bitte Platz", rief der Gastgeber auf dem Weg von der Küche.
Schmitt setzte sich und Ruf alsbald ebenfalls.
„So, nun erzählen Sie mal, was Sie an unserem kammermusikalischen Treiben interessiert", forderte Ruf ihn auf.
„Das ist schnell erklärt", antwortete Schmitt. „Auf der einen Seite gibt es die professionellen Ensembles, vor allem Streichquartette, die sich auch schon mal zu Klavierquintetten erweitern oder mit einem Klarinettisten oder einem zweiten Cello ergänzen. Die ordentlich mit Tourneen, Rundfunk- und CD-Aufnahmen, Festivals und so weiter im Geschäft sind. Streichtrios und Klaviertrios haben es da schon schwerer, können jedoch durchaus gut vermarktet sein. Die Mitglieder müssen aber

dennoch in aller Regel nach zusätzlichen Erwerbsquellen suchen. Viele andere kammermusikalische Formationen aber können nur existieren, wenn ihre Mitglieder feste Stellen, zum Beispiel im Orchester, als Lehrer oder als Professoren haben. Aber wem erzähle ich das, das wissen Sie ja besser als ich. Diese Formationen interessieren mich und meine Auftraggeber. Die spielen in ihren eher unüblichen Besetzungen oft Werke jenseits des ausgelutschten Repertoires, bearbeiten viele Kompositionen selbst für ihre Besetzungen und werden damit nicht viel verdienen, nicht viele Auftritte haben, außer im Selbstverlag kaum eine CD einspielen und bleiben doch bei der Stange."

Schmitt machte eine Pause. Erschüttert über sich selbst, voller Ehrfurcht vor seinen Ausführungen. Dass seine Ex und die Erlebnisse mit ihr so abgefärbt hatten, hätte er nicht gedacht. Marx hatte wohl doch recht. Das Sein bestimmt das Bewusstsein.

„Herr Schmitt, da sind Sie ja schon weit vorgedrungen. Viel mehr kann ich Ihnen auch nicht zu diesem Thema sagen."

„Das werden wir sehen."

Schmitt holte seinen Block und einen Kuli aus der Jackentasche.

„Wie viele Konzerte haben Sie etwa im Jahr?"

„Na, das werden so um die zehn sein."

„Nur hier in dieser Stadt?"

„Nein, das geht auch mal in mittelgroße Städte der weiteren Umgebung. Oder im Sommer mal auf Einladung zu einem Festival."

„Und was Sie verdienen damit?"

Ruf lachte.

„Die Fahrtkosten müssen schon drin sein. Und was übrig bleibt, wird für Noten, Konzertkleidung, Instrumentenpflege ausgegeben."

„Warum machen Sie es dann?"

„Wir sind Musiker", sagte Ruf schlicht.

„Ihre Besetzung ist Klavier, Violine, Oboe und wird manchmal ergänzt."

„Das ist unsere Standardbesetzung. Dazu kommt nach Bedarf anderes Holz oder auch Blech."
Ruf war in seinem Element. Und Schmitt näherte sich seinem eigentlichen Thema.
„Sind Sie alle daneben berufstätig?"
„Ja. Ich arbeite vollamtlich an unserer Musikschule hier in der Stadt, meine Frau ist dort mit halbem Deputat und der Oboist war im hiesigen Orchester angestellt."
„War?"
„Ja. Er ist vor kurzem gestorben."
„Aber doch nicht der, der vorgestern ermordet wurde? Herkenrath oder so ähnlich."
Jetzt war Schmitt mitten im Thema.
Das Jungenhafte verschwand wie in Zeitlupe aus Rufs Gesicht. Er presste die Lippen aufeinander. Ein leichtes Zucken flatterte über seinem rechten Mundwinkel.
„Habe ich etwas Falsches gesagt, Herr Ruf?"
Schmitt bemühte sich um einen mitfühlenden Ton.
„Erwähnen Sie diesen Namen bitte nicht in meinem Haus."
Auch Rufs Stimme hatte sich verändert.
„Aber ich wollte doch nicht ..."
„Lassen wir es bitte dabei."
In diesem Moment kam Silke Ruf in das Wohnzimmer gestürmt und geradewegs auf ihren Vater zu. Als sie Schmitt erblickte, zögerte sie, erkannte ihn dann aber offensichtlich wieder.
„Onkel Heinz!", rief sie erfreut.
Ruf zog die Stirn zusammen.
„Onkel Heinz?", fragte er verwirrt.
„Ich habe Silke vor einigen Tagen beim Kiosk am Bismarckplatz kennengelernt. Der Kioskbesitzer hat uns miteinander bekannt gemacht", erklärte Schmitt. „Ist das Ihre Tochter?"
Schmitt war rot geworden, hatte die Situation aber, wie er fand, gut im Griff. Ruf meinte das allerdings ganz und gar nicht.
„Verlassen Sie jetzt bitte sofort mein Haus!"
Rufs Stimme hatte einen unheilvollen Klang eingenommen. Alles Jungenhafte war von ihm abgefallen. Er stand auf.
„Aber ...", stotterte Schmitt.

„Sie gehen jetzt. SOFORT!"
Das war ein eindeutig drohender Ton. Auch Schmitt hatte sich erhoben. Er ging durch das Wohnzimmer zur Haustür. Silke Ruf verstand die Welt nicht und weinte still in sich hinein.
„Ich habe nichts mit irgendwas zu tun", versuchte Schmitt auf dem Rückzug stotternd und hilflos zu erklären.
Ruf folgte ihm mit zornweißem Gesicht. Schmitt öffnete die Tür und verließ das Haus.
„Ich werde mich noch mal melden, wenn Sie sich beruhigt haben."
Als Antwort schmiss Ruf ihm den Regenschirm hinterher und knallte die Haustür zu.
Als Schmitts Puls wieder etwas langsamer schlug, wurde ihm klar, dass Ruf von Herkenraths Machenschaften wissen musste. Anders war seine heftige Reaktion sowohl auf den Namen Herkenrath als auch auf die Bezeichnung *Onkel Heinz* durch Silke nicht zu erklären. Schmitt fragte sich nur, seit wann Ruf Bescheid wusste.

KAPITEL 17

Schmitt durchquerte bei jetzt wieder strömendem Regen mit seinem Auto erneut die halbe Stadt, fuhr über die Ostra-Brücke und klopfte pünktlich um halb zwölf an die Bürotür von Kriminalhauptkommissar Ringwald, dem Leiter des Dezernats Gewaltverbrechen. Nicht noch einmal am heutigen Tag wollte er unnötig Ärger verursachen oder erleiden.
Auf das sehr deutliche „Herein" betrat er ein Büro, das in puncto Größe und moderner Ausstattung so gar nicht den üblichen Klischees von versifften Polizeibüros entsprach. Ein übergroßer Schreibtisch, zwei Stühle davor, ein Besprechungstisch mit sechs Stühlen, ein kippbarer Ledersessel mit hoher Rückenlehne, Flipchart, ein PC mit großem Bildschirm, zusätzlich ein flacher Laptop und eine Telefonanlage vom Feinsten, kein Aktenschrank. Ringwald ließ sich wohl bedienen. An der einen Wand ein gerahmter Sinnspruch: „Wer nicht viel trinkt, kann nicht viel pissen. Wer nicht viel fragt, kann nicht viel wissen. Frei nach Mao Tse-tung."
Schmitt fragte Ringwald nach den üblichen Begrüßungsfloskeln, ob das wirklich von Mao sei.
„Nein, Herr Schmitt. Das ist von mir. Aus meinen frühen Hippietagen. Aber eine solide Quellenangabe hebt so einen Spruch natürlich heraus und macht ihn unangreifbar. Und ob das nun frei oder sehr frei zitiert oder gar nicht von Mao ist, wen kümmert's."
„Aber ein deutscher Beamter mit einem Sinnspruch von Mao im Büro, egal ob frei oder sehr frei zitiert ..."
„Ach Herr Schmitt, heute ist doch alles erlaubt. Auch in einem deutschen Beamtenbüro."
Ringwald war etwa sechzig, mittelgroß, mit etwas Übergewicht, wenn auch beileibe nicht dick. Er hatte einen runden Kopf ohne Frisur. Das heißt, oben auf dem Haupt kein einziges Haar, an den Seiten und hinten kurzgeschoren. Seine müden Augen starrten durch eine randlose Brille. Er trug ein schwarzes Polohemd und eine anthrazitfarbene gebügelte Hose. Unter dem Schreibtisch sah Schmitt unelegante Schuhe undefinierbaren Materials.

„Ich hab auch einen: ‚Und das Auge wacht und wacht, dass man keine Dummheit macht. Dreht das Auge sich mal um, kümmert sich kein Mensch mehr drum.' Betitelt: Das Auge des Gesetzes. Frei nach Eugen Roth. Natürlich von mir. Zu meinen Studentenzeiten."
Schmitt wollte offensichtlich ein Vertrauensverhältnis zu Ringwald aufbauen. Der guckte Schmitt ungerührt eine Weile an. Nur seine rechte Augenbraue zuckte ein wenig.
„Nachdem wir beide unsere lyrischen Fähigkeiten aus grauer Vorzeit bewiesen haben, wollen wir zur Sache kommen, nicht wahr? Wo waren Sie letzten Freitag um zwölf Uhr mittags?"
Soviel also zum aufgebauten Vertrauensverhältnis.
„Brauche ich denn ein Alibi?"
„Das versuche ich ja gerade herauszufinden. Und beantworten Sie meine Fragen bitte nicht mit Gegenfragen. Sonst haben wir nicht viel Vergnügen miteinander."
„Wird denn kein Protokoll aufgenommen?"
„Nochmal, Herr Schmitt: Ich frage, Sie antworten. Aber zu Ihrer Beruhigung ..."
Ringwald zeigte mit der Hand in eine Raumecke hinter Schmitt. Dort saß an einem kleinen Tisch Kohl mit einem Aufnahmegerät und grinste Schmitt fröhlich und breit an. Dass ich den übersehen konnte, dachte Schmitt.
„Letzten Freitag gegen Mittag war ich in meinem Büro."
„Und dafür haben Sie natürlich jede Menge Zeugen."
„Nein."
„Sie waren nicht zufällig am Hauptbahnhof?"
„Nein."
„Sie haben nicht zufällig Rolf Herkenrath beschattet?"
„Nein."
„Ach hören Sie auf. Wir haben einen Zeugen, der beschwören wird, dass Herr Herkenrath Ihr Klient war. Dass der sie engagiert hatte, weil er erpresst wurde. Und dass Sie ihn zum Hauptbahnhof begleitet haben, um den Erpresser zu enttarnen. Es hat doch keinen Sinn, das abzustreiten. Ich habe Sie ja auch gar nicht in Verdacht, den Mord begangen zu haben. Aber ich muss wissen, ob der Mord in Zusammenhang mit der Erpressung passiert ist. Also, waren Sie am Hauptbahnhof?"

„Ja."
„Und wurde Herkenrath erpresst?"
„Ja."
Schmitt überlegte fieberhaft. Wieviel wusste Ringwald. Und wusste er das von Laile oder doch von Aline Herkenrath. Er entschied sich für Laile.
„Und womit?"
„Mit Fotos von irgendeiner Studienfahrt, auf der Herkenrath in einer verfänglichen Situation mit einer Kommilitonin gezeigt wurde."
„Na, das ist doch heutzutage kein Problem mehr."
„Anscheinend sah Herkenrath das anders. Seine Frau ist da vielleicht etwas empfindlich. Keine Ahnung."
„Wieviel Geld sollte Herkenrath denn zahlen?"
Schmitt kam ins Schwitzen. Was für ein Märchen hatte Herkenrath dem Laile hierüber erzählt? Es wollte ihm nicht einfallen.
„Keine Ahnung."
„Herr Schmitt, was soll das?"
„Ich weiß es wirklich nicht."
„Sie wollen mir weismachen, dass Herkenrath Ihnen das nicht erzählt hat?"
„Ja."
Aus dem Hintergrund grollte Kohl: „Lassen Sie doch die Mätzchen. Sie werden das doch wissen."
„Wenn ich es wusste, habe ich es vergessen. Fünftausend, dreitausend. Sowas um den Dreh."
Ringwald schlug im Takt mit der Hand auf seinen Schreibtisch, wie um seinen Worten eine bedrohlichere Wirkung zu geben.
„Jetzt will ich Ihnen mal was sagen. Sie sind hier als Zeuge. Sie können aber ganz schnell zum Beschuldigten werden. Also nochmal: Wieviel?"
„Ich weiß es doch nicht mehr."
Schmitt war sich darüber im Klaren, dass Ringwald von Laile wusste, wieviel Herkenrath ihm gegenüber angegeben hatte. Ihm selbst fiel das aber nicht mehr ein, verflucht. Und wie sah das denn aus, wenn er eine falsche Summe nannte. Damit musste er sich doch verdächtig machen. Wenn auch nicht für den Mord, so doch für das Verschwinden des Geldes.

„Herr Schmitt, ich mache Ihnen einen Vorschlag: Sie hören auf mit diesen Spielchen und ich höre auf, meinen Schreibtisch zu zerlegen."
„Tausend Euro."
Stimmt, es waren tausend Euro, dachte Schmitt erleichtert, nachdem ihm dies wieder eingefallen war.
„Das war aber eine schwere Geburt", ließ Kohl sich vernehmen.
„Und wie sollte die Geldübergabe stattfinden?", fragte Ringwald.
„Herkenrath sollte das Geld in einen Abfallkorb links neben dem Kiosk beim Haupteingang des Bahnhofs legen, verpackt in einer Lidl-Einkaufstüte."
„Und hat er das getan?"
„Ja."
„Und dann ging er zurück zum Haupteingang."
„Ja. Ich hatte ihm gesagt, er solle in die Halle gehen. Raus aus dem Sichtfeld vor dem Bahnhof. Aber aus irgendwelchen Gründen tat er das nicht. Ich nehme an, er wollte sehen, wer das Geld holt. Obwohl ich ihn genau davor gewarnt habe."
„Und dort wurde er ermordet."
„Ja. Es sah so aus, als hätte ihn jemand gerufen. Jedenfalls blickte er sich um. Und dann tauchte plötzlich diese Gestalt auf und stieß irgendwas unter sein Kinn."
„Wie kommen Sie darauf?"
„Es kam mir so vor, als ob diese Type ihm für eine kurze Weile die Faust unter das Kinn legen würde, dann fiel Herkenrath um. Einen anderen Angriff habe ich jedenfalls nicht beobachten können."
„Wie sah die *Type* aus?"
„Das weiß ich nicht. Sie hatte einen Kapuzenpulli an, die Kapuze über den Kopf gezogen. Und da sie auf einem Skateboard oder Longboard oder Was-weiß-ich-Board stand, konnte ich nicht erkennen, ob sie groß oder mittel war. Klein war sie jedenfalls nicht. Und ob Männlein oder Weiblein, war von meinem Standpunkt aus nicht zu erkennen. Hat Ihr Zeuge denn nichts gesehen?"
Schmitt versuchte mit einem Friedensangebot wieder ins Spiel zu kommen. Ringwald ließ sich jedoch auf nichts ein.

„Und das Geld? Wurde das abgeholt?"
„Keine Ahnung"
Kohl grunzte im Hintergrund.
„Nein, wirklich keine Ahnung. Ich bin sofort, nachdem Herkenrath am Boden lag, weggegangen."
„Gutes Stichwort, Herr Schmitt", sagte Ringwald. „Sie können jetzt gehen. Aber seien Sie gewiss, wir werden uns noch öfter sprechen. Und es werden keine Kaffeekränzchen werden. Herr Kohl wird Sie anrufen, wenn das Protokoll getippt ist, damit Sie es unterschreiben können. Auf Wiedersehen."
Schmitt musste sich zusammenreißen, nicht zu schnell zur Tür zu gehen, obwohl er am liebsten gerannt wäre.
„Wiedersehen", und schon war er draußen im Flur. Er war das erste Mal von der Kripo vernommen worden. Er fand, dass daraus keine Gewohnheit werden sollte.

Am frühen Montagnachmittag besserte sich das Wetter, aber nicht Schmitts Laune. Auch wenn er bei Gernot Ruf mit seinen Erkenntnissen vorangekommen war, die Vernehmung im Polizeipräsidium war suboptimal verlaufen. *Ich muss noch mal von mir aus mit Ringwald sprechen*, dachte Schmitt. Bevor der sich auf mich einschießt. Vielleicht kann ich ihn auf die Spur von Armbruster und die Behindertenwerkstätte setzen, ohne ihn über Herkenraths Treiben zu informieren. Dieses Ass wollte er noch nicht aus dem Ärmel holen. Schließlich beabsichtigte er, Aline Herkenrath so lange wie möglich als Klientin zu behalten. Und die zwanzigtausend Euro Erpressungsgeld auch ...
Schmitt suchte die Telefonnummer von Herbert Laile heraus, nachdem er erneut durch die halbe Stadt zurück in sein Büro gefahren war.
„Ja?"
„Herr Laile?"
„Ja."
„Schmitt hier. Sie erinnern sich an mich? Ich habe vor zwei Jahren mal für Sie gearbeitet."
„Schmitt. Von der Detektei Schulzenrieder, nicht wahr?"
Das weißt du doch ganz genau, dachte Schmitt. Und du weißt auch ganz genau, dass ich für Herkenrath gearbeitet habe. Schließlich hast du mich ihm empfohlen.
„Herr Laile, ich hätte Sie gern einmal gesprochen. Ich habe für Rolf Herkenrath gearbeitet, der in eine üble Erpressung geschlittert war. Sie hatten mich ihm empfohlen. Sie erinnern sich?"
„Äh, ja ... Ja, ja, natürlich."
Warum zierte er sich so? Schmitt konnte sich das nicht erklären. Nur weil er von der Erpressung wusste?
„Kann ich heute Nachmittag bei Ihnen vorbeikommen, oder haben Sie Proben?", fragte Schmitt.
„Nein, heute sind keine Proben. Aber ich unterrichte bis fünf."
„Dann komme ich kurz nach fünf zu Ihnen nach Hause, wenn Sie einverstanden sind."

„Halb sechs. Ich muss erst von der Musikschule nach Hause radeln."
Immer noch ein komischer Vogel, dieser Schmitt. Der müsste doch von damals noch wissen, dass ich nicht Blockflöte oder Gitarre oder sowas unterrichte, sondern das gesamte Schlaginstrumentarium. Und das ganz sicher nicht bei mir zu Hause!
Laile schüttelte den Kopf.
„Sie wissen noch, wo ich wohne?"
Nach der Scheidung vor einigen Jahren wohnte Laile in einer für seine Verhältnisse äußerst bescheidenen Dreizimmerwohnung im Süden der Stadt.
„Find ich schon", sagte Schmitt.
„Dann bis halb sechs."
Schmitt war pünktlich, Laile nicht ganz. Er hatte ein paar Pfunde zugelegt, schien ansonsten aber unverändert. Ein gemütlich wirkender Mann von ansehnlicher Größe, ein netter Kerl mit rundem, fleischigen Gesicht und feinen Lachfältchen um die Augen. Wie die meisten Musiker, die Schmitt kannte, völlig unauffällig angezogen.
„Kommse rein!"
Schmitt schaute sich in dem riesigen Wohnzimmer um. Ein Klavier, ein Drumset und ein Marimbaphon waren alles, was auf den Solo-Schlagzeuger des hiesigen Orchesters hinwies. Ein paar Sessel um einen niedrigen Tisch gruppiert, ein kleiner Esstisch mit zwei Stühlen. Alles auf einem dunkelbraunen Teppichboden. Mehr nicht. Kein Schrank, kein Regal, kein Fernsehapparat, keine Audioanlage. Das musste sich wohl alles in einem der anderen beiden Zimmer befinden. Denn so ganz ohne Bücher, TV, CD und ähnliches kann selbst ein Schlagzeuger nicht sein, war Schmitt sich sicher.
„Wie geht's Ihnen? Und Schulzenrieder? Gibt's den überhaupt? Ich hatte ihn damals ja weder gesehen noch gehört", erkundigte sich Laile schmunzelnd mit einer für seine Körpermaße verblüffend dünnen Stimme.
„Uns allen geht es gut. Mir, Herrn Schulzenrieder. Ich hoffe, auch Ihnen. Wohl nur dem armen Herkenrath nicht."
„Das stimmt. Dem Herkenrath geht es nicht gut. Da wären wir auch gleich bei der Sache, nicht wahr?"

„Herr Laile, Herkenrath hat Ihnen von der Erpressung erzählt. Und Sie hatten mich ihm zuvor schon empfohlen, wofür ich dankbar bin. Vorhin am Telefon wussten Sie von alldem angeblich nichts“, fiel Schmitt gleich mit der Tür ins Haus.
„Ich war in Gedanken beim Unterrichten. Natürlich weiß ich, wer Sie sind. Und woran Sie gearbeitet haben.“
„Und das haben Sie auch der Polizei gesagt?“
„Das habe ich selbstverständlich der Polizei gesagt. Nachdem ich von Rolfs Ermordung gehört habe, bin ich mit diesem Hinweis gleich zur Kripo. Haben Sie damit ein Problem?“
So gemütlich war Laile jetzt nicht mehr.
„Ich habe mich nur gewundert. Haben Sie eine Idee, wer Herkenrath erpresst hat?“
„Nein. Interessiert Sie das noch?“
„Ja. Aline Herkenrath hat mich engagiert. Sie hat Interesse daran, das herauszufinden. Und sie will wissen, wo das verschwundene Erpressergeld geblieben ist.“
„Aha.“ Laile schaute etwas merkwürdig. „Und das alles wegen lächerlichen Tausend Euro und Fotos von einer Studienfahrt.“ Seine Lippen kräuselten sich ironisch.
„Seltsam, nicht?“, provozierte Schmitt.
„In der Tat seltsam. Ich habe Rolf die Geschichte auch nicht abgenommen, die er mir aufgetischt hat.“
„Was für einen Verdacht hatten Sie denn? Wer könnte ihn womit und um welche Summe erpresst haben?“
„Das weiß ich nicht. Wenn ich es gewusst hätte, hätte er Sie nicht gebraucht. Und Aline jetzt auch nicht.“
„Könnte es jemand aus dem Orchester sein?“, fragte Schmitt unverdrossen weiter.
„Nein. Wie kommen Sie denn darauf?“
„Es gibt ja nur zwei Möglichkeiten: Berufliches oder persönliches Umfeld.“
„Also erstens: Beruflich und persönlich sind bei Musikern keine grundverschiedenen Umfelder. Und zweitens: Denken Sie mal an seine kammermusikalischen Aktivitäten. Dort könnte unter Umständen auch so eine Art Feindschaft entstanden sein“, dozierte Laile etwas unbestimmt.

„Glauben Sie, dass die Rufs ...?"
„Ich glaube gar nix. Ich versuche nur, Ihren Horizont zu erweitern."
„Apropos Rufs. Die haben doch eine Tochter, die in den Behindertenwerkstätten der LaboraVita arbeitet."
„Silke."
„Richtig. Und ich habe gehört, dass Sie dort eine Arbeitspatenschaft übernommen haben."
„Was Sie nicht alles hören. Aber Sie haben tatsächlich Recht. Jedoch nicht als Arbeitspate von Silke. Und überhaupt, was hat das denn mit der Erpressung zu tun? Und von wem wissen Sie das?"
„Das weiß ich von Mischa Ruf. Und auf die Werkstätten kam ich im Rahmen meiner Ermittlungen. Hatte Herkenrath ebenfalls eine Arbeitspatenschaft übernommen?"
Laile musterte Schmitt nachdenklich.
„Mögen Sie auch etwas zu trinken? Calvados vielleicht?"
„Lange erwartet, endlich erreicht. Sehr gerne."
Falls Schmitts Gesicht je vor Freude hätte strahlen können, dann jetzt. Und es strahlte tatsächlich. Laile verschwand und kehrte nach kurzer Zeit mit zwei großen Cognacschwenkern zurück, in denen goldbraun gebrannter Apfelsaft schwappte.
„Nein, Rolf war kein Arbeitspate. Ich wollte ihn werben, denn ich halte eine solche Patenschaft für eine richtige und wichtige Unterstützung zu Gunsten der behinderten Jugendlichen, die von außerhalb kommen. Und zwar nicht nur wegen des Beitrages von einhundert Euro monatlich sondern vielmehr auch wegen der persönlichen Zuwendung, die ihnen hier im Internat fehlt. Ich habe deshalb im Orchester kräftig die Trommel gerührt, haha, und ein paar Mitglieder tatsächlich breitschlagen können. Einen Cellisten, einen Geiger, unseren zweiten Posaunisten. Sogar den Generalmusikdirektor! Und wer weiß, wie schwer es ist, Musikern Geld aus dem Kreuz zu leiern ... Im Freundeskreis des Orchesters habe ich auch einige mit Erfolg angehauen: den Kulturbürgermeister, zwei Industrielle, ein paar Richter, Ärzte, Juristen. Die halbe Mannschaft der Rotarier und fast die ganze der Lions. Aber Rolf wollte nicht. Ich habe

ihn ein paar Mal mitgenommen. Und er fand das auch gut, aber irgendwie … Vielleicht mochte er den dortigen Ansprechpartner, einen gewissen Gerd Armbruster nicht. Silke kannte er ja schon und die anderen Jugendlichen mochte er auch im Großen und Ganzen. Und eines Tages kam er eben nicht mehr mit." Laile wurde noch nachdenklicher. „Möglicherweise hatte er den Eindruck … Aber das geht nun doch zu weit, mein lieber Schmitt. Das lassen wir mal beiseite."

„Was lassen wir mal beiseite?" Schmitt setzte sich ganz gerade hin.

„Wie gesagt, das lassen wir mal. Noch einen Calvados?"

„Äh, ja. Ich wüsste aber schon ganz gerne …"

„Gerne wissen würden wir alle. Ich zum Beispiel würde gerne wissen, mit was Rolf wirklich erpresst wurde und welche Summe im Spiel war."

„Info gegen Info?"

„Quatsch. Ich weiß eh, dass es um wesentlich mehr ging als um tausend Euro und eine Studienfahrt. Vielleicht frage ich mal Aline", sagte Laile spitzbübisch, holte die Calvadosflasche und schenkte ein.

„Unter uns, mein lieber Herr Schmitt, und ich meine damit wirklich nur unter uns: Kurz nach der Pause letzten Freitagvormittag fiel unserem allseits verehrten Herrn Generalmusikdirektor während der ersten Takte ein, dass er den Rest der Probe mit den Streichern allein arbeiten wolle. Bläser und Schlagzeug durften nach Hause gehen. Was diese einschließlich meiner Person unter lautstarkem Gemurmel ‚hätte er ja gleich sagen können', und leisen Beleidigungen, ‚Idiot' und schlimmeren, auch taten. Ich radelte allerdings nicht nach Hause, sondern zum Bahnhof. Ich hatte Rolf kein Wort geglaubt und nutzte die Gelegenheit, ihn beim Austausch Geld gegen Beweise zu beobachten. Ich stand in der Bahnhofshalle, sah ihn mit einer Plastiktüte, ich glaube von Lidl, in Richtung Kiosk auf den Bahnhofsvorplatz gehen. Sah ihn zurückkommen und im Haupteingang stehenbleiben. Sah ihn zusammenbrechen, aber nicht weswegen, wodurch. Hörte die Schreie, sah die wachsende Menschentraube, bekam Panik und bin abgehauen. Helfen konnte ich sowieso

nicht. Und nach dem Notarzt hatte bestimmt schon jemand gerufen."
„Und das darf ich also niemandem erzählen. Und wenn die Polizei mich löchert?"
Schmitt war schockiert von Lailes geschildertem Verhalten, aber auch beeindruckt von seiner Offenheit.
„Ich bitte Sie, auch dann nicht. Es besteht überhaupt keine Veranlassung. Ich habe Rolf nicht umgebracht und bin kein brauchbarer Zeuge für irgendwas."
Wer weiß, ob du nicht selbst ein Motiv hast, zum Beispiel Aline. Dachte Schmitt.
„Fahren Sie Skateboard?", fragte er.
Laile runzelte die Stirn und schüttelte verständnislos den Kopf.
„Nein."
„Kennen Sie jemanden, der Skateboard fährt?"
„Ja selbstverständlich. Mein dreizehnjähriger Sohn, ein paar Nichten und Neffen. Warum fragen Sie?"
„In Ihrer direkten Bekanntschaft niemand?"
„Nein! Was soll denn die Frage?"
„Der Mörder kam auf einem Skateboard oder ähnlichem", erklärte Schmitt.
Laile stutzte.
„Das ist aber ungewöhnlich, oder?"
„Tja, ich glaube schon."
Beide schwiegen eine Weile.
„Und Aline Herkenrath darf auch nicht erfahren, dass Sie zur Tatzeit am Bahnhof waren?"
„Nein. Aline schon gar nicht. Bei ihr weiß man nie, wie sie reagiert."
„Also in Ordnung, ich verrate nichts. Weder der Polizei noch Frau Herkenrath. Aber im Gegenzug informiere ich Sie auch nicht über Details der Erpressung. Irgendwann vielleicht. Aber nicht heute."
Schmitt trank seinen Calvados aus und erhob sich.
„Herr Laile, vielen Dank für den Apfelschnaps und die Informationen. Ich weiß zwar noch nicht, ob ich was damit anfangen kann, aber trotzdem. Man sieht sich."

Laile brachte ihn zur Wohnungstür und sah wieder ganz gemütlich aus. Wie ein richtig netter Kerl. Sie verabschiedeten sich, wie es sich gehört. Schmitt stieg in seinen alten Peugeot. *Zwei kleine Calvados, na ja, zwei mittlere Calvados hauen mich schon nicht um*, dachte er und fuhr Richtung Heimat. Annähernd auf seinem Weg lag der Bismarckplatz, wo er seinem mittlerweile Lieblingskiosk einen Besuch abstatten wollte. Als er um halb acht dort vorbeikam, war allerdings schon alles dunkel und dicht.
Morgen ist auch noch ein Tag, dachte Schmitt und steuerte sein Auto nun direkt nach Hause. Dort angekommen, schenkte Schmitt sich ein Bier zum Runterspülen ein und ließ den Tag noch einmal Revue passieren. Er kam zu dem Schluss, dass Laile durch ihr Gespräch vielleicht einen kleinen Verdacht bekommen hatte, dass irgendetwas in den Werkstätten nicht stimmte. Und Herkenrath hatte Armbruster gekannt. Das immerhin wusste Schmitt jetzt. Warum hatte Herkenrath das abgestritten? Und warum hatte Laile vorhin nicht weitergeredet. Er musste nochmal mit Laile sprechen. Und zwar bald. Möglicherweise bekam er dadurch einen Ansatz für das weitere Gespräch mit Ringwald. Schließlich wollte er ihm entgegenkommen und ihn auf die Spur von Armbruster setzen. Wenn Herkenrath eine Ahnung von dessen Machenschaften gehabt hatte und er deshalb nicht mehr mit Laile zu den Behindertenwerkstätten gegangen war, wenn Armbruster das irgendwie mitbekommen hatte, wenn Armbruster noch dazu Hintermänner hatte, dann wäre das schließlich ein astreines Mordmotiv. *Und wenn meine Oma Eier hätte, dann wäre sie mein Opa*, dachte Schmitt weiter. Er rief Laile an und bat ihn um ein weiteres Gespräch. Obwohl dieser ihn verdächtigte, nur einen weiteren Calvados schnorren zu wollen, sagte er zu.
„Morgen Abend nach der Probe. Bei mir."
Was Schmitt gerne bestätigte.

KAPITEL 19

Am nächsten Morgen entschied sich Schmitt, zunächst noch mal mit Robert Heinke zu sprechen, am besten, wenn der erste Ansturm am Kiosk abgeebbt war und der nächste noch auf sich warten ließ. Kurz nach neun tauchte Schmitt dort auf. Aber statt Heinke stand ein Unbekannter hinter der Verkaufstheke.
„Guten Morgen, ich wollte eigentlich mit Herrn Heinke sprechen", sagte Schmitt etwas verunsichert.
„Dienstags Vormittag ist Herr Heinke nicht da. Was darf's denn sein?"
Die Vertretung war ein hagerer Typ mit strengem Scheitel, einem eher unfreundlichen Blick aus grauen Augen und einem Zug um den Mund, der auf eine chronische Magenschleimhautentzündung hindeutete. Sein Alter war schwer zu schätzen, aber wohl eher über als unter sechzig. Insgesamt kein Vergleich mit dem leutseligen Heinke.
„Nee, lassen Sie mal. Ich hatte bloß ein paar Fragen. Oder warten Sie, geben Sie mir doch ein Käsebrötchen. Ist Herr Heinke denn heute Nachmittag wieder da?"
„Ab zwei können Sie ihn sprechen. Polizei?"
Die Vertretung reichte Schmitt das Brötchen, schaute ihn aber nicht an. Schmitt zahlte, ließ die Frage unbeantwortet und ging mit einem kurzen Gruß. *Komisch, dass graue Augen zumeist kühler bis kälter wirken als braune,* dachte er. Ohne Heinke würde das Geschäft mit dem Kiosk bei weitem nicht so gut laufen, dessen war Schmitt sich sicher. Die Vertretung versprühte so viel Freundlichkeit wie ein Glas Leitungswasser.
Schmitt überlegte, wie er herausbekommen konnte, wann Gernot Ruf die Information erhalten hatte, dass Herkenrath seine Tochter Silke missbrauchte und wer sie ihm mit welcher Absicht gab. Hatte Ruf ein Alibi für Freitagmittag? Das würde er aber nicht von Ruf selber erfahren, nachdem der ihn rausgeschmissen hatte. Vielleicht konnte er sich an Sonja Ruf ranmachen. Und vielleicht konnte sie ihm weiterhelfen, vorausgesetzt, ihr Mann hatte ihr nichts von dem Vorfall in ihrem Haus mit Silke und *Onkel Heinz* erzählt, sinnierte Schmitt. Er wählte die Nummer der Rufs.

„Sonja Ruf."
„Schulzenrieder, guten Tag. Ich hätte gerne ihren Mann gesprochen."
„Ja, kleinen Moment."
Erschrocken unterbrach Schmitt die Verbindung. Er wollte nicht riskieren, dass Ruf seine Stimme erkannte. Immerhin war er Musiker.
Schmitt hatte für den heutigen Dienstag keine weiteren Pläne. Da er nicht der Typ war, seine Zeit auf einer Parkbank oder in einem Straßencafé zu vertrödeln, fuhr er trotz des herrlichen Sonnenscheins in sein Büro. Vielleicht wartete ein Klient auf ihn. Auf jeden Fall konnte er ein bisschen Büroarbeit erledigen. Rechnungen begleichen, Ablage machen. Auch wenn das nur wenig Zeit erfordern würde.
Kurz nach zwei machte er sich auf den Weg zum Bismarckplatz, diesmal wieder mit öffentlichen Verkehrsmitteln. In der Nähe des Kiosks sondierte er erstmal die Lage. Er wollte weder Armbruster noch Mischa Ruf in die Arme laufen noch es erneut mit Heinkes Vertretung zu tun bekommen. Aber Schmitts Vorsicht war völlig unbegründet. Weder entdeckte er irgendein bekanntes Gesicht noch war ein Kunde zu bedienen. Heinke freute sich sichtlich über Schmitts Besuch. Na, wenigstens einer.
„Tag, Herr Journalist", spöttelte Heinke und schürzte ironisch die Lippen.
Bis jetzt der Einzige, der mir das nicht so ganz abgenommen hat, mutmaßte Schmitt. Vielleicht Gernot Ruf am Ende auch nicht mehr.
„Tag, Herr Kioskbesitzer", ging Schmitt gutgelaunt auf die Frotzelei Heinkes ein.
„Was darf es denn heute sein?"
„Geben Sie mir eine Apfelschorle. Und eine Brezel bitte."
„Aber gern, aber gleich. Das macht zwanzig Euro."
„Was?"
„Na, Sie zahlen doch immer zwanzig Euro. Ein Scherz, ein Scherz", lachte Heinke, „drei Euro zwanzig, bitte."
„Da bin ich aber erleichtert."

Schmitt war wirklich erleichtert. Heinke hatte Humor, Schmitt leider weniger.

„Sie sind bestimmt nicht hier, weil ich die beste Apfelschorle der ganzen Stadt habe", vermutete Heinke.

„Sicher nicht, obwohl sie prima schmeckt. Nein. Irgendwie geht mir nicht aus dem Kopf, dass Sie Mischa Ruf ein Früchtchen genannt haben. Und zwar in Zusammenhang mit der Recherche in Sachen Behindertenwerkstätten der LaboraVita AG. Ich werde einfach das Gefühl nicht los, dass dort irgendwas faul ist. Die behinderten Jungs und Mädels, die männlichen Sponsoren, der schmierige Armbruster, das Früchtchen Mischa ..."

„Also sind Sie doch Journalist. Nur nicht so harmlos, wie ich dachte. Wenn ich richtig verstehe, was Sie da andeuten, wäre das natürlich ein dicker Hund. Aber das kann ich mir nicht vorstellen. Gut, der Armbruster ist schon eine komische Type. Aber nee, so in der Richtung ist mir nie was zu Ohren gekommen."

„Und das *Früchtchen*?"

„Ach Gott, der tut eben immer so naiv und lieb. Dabei hat er's faustdick hinter den Ohren. Sie müssten mal meinen Cousin hören, was der da so erzählt."

„Ihren Cousin?"

„Ja, der vertritt mich immer dienstags Vormittag. Das ist mein freier halber Tag. In der Zeit erledige ich meine Bestellungen, schlafe ein bisschen aus, besorge dies und das. Mein Cousin hatte es in seinem Leben nicht leicht. Nie so richtig Boden unter den Füßen bekommen. Saß auch schon mal wegen Unterschlagung im Gefängnis. Ich greife ihm eben ein bisschen unter die Arme und lasse ihn hier ein wenig arbeiten. Er ist über sechzig und kriegt natürlich keine Anstellung mehr. Und er ist kein schlechter Kerl. Merkwürdigerweise verstehen sich Mischa und er prima. Obwohl die beiden so unterschiedlich sind und Achim, mein Cousin, nicht so leicht Bekanntschaften schließt."

„Und Ihnen sind nie irgendwelche auch noch so abwegige Gerüchte über sexuelle Eskapaden in den Behindertenwerkstätten zu Ohren gekommen? Leise Andeutungen? Ein Gesprächsfetzen?"

„Nein, nichts. Mein Betrieb liegt dafür vielleicht zu weit weg. Armbruster und seine Fans kommen ja auch nicht so häufig hierher. Und die Einzige, die jeden Tag hier vorbeikommt, ist die süße Silke. Bei ihr kann ich mir gar nicht vorstellen, dass sie missbraucht wurde oder wird oder so. Bei dem Gedanken wird mir richtig schlecht."

Das ist ein Schlag ins Wasser, dachte Schmitt. Auch wenn es immer nett ist, mit Heinke zu plaudern. Mit ihm könnte ich abends mal ein Bier trinken gehen. Mal sehen.

Schmitt verabschiedete sich. Er rief bei Aline Herkenrath an, um zu hören, ob sie zu Hause war. Das war der Fall und sie war auch bereit, ihn zu empfangen. Schmitt fuhr mit der Straßenbahn zu seinem Büro, holte sein Auto und begab sich in die Buchenstraße, bevor sein Termin mit Laile in die Nähe rückte.

Aline Herkenrath begrüßte ihn freundlich, aber gewohnt reserviert und bat ihn in das Wohnzimmer.

„Frau Herkenrath, ich bin leider in Sachen Erpressung noch nicht viel weiter gekommen. Von Anfang an war ich zwar überzeugt, dass Mischa Ruf beteiligt ist, aber Beweise oder wenigstens Indizien habe ich dafür nicht."

„Das kann doch nicht sein. Er wird doch nicht ein Geschäft mit dem Leid seiner Schwester machen!"

„Es ist kaum eine andere Möglichkeit denkbar, wie die Fotos entstanden sein könnten, wenn nicht durch ihn. Überhaupt keine Idee habe ich, wer sein Komplize sein könnte. Allein hat Mischa bestimmt nicht gearbeitet, dazu ist er viel zu ängstlich. Ich bleibe jedenfalls am Ball und berichte Ihnen laufend. Wie war's bei der Polizei?"

„Ach, die waren recht nett und verständnisvoll. Sie haben mich tatsächlich nach der Erpressung gefragt. Und sie haben es mir auch gleich abgenommen, als ich sagte, dass ich davon nichts weiß. Frauen sollen es ja einfacher haben, glaubhaft zu schwindeln." Aline Herkenrath unterstrich diese Worte mit einem treuherzigen Augenaufschlag. „Allerdings haben die Beamten mir nicht gesagt, von wem sie die Informationen hatten."

„Die haben sie von Herbert Laile. Ihr Mann hatte auch ihm davon erzählt. Allerdings wieder in einer anderen Fassung. Diesmal ging es um verfängliche Fotos von einer Studienfahrt vor hundert Jahren und um eine Summe von lediglich tausend Euro."
„Ach. Rolf befand sich wohl in einer scheußlichen Situation. So viele Lügen. Auf der anderen Seite musste er aber trotzdem mit mir und Herbert reden. Und doch, die ganze Wahrheit konnte er nicht sagen. Armer Rolf."
Wieder einmal traten Aline Herkenrath Tränen in die Augen. Aber ihr Gesicht blieb unbewegt.
„Wissen Sie, Herr Schmitt, Herbert Laile ist ..., war der beste Freund meines Mannes. Er ist natürlich auch mit Gernot und Sonja Ruf befreundet. Aber mit Herbert war das anders. Das war wirklich sehr eng. Sowas findet man bei Musikern selten. Besonders nicht unter Orchesterkollegen."
Schmitt erzählte nichts von seinem Gespräch mit Laile, seiner bevorstehenden Verabredung und seinen Vermutungen wegen des organisierten Missbrauchs der jungen Menschen in den Werkstätten.
"Tja, Frau Herkenrath. Ich bin bloß vorbeigekommen, um Sie auf dem Laufenden zu halten. Übrigens: Auch ich habe der Polizei nichts Wesentliches verraten, obwohl mich der Hauptkommissar ganz schön gegrillt hat. Bei mir waren die gar nicht so nett und verständnisvoll. Aber damit musste ich natürlich rechnen, nachdem die Polizei von Herbert Laile wusste, dass mich Ihr Mann wegen der Erpressung engagiert hatte. Apropos, Sie meinten, dass Sie mein Honorar heute zur Verfügung hätten?"
„Oh, das tut mir jetzt aber leid. Ich bin überhaupt noch nicht zur Bank gekommen. Nein, stimmt nicht, ich hab's schlicht und einfach verschwitzt. Können Sie nicht morgen gleich in der Frühe kommen? Dann erledigen wir das. Und bringen Sie den Vertrag mit."
Den hatte Schmitt natürlich dabei. Er hatte nicht ohne Grund am Vormittag Büroarbeiten eingelegt.
Schmitt verabschiedete sich, um pünktlich bei Laile zu sein und freute sich auf einen weiteren Calvados. Damit lag er aber

gehörig falsch. Gleich nach der Begrüßung teilte Laile ihm mit, dass er nicht viel Zeit habe, denn er hätte noch eine weitere Verabredung. Schmitt möge sich kurz fassen und für einen Calvados würde es diesmal leider nicht reichen. Schmitt kam dann auch schnell zur Sache und drängte Laile dazu, nochmals über das Verhältnis der Arbeitspaten zu den Jugendlichen im Internat der Behindertenwerkstätten und die Rolle Armbrusters nachzudenken. Und darüber, wieso Herkenrath plötzlich dort ferngeblieben war. Laile schüttelte den Kopf und erwiderte, dass er sich die Sache mehrmals durch den Kopf habe gehen lassen, aber dass er das Undenkbare nicht zu denken bereit sei.

Schmitt nahm Laile dann ebenfalls das Versprechen ab zu schweigen und nannte ihm den wahren Grund der Erpressung und die Summe, um die es ging. Er erläuterte ihm seine Vermutung, dass Herkenrath in den Werkstätten etwas mitbekommen haben musste, vielleicht dadurch auf die Idee gekommen war, leichtes Spiel bei Silke zu haben, aber nicht im Rahmen der Werkstätten, sondern bei ihr zu Hause. Laile war entsetzt. Er glaubte Schmitt kein Wort. Vielmehr eröffnete er ihm, dass er nach der Ermordung Herkenraths doch nicht sofort gegangen war, ganz im Gegenteil sogar beobachtet hatte, wie er, Schmitt, die Tüte aus dem Papierkorb beim Bahnhofskiosk holte. Tausend Euro wären ihm egal gewesen. Aber bei zwanzigtausend müsste er darüber nochmal mit Schmitt reden.

Und so gingen die beiden ehemaligen Calvadosfreunde auseinander. Den Kopf voller dumpfer Gedanken, Ängste, Unsicherheiten und Betrübnis. Für einen der beiden wurde es eine alptraumhafte Nacht.

KAPITEL 20

Mittwoch, früh am Morgen. Schmitt hatte kaum ein Auge zu getan. Zwar hatte er Laile um Verschwiegenheit gebeten und der hatte versprochen, erst nochmal mit ihm zu reden und eventuell danach ... Aber würde Laile nicht doch Aline Herkenrath oder der Polizei vor allem von dem, wie Schmitt es sich nach wie vor einredete, sichergestellten Geld berichten? Er hatte einen echt sauren Eindruck gemacht. Zum einen wegen Herkenraths Verfehlung, die er ihm zunächst nicht abnahm und zum zweiten wegen des, wie Laile es wohl betrachtete, unterschlagenen Geldes. Schmitt duschte kurz und zog sich an. Ein Frühstück welcher Art auch immer entfiel, Schmitt fühlte sich immer noch kotzelend.

Er fuhr auf schnellstem Weg zu Aline Herkenrath, weniger wegen seines Honorars, als vielmehr um mitzubekommen, ob sie bereits durch Laile informiert war. Als er kurz nach acht Uhr in den Buchenweg einbog, kam ihm von weitem Herbert Laile entgegen. Schmitt duckte sich auf den Beifahrersitz. Ihm wollte er gerade jetzt nicht begegnen. Das musste also seine Verabredung gewesen sein, die er am Vorabend offensichtlich verhältnismäßig kurzfristig getroffen hatte. Und die bis zum Morgen andauerte. Hatte Laile ein Verhältnis mit Aline Herkenrath, fragte sich Schmitt. Und wenn ja, wie lange schon? War das ein Motiv und Laile gar nicht zum Bahnhof geradelt, sondern anders als behauptet mit einem Skateboard hingefahren? Und wartete er auch gar nicht in der Halle, sondern fuhr direkt vor den Haupteingang? Danach hatte er möglicherweise auch nicht von der Bahnhofshalle aus beobachtet, wie Schmitt das Geld holte, sondern aus der Fußgängerzone, wohin er verschwunden war? Aber das war doch zu konstruiert, fand Schmitt bei näherer Betrachtung. Möglich, aber sehr unwahrscheinlich und höchst spekulativ.

Er verzichtete auf einen Besuch bei der Witwe. Bei ihr konnte er immer noch am Nachmittag oder frühen Abend auf den Busch klopfen, wenn er sein Honorar abholte. Wichtig war ihm jetzt vielmehr ein Gespräch mit Kriminalhauptkommissar Ringwald.

Bei dem musste er in die Offensive gehen. Er rief im Polizeipräsidium an und ließ sich mit Ringwald verbinden.
„Kriminalhauptmeister Kohl."
„Hier Schmitt, kann ich bitte mit Herrn Ringwald sprechen?"
„Worum geht es?"
„Jetzt verbinden Sie mich mit Herrn Ringwald."
„Sie müssen mir schon sagen, um was es geht!"
„Ich will eine Aussage machen, die euch bestimmt weiterhilft und dazu brauche ich einen Termin bei Herrn Ringwald."
„Kleinen Moment".
Kohl hielt offenbar die Hand vor die Sprechmuschel und Schmitt wartete.
„Um halb elf hat der Kriminalhauptkommissar eine halbe Stunde Zeit für Sie. Sie wissen ja noch, in welchem Zimmer?"
Schwachkopf.
„Nein, ich frage mich durch. Können Sie mir nochmal die Adresse sagen?"
Und bevor Kohl irgendeine blöde Bemerkung machen konnte, legte Schmitt auf.
Es war zwar noch etwas kühl, aber ziemlich sonnig, deshalb entschied Schmitt sich ganz gegen seine Gewohnheit, an die Ostra zu gehen und dort am Ufer eine Bank zu suchen. Die Ostra floss zwar nicht unmittelbar in der Nähe, aber ein Fußmarsch von zwanzig Minuten würde Schmitt gut tun; seiner Meinung nach konnte er das nach dieser furchtbaren Nacht bestens gebrauchen. Er fand dann auch eine Bank am Fluss, setzte sich und dachte nach, wie er Ringwald gegenübertreten sollte, was er ihm erzählte und was er weiterhin verschwieg. Laile hatte Ringwald ganz sicher noch nichts von den wahren Hintergründen der Erpressung gesagt, von der Höhe des geforderten Betrages und von der *Sicherstellung* durch Schmitt. Schmitt dachte auch an Armbruster und den Puff mit den Behinderten in den Werkstätten der LaboraVita. An die prominenten Unterstützer, die wenigstens zum Teil die Jungs und Mädels dort missbrauchten. Höchstwahrscheinlich jedenfalls. Die guten Bürger dieser Stadt. Ostratal mit seinen rund dreihunderttausend Einwohnern, reich und stinkbürgerlich. Eine

satte Oberschicht mit ihren vorschriftsmäßig ausgemergelten Gattinnen, eine ebenso satte Mittelschicht mit ihren ökologisch korrekten Ehefrauen, beurlaubte Oberstudienrätinnen oder Betreiberinnen kleiner Modegeschäfte. Und ein Teil der Gatten sauigelte herum. Und brüstete sich vielleicht in den Saunen ihrer Klubs sogar damit. Schmitt wusste, dass er ungerecht und pauschal urteilte und verurteilte. Aber ihm war das egal, getreten wie er war durch gelackte, glatte Typen in grauen Businessanzügen mit obligatem blauen Hemd und dezent gestreifter Krawatte, die ihn aus der Versicherung schmissen, ohne Grund, nur auf die Aussage des windigen Armbruster.
Die Netzwerker, dachte Schmitt, die Narzissten, Karrieristen und Egoisten, die sich gegenseitig stützen und schützen, wenn und solange sie sich von Nutzen sind. Oft in jeder Beziehung inkompetent. Sie können alles verkaufen. Und sie können alles kaufen, auch Menschen, auch geistig zurückgebliebene, junge Menschen. Und sie kommen immer damit durch. Fast immer. Irgendwo findet sich immer eine helfende Netzwerkerhand ...
Schmitt verlor sich in Ekel und Selbstmitleid. Ostratal, Anfangs- und wahrscheinlich auch Endstation seines Lebens. Er erhob sich und marschierte die zwei Kilometer bis zum Buchenweg zurück. Trotz der frischen sauberen Luft bekam er seinen Kopf nicht klar. Was sollte aus ihm werden, wenn Laile redete und Ringwald alles missverstand? Und Aline Herkenrath. Nach einer Fahrt von fünfzehn Minuten parkte er seinen Wagen in einer Tiefgarage in der Nähe des Polizeipräsidiums. Ein paar hundert Meter weiter betrat er das moderne Haus, das mit einer Glasfassade bestückt war, die es allen anderen modernen Gebäuden der Innenstadt von Ostratal verwechselbar machte. Pünktlich um halb elf klopfte er an die Tür von Ringwalds Zimmer.

Auf das gut vernehmbare „Herein" öffnete er die breite Tür und erkannte den Raum nicht wieder. Vollgestellt mit Klapptischen, die überliefen mit Papieren, Ordnern, Telefonen, dazwischen Stühle und Stellwände. Im Raum befanden sich mindestens zwölf Beamte und Beamtinnen, die alle mit irgendetwas beschäftigt waren. Es herrschte ein Stimmengewirr, das er von draußen gar nicht wahrgenommen hatte. Dass hier drinnen überhaupt jemand sein Klopfen gehört hatte, verwunderte ihn. Er schloss die Tür und genau wie bei seinem ersten Besuch bemerkte er Kohl hinten rechts in der Ecke sehr spät. Die enorm breite Tür hatte ihm beim Eintreten am Sonntag den Blick auf Kohl versperrt, wurde Schmitt jetzt klar. Er schaute sich verwirrt um. Ringwald kam auf ihn zu und forderte ihn auf, ihm in ein anderes Zimmer zu folgen. Kohl schloss sich an. In diesem Zimmer stand nur ein Tisch, drei Stühle waren um ihn gruppiert, zwei an der einen Seite, ein einsamer an der gegenüberliegenden. Auf dem Tisch stand ein Aufnahmegerät. An der einen Wand war ein großer Spiegel befestigt. So sehen also Vernehmungszimmer aus, dachte Schmitt bei sich. Das kann ja heiter werden.

„Dann nehmen Sie mal Platz", forderte Ringwald ihn mit einer einladenden Geste auf.

Schmitt blickte nach wie vor verwirrt.

„Ihr Büro ...", stotterte er.

„Mein Büro ist eine multifunktionale Einrichtung. Heutzutage ist doch alles multifunktional. Wenn gerade keine Ermittlungen auf Hochtouren laufen, habe ich ein Luxusbüro. Am Beginn der Ermittlungen spektakulärer Gewaltverbrechen habe ich einen Schreibtisch in einem Großraumbüro. Und Kollege Kohl auch. Wenn schnelle Erfolge ausbleiben, wird das Büro mit der Zeit immer leerer. Also, Herr Schmitt, was wollen Sie mir erzählen?"

„Das Ding bleibt aus?" Schmitt deutete auf das Aufnahmegerät.

„Ja. Und hinter dem Spiegel steht auch niemand und hört zu. Sie können also erstmal ganz unbefangen loslegen. Dann sehen wir weiter."

Ringwald wirkte neugierig und erwartungsfroh, Kohl skeptisch bis höhnisch.

„Wo soll ich anfangen ...", dachte Schmitt laut nach. „Also: Herkenrath kam zu mir, weil er erpresst wurde."

„Aber das wissen wir doch", funkte Kohl dazwischen.

„Kohl!", ermahnte Ringwald seinen Assistenten.

Schmitt war ihm dafür fast dankbar.

„Herkenrath wurde erpresst mit Fotos, die ihn beim Sex mit Jugendlichen zeigen. Wobei die Jugendlichen über achtzehn, teilweise über zwanzig Jahre alt waren", flunkerte Schmitt. Schließlich musste Ringwald nichts von Silke Ruf wissen. „Die jungen Leute sind allesamt geistig behindert und werden in einer Werkstatt für behinderte Menschen ausgebildet beziehungsweise arbeiten dort. Diese Einrichtung wird von der LaboraVita AG betrieben, einem deutschlandweit tätigen Gesundheits- und Wohlfahrtskonzern. Herkenrath wollte, dass ich den oder die Erpresser ermittle und ihnen das Handwerk lege. Zur Polizei ging er aus nachvollziehbaren Gründen nicht. Spätestens bei der Übergabe des Geldes sollte ich in Erfahrung bringen, wer hinter der Erpressung steckt."

„Um wieviel ging es denn nun wirklich?"

„Zwanzigtausend Euro", sagte Schmitt.

„Oh ja, das passt schon eher."

Kohl mischte sich erneut ein.

„Und warum haben Sie uns zuerst Märchen aufgetischt?", fragte Ringwald.

„Ich wusste von Herkenrath, welche Geschichte er für Laile erfunden hat und demzufolge, welche Geschichte Laile Ihnen erzählen würde. Und der Einfachheit halber blieb ich bei dieser Version. Mir fiel nur zunächst partout nicht mehr ein, um welche Summe es dabei ging. Der Witwe erzählte ich übrigens von den wahren Hintergründen und sie hat mich mit weiteren Ermittlungen betraut, den oder die Erpresser und das Geld zu finden. Das geschah nach ihrer Vernehmung. Ihre Aussage bei Ihnen hat zu diesem Zeitpunkt gestimmt, da sie ja tatsächlich nichts von einer Erpressung wusste."

„Warum kommen Sie jetzt damit zu uns? Und was soll ich damit anfangen? Ich habe einen Mord aufzuklären und kann mich nicht noch zusätzlich mit einer Erpressung befassen, lieber Herr Schmitt. Es sei denn, die hängt mit dem Mord zusammen. Dafür haben Sie uns bislang aber noch keinen verwertbaren Anhaltspunkt vorgelegt. Oder wollen Sie etwa, dass wir Ihnen Ihre Arbeit abnehmen?"
Ringwald wurde etwas ungehalten.
„Nun warten Sie doch mal." Schmitt legte einen Zahn zu. „Ich habe vor der Ermordung Herkenraths eine ganze Menge Zeit in meine Nachforschungen gesteckt und danach im Auftrag seiner Witwe auch. Bei diesen Nachforschungen stieß ich auf ein Geflecht von Sponsoren der Behindertenwerkstätte, sogenannte Arbeitspaten, von sexuell missbrauchten Jugendlichen und von deren Betreuern. Zumindest ein Name ist mir aufgefallen: Armbruster, ein Strolch, den ich wegen Versicherungsbetruges in unangenehmer Erinnerung habe. Polizeilich auffällig geworden ist er damals meines Wissens allerdings nicht. Die Versicherung hat alles unter der Hand geregelt. Aber dieser Armbruster hat hundertprozentig seine Dreckspfoten in der Sache."
„Haben Sie denn irgendwelche Beweise oder wenigstens belastbare Hinweise, Herr Schmitt?", wollte Ringwald wissen.
„So direkt nicht. Aber es hängt doch offensichtlich alles miteinander zusammen. Herkenraths sexuelle Aktivitäten müssen ja irgendwie organisiert worden sein. Er konnte schließlich nicht einfach in die Werkstätten spazieren und da rumvögeln. Die Erpressung lief vielleicht planmäßig. Vielleicht ist das anderen auch schon geschehen. Die Sponsoren, alles Männer, alles Ober- oder wenigstens gehobene Mittelschicht. Der Strolch Armbruster. Fragen Sie doch mal Laile, der ist sowas wie ein Spiritus Rector der Sponsoren."
„Ein was?", wollte Kohl wissen.
„Ein geistiger Boss", knurrte Ringwald.
„Geistig, soso", meinte Kohl.
„Nun kommen Sie aber mal zu Potte, Herr Schmitt. Was hat das denn nun mit der Tötung von Herkenrath zu tun? Das haben Sie mir immer noch nicht klargemacht!"

Ringwald wurde zunehmend ungeduldig. Seine Finger begannen bereits, leicht auf den Tisch zu trommeln.
„Aber das liegt doch auf der Hand. Wenn Herkenrath darin verwickelt war, möglicherweise selbst herausbekam, dass er zum Beispiel von Armbruster oder irgendwelchen Hintermännern erpresst wurde und gedroht hat, den Spieß umzudrehen und zum Beispiel den Armbruster anzuzeigen. Das wäre doch ein astreines Mordmotiv!"
Schmitt war von sich selbst hingerissen. Er hatte sich eine wunderbare Räuberpistole ausgedacht, die im Kern stimmte. Jedenfalls war Schmitt davon überzeugt. Mit dieser Geschichte konnte er Silke und die Rufs außen vor lassen, ebenso Aline Herkenrath. Außerdem bescheinigte er sich selbst mit der Geschichte eine gewisse Ermittlungskompetenz.
Ringwald sah das offensichtlich genauso. Als Räuberpistole.
„Herr Schmitt, da haben Sie sich aber was zusammengeschustert. Ein paar Fakten, ein paar Vermutungen und viel Fantasie. Wovon wir hier manchmal zu wenig haben mögen, nicht wahr, Herr Kohl?"
Kohl lächelte säuerlich.
„Es ist meiner Meinung nach nicht notwendig, die wesentlichen Fragen und Antworten für eine Aufnahme mit dem Diktafon nochmals durchzukauen und ein Protokoll zu erstellen. Kollege Kohl hat sicherlich genügend Notizen gemacht. Ich werde mal mit Herrn Laile unverbindlich darüber sprechen und je nachdem dann mit unserem forschen Oberstaatsanwalt. Jedenfalls danke ich Ihnen, dass Sie sich doch noch entschieden haben, kooperativ zu sein. Ich muss mich jetzt wieder um die mühevolle und fantasielose polizeiliche Kleinarbeit kümmern. Auf Wiedersehen, Herr Schmitt."
Ringwald machte einen durchaus freundlichen Eindruck, ganz anders als am Sonntag. Sein Kriminalhauptmeister Kohl allerdings musterte Schmitt aus zusammengekniffenen Augen fast schon feindselig.
Schmitt erhob sich.
„Auf Wiedersehen, Herr Ringwald. Falls ich etwas Neues in Erfahrung bringe, melde ich mich sofort bei Ihnen." Das *Ihnen* betonte er auffällig.

„Ich werde den Weg wohl finden", sagte er im Hinausgehen zu Kohl.

Schmitt konnte das Frotzeln einfach nicht lassen.

KAPITEL 22

Elf Uhr. Ringwald blieb also tatsächlich bei der von Kohl angekündigten halben Stunde. Schmitt hatte Hunger. Aber am Rand des Zentrums von Ostratal, wo das Polizeipräsidium lag, gab es ebenso wenige gemütliche Gaststätten wie im Zentrum selbst, nur Kettenläden und Handyschuppen in den Erdgeschossen von kastenförmigen Hochhäusern, weiter oben Anwälte, Ärzte, Versicherungen. Zwischendrin Kaufhäuser. Auch mal ein Pizza Hut oder ein Starbucks. Gesichtslos, geschichtslos. Die Stadt war bis zur absoluten Kenntlichkeit verwechselbar mit vielen anderen deutschen Städten dieser Größe, die zu schnell nach dem Nazikrieg wieder aufgebaut wurden. Dabei wurde das bisschen, das den Bomben entkommen war, von Baubürokraten schnellstmöglich abgeräumt, die, direkt aus dem Dritten Reich kommend, ohne Scham und Reue die Ämter der neuen Republik besetzten. Fast, als könnten sie damit auch die Spuren ihrer Taten beseitigen. Was dann auferstand aus Ruinen, war autogerecht und austauchbar.

Pforzhausen, Frankburg, Wupperberg, Stuttdorf, Hannruhe ... Zumindest im Westen der Republik. Die Namensbestandteile waren beliebig kombinierbar.

Das Theater von Ostratal war eines der wenigen Zeugnisse vergangener Architektur und in den sechziger Jahren nach alten Plänen und Fotografien wieder erstellt worden. Aber was den Stadtplanern ausnahmsweise gelungen war, wurde von den Finanzplanern Ende der neunziger Jahre zunichte gemacht. Von den ehemals fünf Dreispartentheatern des Landes wurden zwei nur noch als Sprechbühnen weitergeführt. Das ehemalige Dreispartenhaus Ostratal fiel der finanziellen Spitzhacke vollständig zum Opfer. Und nur noch zwei große Theater blieben in ihrer Ursprungsfunktion übrig, natürlich eines in der Landeshauptstadt und eines in der drittgrößten Stadt. Die Opernabteilungen dieser Häuser wurden abwechselnd von den philharmonischen Orchestern des Landes bespielt. Dadurch entging das ehemalige Opernorchester der Stadt Ostratal der Auflösung, wenn auch von mehr als achtzig Stellen auf

etwa fünfundsechzig verkleinert. Es wurde in der gemeinsamen Trägerschaft Stadt/Land weitergeführt. Die anderen drei Orchester befanden sich schon zuvor in einer vergleichbaren Trägerschaft. So wurden unter dem Strich zwei Opernorchester und drei Gesangsensembles vollständig aufgelöst. Da das teuerste an einem Theater immer das Orchester ist, mit Abstand gefolgt von Bühnentechnik, Werkstätten und Ähnlichem, erst dann den Bühnenkünstlern einschließlich des Opernchores und ganz am Schluss der Intendanz und der Verwaltung, ist der durch die Auflösung der Musiksparte erzielte Spareffekt der finanziell effektivste. Immerhin blieb in Ostratal das wunderschöne Haus übrig, das hin und wieder vom ehemals eigenen Orchester in einer Gastproduktion der zwei verbliebenen Opernhäuser bespielt wurde. Hauptsächlich aber fanden die Konzerte des Sinfonieorchesters Ostratal im neuen Konzerthaus statt.
Obwohl Schmitt alles andere als ein begeisterter Theatergänger war, bereitete ihm dieser Niedergang Kopfschmerzen, weil selten etwas neu entsteht, nachdem es erst einmal zerschlagen wurde. Da gleichen sich Theater und Schiffswerften. Andererseits, wenn er an das Premierenpublikum dachte, gönnte er denen den Verzicht auf derartige Veranstaltungen von ganzem Herzen. Wie konnte und kann Mälis sich nur bei diesen Herr- und Damschaften wohlfühlen.
Er kaufte sich an einem Stand, der nach allem Möglichen roch, nur nicht nach regelmäßig gewechseltem Frittierfett, eine Bratwurst, würgte das mit Kräutern überdeckte Gammelfleisch und den Sieben-Cent-Teigling runter und war damit in der richtigen Laune für eine weitere Offensive, diesmal bei Armbruster. Hoffentlich bekam er ihn noch vor die Flinte, solange nicht die Mittagspause begonnen hatte.
Kurz nach halb zwölf parkte Schmitt den Peugeot vor den Behindertenwerkstätten. Er fragte am Empfang die Nette mit der wunderbaren Stimme, die leider so gar nicht zu ihrem Aussehen passte, nach Armbruster.
„Sie sind doch dieser Journalist, der vor einigen Tagen schon mal hier war. Ich hole Herrn Armbruster gleich mal."

„Danke. Sie haben nicht nur eine tolle Stimme, sondern auch ein gutes Gedächtnis."
Schmitt konnte ernstgemeinte Komplimente machen, wenn er wollte. Ganz ohne Hintergedanken oder Berechnung. Und er erhielt als Belohnung ein bezauberndes Lächeln.
Er wartete nur wenige Minuten, dann kam Armbruster um die Ecke, das geballte Selbstbewusstsein wie eine Monstranz vor sich her tragend. Als er Schmitt sah, stutzte er.
„Schmitt? Der Schmitt? Du liebe Zeit, hast du dich verändert. Du arbeitest jetzt für die Presse? Damals hat man dich bei der Versicherung doch rausgeworfen? Na, wir fallen doch immer wieder auf die Füße."
Blöder Kerl, dachte Schmitt, ging aber auf die plump-vertraulichen Anbiederungen Armbrusters nicht ein.
„Wie Sie vielleicht von Ihrem Kollegen Hackenjoos wissen, arbeite ich an einer Serie über Behindertenwerkstätten, vor allem über die mit angeschlossenen Internaten. In diesem Zusammenhang sind mir einige Besonderheiten aufgefallen, was die hiesige Einrichtung der LaboraVita angeht. Darunter interessiert mich besonders die Einrichtung der Arbeitspaten, Ihres Sponsorenkreises. Herr Laile hat mir erzählt, dass Sie sozusagen der Verbindungsmann zwischen den Werkstätten, den behinderten Jugendlichen und den Sponsoren sind."
„Der Laile, was der alles so von sich gibt. Aber das stimmt tatsächlich so in etwa. Ich habe vor ungefähr drei Jahren diese Konstruktion selbst installiert. Ich hatte ja schon immer ganz gute Verbindungen ... Aber Schmitt, erzähl' mal, wie ist es dir ergangen, nachdem du den Job bei der Garant-Versicherung verloren hast. Die haben dir damals ja ganz übel mitgespielt."
So ein Arschloch. Schmitt war kurz davor zu platzen. Aber er riss sich zusammen.
„Mir wäre es sehr recht, wenn Sie mich nicht duzen würden, Herr Armbruster. Schließlich haben wir uns seinerzeit nur zwei- bis dreimal gesehen und Ihre Rolle war alles andere als die eines sauberen Ehrenmannes. Können wir nun zur Sache kommen?"
Armbruster lenkte ein.

„Okay, was willst du wissen?"
Das Duzen konnte er allerdings immer noch nicht lassen.
„Die Arbeitspaten. Wo kommen die her? Was haben die für Motive?"
„Wo die herkommen, weißt du bestimmt schon vom Laile. Aber ich sag's dir trotzdem. Das sind ganz feine Leute. Erste Sahne der Gesellschaft. Und Laile hat noch einige Musiker aus dem Orchester angeworben. Das bringt auch einen kulturellen Touch rein. Der ist enorm wichtig für die höheren Stände. Die Motive? Mein Gott, das ist das pure soziale Verantwortungsbewusstsein, für das diese Herrschaften ja bekannt sind", spottete Armbruster, immer noch ein großer Zyniker vor dem Herrn.
Jetzt wirkte er tatsächlich etwas tuntig. Schmitt verstand Robert Heinke schon, der ihm von der merkwürdigen Verhaltensweise Armbrusters berichtete hatte.
„Nein, ein paar fangen an, sich zu engagieren, und dann wird es in deren Kumpelkreisen, den Rotariern, den Lions, den alten Herren der Burschenschaften schick. Ab einem bestimmten Zeitpunkt wird das ein Selbstläufer", erläuterte Armbruster plötzlich recht ernsthaft, wenn auch immer noch ein Stückchen Gehässigkeit herauszuhören war. Die war Schmitt allerdings bekanntlich auch nicht fremd.
„Nur Männer?", fragte er.
„Was?"
„Sind nur Männer Arbeitspaten?"
„Jetzt, wo du fragst, fällt's mir auch auf. Ja, die meisten, nee, sogar alle sind Männer."
„Die zahlen hundert Euro im Monat und sind damit Pate eines oder einer Jugendlichen, der oder die im Internat, also im Heim wohnt. Gibt es sonst noch Zuwendungen für die Jugendlichen durch ihre Paten? Persönliche Nähe oder Ähnliches?"
„Wie meinst du das?"
„Herr Laile hat mir gesagt, dass für die Jugendlichen eine persönliche Zuwendung fast noch wichtiger ist als der finanzielle Beitrag. Schließlich leben Eltern, Geschwister und andere Verwandte weit weg."

„Natürlich ist das wichtig. Deshalb haben wir mit den Sponsorengeldern zwei Begegnungsräume eingerichtet, ganz in der Nähe der beiden Gästezimmer im Wohntrakt. Die letzteren sind für den Besuch von Eltern und Verwandten gedacht. In den Begegnungsräumen können die Paten mit ihren Patenkindern ungestört sprechen, spielen, ihnen vorlesen ...."
„Spielen?", fragte Schmitt konsterniert.
„Ja, spielen. Schmitt, die Jugendlichen sind alle noch Kinder und werden immer Kinder blieben. Die meisten hier sind körperlich in aller Regel soweit entwickelt wie gesunde Kinder auch, aber geistig für ihr restliches Leben auf dem Stand von Vier-bis Achtjährigen. Da können wir noch so sehr versuchen, ihnen einfache, mechanisch zu verrichtende Tätigkeiten beizubringen." Man merkte Armbruster an, dass er in seinem Beruf durchaus kompetent war. „Den direkten Kontakt nehmen nicht alle Paten wahr, sogar die wenigsten. Die meisten begnügen sich damit zu zahlen."
„Was wird mit dem Geld gemacht?", fragte Schmitt weiter.
„Na, wie gesagt, die Begegnungszimmer eingerichtet. Oder die Gästezimmer wohnlich umgebaut und möbliert. Mit schicken Betten und Möbeln, großen Flachbildschirmen, Dusche/WC wie in einem Viersterne-Hotel. Ausflüge werden organisiert. Bei Bedarf Klamotten gekauft. Moderne Arbeitsgeräte bezuschusst. So in der Richtung."
„Und wer verfügt über das Geld?"
„Der Vorstand des Sponsorenvereins. Ordentlich eingetragen und steuerlich anerkannt. Im Vorstand sitzen zum Beispiel der Laile, ein Rechtsanwalt, ein Richter, der Chef vom Kaufhaus Ratzeneder. Vorsitzender ist der Kulturbürgermeister. Wie gesagt alles erste Sahne! Ich selber verfüge nur über eine Handkasse für laufende Ausgaben, damit nicht jeder einzelne Lolli vom Vorstand beraten werden muss." Armbruster grinste breit.
„Wie ich gehört habe, hat sich der ermordete Rolf Herkenrath auch für eine Mitgliedschaft interessiert, sprang dann aber ab. Wissen Sie, warum?"
„Schmitt, Schmitt, was soll das denn jetzt." Armbruster reagierte etwas gereizt. „Was weiß ich denn, warum der Herkenrath

abgesprungen ist? Vielleicht hatte der ja einen Blick auf ein bestimmtes junges Mädchen geworfen, das nicht im Internat lebt?"

Armbrusters Stimme wurde schmierig und sein Blick lauernd. Armbruster, der Intrigant.

„Was soll das heißen?"

„Na ja, jeder sucht sich eben sein Patenkind aus und Herkenrath hat möglicherweise eines ausgesucht, das nicht im Heim lebt. Die süße Silke."

„Silke Ruf? Die kannte er doch schon von seinen Kammermusikpartnern", verplapperte sich Schmitt.

Armbruster schien das nicht aufzufallen.

„Aber vielleicht nicht so, wie sie sich hier gibt", mutmaßte Armbruster mit maliziös verzogenem Mund.

Schmitt ging nicht weiter auf diesen Aspekt ein, auf das Grundthema allerdings schon.

„Herr Laile hat mir gesagt, dass er mal einen, wie er sich ausdrückte, dicken Posaunisten des Orchesters in inniger Umarmung mit seinem Patenkind gesehen hat. Ganz direkt gefragt: Ist es sicher, dass sich hier keine Pädophilen austoben können?"

Schmitt versuchte einen Bluff. Einfach mal ins Blaue schießen. Und ins Schwarze treffen! Armbruster sagte nichts. Er sah Schmitt eine Weile nachdenklich an.

„Schmitt, worauf willst du eigentlich raus? Selbst wenn es so wäre, was es selbstverständlich nicht ist: Die Spitzen unserer hiesigen Gesellschaft würden sich schon schützen gegen solche Vermutungen und Verdächtigungen. Du weißt doch aus eigener Erfahrung, dass nur die großen Fresser einen dicken Haufen scheißen. Die mickrigen werden zugeschissen. Und der Laile ...", Armbrusters Augen wurden schmal. „... der Laile sollte besser dreimal nachdenken, bevor er sein Maul aufreißt. Und du solltest dir auch dreimal überlegen, wozu du deine Wichsgriffel hergibst. Und jetzt ist Mittagspause."

Der Altrocker stand auf und stiefelte ohne ein weiteres Wort zum Empfang, wo er der reizenden Stimme etwas übermittelte, was offensichtlich mit ihm, Schmitt, zu tun hatte. Er konnte sich denken, dass er soeben Hausverbot erhielt. Am Ende war Armbruster doch immer noch der Alte, wie Schmitt ihn vor neun Jahren kennengelernt hatte.

Na gut, Mittagspause ist Mittagspause, dachte sich Schmitt, besorgte sich im nächstgelegenen Supermarkt aus der langen Kühltheke eine Kleinigkeit zum Essen und fuhr nach Hause. Kaum hatte er seine Fertigmahlzeit verspeist und sich etwas aufs Ohr gelegt, klingelte sein Handy.

Überraschenderweise ein neuer Klient. Und gar nicht überraschenderweise eine dröge Trennungs-, besser gesagt Scheidungssache. Das bedeutete Einsatz vor allem abends, Überwachungsdienst eventuell auch tagsüber. Mal sehen, ob ich das einschieben kann, dachte Schmitt, der das Geld gut brauchen konnte. Er legte sich erneut auf die Couch und schlief sofort ein.

Gegen halb drei rief er Laile an und verabredete sich mit ihm auf Donnerstagmittag. Anschließend versuchte er, Termine bei dem Intendanten des Orchesters, Andreas Bellheim, dem Kulturbürgermeister, Dr. Peter Rechenberg und dem Richter am Landgericht, Dr. Michael Schönhuber zu bekommen. Allesamt Arbeitspaten, wie er mittlerweile wusste. Es gelang ihm aber lediglich, ein Treffen mit dem Richter zu vereinbaren, für eine Viertelstunde am nächsten Tag um Viertel vor zwei. Die anderen hatten erst in der darauffolgenden Woche Zeit. Um halb vier hatte er den Termin mit dem neuen Klienten beziehungsweise der Klientin.

Um sechs wollte er Aline Herkenrath aufsuchen, um endlich seinen Vorschuss zu kassieren. Die von Rolf Herkenrath erhaltene Summe ging langsam zur Neige. Die zwanzigtausend Euro Erpressungsgeld wollte er nicht antasten, weil er sie schließlich nicht gestohlen oder unterschlagen, sondern sichergestellt hatte. An dieser Auffassung hielt er immer noch fest. Er wollte demnächst nach Luxemburg fahren und unter dem Namen Schulzenrieder fünfzehntausend Euro von dem Bargeld auf sein Konto bei der Volksbank Ostratal überweisen. Damit blieb er unter der Meldepflicht von Bareinzahlungen, verfügte noch über genügend Reserven für alle Fälle und hatte eine Sorge weniger wegen der Lidltüte in seinem Keller. Das erledige ich gleich morgen früh, dachte Schmitt, so weit ist Luxemburg schließlich nicht. Er rief seine Verflossene an, die sich prompt meldete.

„Mälis."

„Hallo Susanne. Hast du Lust auf ein Bier oder so in der Kneipe bei mir gegenüber? Es gibt so viel Neues, das ich sortieren muss und ich brauche dazu deine analytische Hilfe. Ich zahle auch!"

„Oh, das muss ich ausnutzen. Wie komme ich zu der Ehre? Hast du zu viel Geld?"

„Nein, im Gegenteil. Aber ich brauche deine analytische ... Äh, und ich wollte meine idiotische Reaktion vom Samstag wieder

gutmachen", sagte Schmitt mit hörbarer Reue. „Wie wär's mit halb acht?"
„In Ordnung. Bei mir könnte es aber ein bisschen später werden. Ich muss unbedingt noch einen Artikel für diese blöde Zeitschrift ‚Musik in der Forschung' fertigstellen."
Dabei blieb es und Schmitt war froh, dass Susanne Mälis nicht nachtragend war. Nie gewesen.

Um halb vier kam die angemeldete Kundschaft, eine auffallend hübsche Frau Anfang vierzig, nett zurechtgemacht, mit charmanten Fältchen um Augen und Mund. *So richtig was für Herz und Lenden*, dachte Schmitt unkeusch und ohne sich irgendwelche Erfolgsaussichten einzubilden. Nach dem bei seinen wenigen neuen Klienten üblichen Geplänkel von wegen Schulzenrieder und warum nicht der Chef selbst da sei, sondern sie sich mit einem Angestellten begnügen müsse und der dazu gehörenden indignierten Betrachtung des Büroinneren erzählte sie Schmitt, dass ihr Mann sie wahrscheinlich betrog, sie aber ohnehin die Scheidung wolle, er nicht einverstanden sei („Katholischer Eigensinn") und sie etwas in die Hand bekommen wolle, um ihn zwingen und vor allem, um gute Bedingungen aushandeln zu können. *Klar*, dachte Schmitt, *es geht wieder mal nur um das Eine, das liebe Geld*. Verletzte Eitelkeit, Wut, gar Hass, das spielte seiner Erfahrung nach natürlich auch eine Rolle. Aber in der besseren Gesellschaft wollte der Eine oft nicht so viel zahlen und die Andere sich nicht mit so wenig zufrieden geben. Und bei der Frage, ob drei Jahre oder ein Jahr Wartezeit bis zur neuen Freiheit vergehen sollten, spielte Geld und der Nachweis erheblichen Fehlverhaltens auch heute noch eine Rolle, wenn auch nicht unbedingt in juristischer Hinsicht.
Er notierte sich die für ihn wichtigen Informationen, setzte den Vertrag auf, kassierte eintausendfünfhundert Euro Vorschuss für fünf angesetzte Tage, verabschiedete seine Klientin und schaute wehmütig ihrem wohlgeformten, süßen Hintern nach.
Er machte sich zuerst einen Pulverkaffee und dann einen Plan über die Überwachungsschritte und -zeiten des armen und bald noch viel ärmeren Ehemannes. Wenn der Verdacht seiner

Klientin zutraf, dürfte die Arbeit nicht zu schwierig und aufwändig werden, schien doch eine ihrer Freundinnen diejenige zu sein, welche. Geplant, eingefädelt? Mädels schafften sowas problem- und skrupellos, wie Schmitt aus langjähriger Erfahrung wusste.
Gegen halb sechs fuhr er Richtung Buchenweg, wofür er rund eine halbe Stunde brauchte. Verfluchte Rushhour, dachte er. Aber schließlich kam er doch wie geplant, wenn auch nicht wie verabredet, um achtzehn Uhr an und klingelte an der Haustür von Aline Herkenrath. Nichts rührte sich. Schmitt ging ums Haus und hörte Klavierspiel. Also versuchte er es nochmal an der Haustür. Wieder regte sich nichts, nur ganz entfernt hörte er jetzt auch hier den Flügel. Offensichtlich wollte Aline Herkenrath nicht beim Üben gestört werden oder sie hörte die Klingel gar nicht, war tief versunken in ihr Spiel.

Macht nichts, dachte Schmitt gut gelaunt im Hinblick auf den zweisamen Abend in seiner Kneipe, *jetzt bin ich ja erstmal flüssig*. Er fuhr mit seinem treuen Peugeot zurück und ärgerte sich noch nicht einmal mehr über die Rushhour, die immer noch die Straßen verstopfte, obwohl oder weil Ostratal seit den siebziger Jahren autogerecht umgebaut war. Viertel vor sieben betrat er sein Lokal, setzte sich wie immer an den Tresen, allerdings nicht so unnahbar wie sonst, sondern regelrecht aufgeräumt, bestellte ein Pils, zwei Frikadellen mit Kartoffelsalat („an" heißt es anderswo, nicht hier) und wartete auf Mälis, die vor Urzeiten mal die Seinige war.
Schmitt war beim zweiten Pils, als sie eintrat, adrett und gut gelaunt wie eigentlich immer. Er bestellte einen trockenen Weißwein und ging mit ihr an einen freien Tisch in der hintersten Ecke, wo sie ungestört reden konnten.
„Na, dann erzähl mal", forderte ihn seine Ex auf.
„Erstmal Prost."
Schmitt trank sein Pils aus und orderte per Handzeichen ein drittes.
„Im Moment überschlagen sich die Ereignisse. Ich bin da in was reingeschlittert, Mannomann. Neun Jahre Scheidungen,

Ladendiebstähle, Betrug unter Geschäftspartnern. Nur Eierdiebe. Und jetzt wie aus blauem Himmel Erpressung, Mord, Kinderschändung. Und ich ohne jede Erfahrung. Aber ich glaube, ich schlage mich ganz gut", schmiss Schmitt sich in die Brust. "Ich habe mir bei Herkenraths Witwe ein Fortsetzungsmandat geholt. Ich bin mit der Kripo einigermaßen im Reinen. Und ich glaube, dass ich mit dem Missbrauch der Jungs und Mädels in den Behindertenwerkstätten weitergekommen bin. Aber so richtig dolle Ergebnisse habe ich noch nicht."

„Hast du denn den Erpresser?", wollte Mälis wissen.

„Nicht wirklich, wie man jetzt so schön sagt. Klar tippe ich immer noch auf Mischa Ruf. Aber wenn, war er es nicht alleine. Einen Partner sehe ich allerdings nicht."

„Und mit dem Mord? Konntest du mit deinen Ermittlungen der Kripo auf die Sprünge helfen?"

„Herkenrath kann von diesem oder jenem umgebracht worden sein. Mittlerweile habe ich rausgefunden, dass auch Gernot Ruf, der Vater von Mischa, ein Motiv gehabt hat. Er wusste von Herkenraths Schandtaten, da bin ich mir sicher. Nur wann er das erfahren hat, vor dem Mord oder nachher – keine Ahnung. Laile jedenfalls hat was mit der Witwe, da fresse ich einen Besen. Er hatte gestern Abend plötzlich eine Verabredung, von der noch nicht die Rede war, als ich mein Treffen mit ihm abmachte. Mit wem, sagte er nicht. Und als ich morgens kurz vor acht bei Aline Herkenrath vorbeischaute, verließ er fröhlich deren Haus und sah aus wie ein Kater, der gerade seinen Kopf aus dem Sahnekrug zieht. Na hallo, was das wohl für eine Verabredung war und wo er wohl die Nacht verbracht hat ... Er war zur Tatzeit am Bahnhof, behauptete aber, den Mord selber nicht gesehen zu haben, nur dass ‚Irgendwas' mit Herkenrath passiert sein musste. Danach sei er gleich gegangen. Kann man glauben oder nicht."

Die *Sicherstellung des Geldes*, Lailes Drohung, dies auffliegen zu lassen, all das verschwieg er selbst seiner Ehemaligen.

„Laile jedenfalls ist für mich auch ein heißer Kandidat für den Mord. Dass der Erpresser was damit zu tun hat, glaube ich immer noch nicht. Aber der heißeste Anwärter ist für mich Gerd

Armbruster oder meinetwegen seine Hintermänner. Auf diese Fährte habe ich heute Morgen auch den Chefermittler der Kripo, Ringwald, gesetzt. Ich habe ihm von der Erpressung Herkenraths erzählt, aber nicht von Silke Ruf oder gar von Mischa, sondern bloß von Herkenraths Verwicklungen in den Päderastensumpf der Behindertenwerkstätten und von Armbruster namentlich. Soll Ringwald da doch mal ordentlich reinfahren. Und bei Armbruster habe ich einen Felsen ins Wasser geworfen."

Mälis schaute ihn amüsiert an.

„Der vielleicht Kreise zieht", fuhr Schmitt unbeeindruckt fort. „Jedenfalls war er ziemlich angefressen und hat sich hinreißen lassen, mir und über mich auch Laile zu drohen."

Das war reichlich Diskussionsstoff und nach zwei weiteren Pils für Schmitt und einem weiteren Weißwein für Mälis verabschiedeten sie sich leicht beschwipst, wobei Mälis ihrem Ex-Mann riet, sich hinsichtlich Armbruster und des vermuteten Sumpfs ganz und gar zurückzuhalten. Denn falls seine Meinung zuträfe, könne er sich nicht nur seine Finger verbrennen. Er habe die Polizei auf dessen Spur gesetzt, das reiche ja. Und wer sich in Gefahr begibt ...

KAPITEL 24

Am Donnerstag fuhr Schmitt für seine Verhältnisse außerordentlich früh mit fünfzehntausend Euro nach Luxemburg, damit er den Termin mit Laile auf jeden Fall einhalten konnte. Wie vermutet gab es keine Schwierigkeiten mit der Barüberweisung unter dem Namen „Schulzenrieder" bei der dortigen Filiale der Deutschen Bank. Er musste zwar eine Gebühr von fünfzig Euro bezahlen, sich aber wie vorhergesehen nicht ausweisen.

Kurz nach halb eins traf er Laile im Konzerthaus. Die Probe war pünktlich zu Ende gegangen. Darauf war Verlass, weil sich der gesamte Orchestervorstand stets zu genau diesem Zeitpunkt erhob, unabhängig davon, in welcher Phase sich die Probe befand. Da der Generalmusikdirektor Paolo Terrini dafür bekannt war, dass er auf die „Befindlichkeiten seines Orchesterapparates" keine Rücksicht nahm, war diese Form der Selbstverteidigung das einzige Mittel für die Orchestermitglieder, einigermaßen rechtzeitig zum Mittagessen zu kommen.

Schmitt und Laile setzten sich an einen Tisch in eine der Ecken des weitläufigen Foyers.

„Haben Sie sich überlegt, was Sie mit der von Ihnen geklauten Summe machen werden, Herr Schmitt?", eröffnete Laile das Gespräch.

„Natürlich. Ich werde es Aline Herkenrath übergeben. Vorher will ich aber von ihr mein ausstehendes Honorar haben, das sie mir eigentlich bereits am Dienstag aushändigen wollte, was sie aber nicht tat. Und ich muss natürlich erst in Erfahrung bringen, ob sie überhaupt erbberechtigt ist."

Laile schüttelte den Kopf.

„Ich gebe Ihnen noch einen Tag, Herr Schmitt, die Sache mit dem Geld aufzuklären. Und zwar bei Aline und bei Herrn Ringwald. Mir ist scheißegal, ob sie was sicherstellen oder sich unter den Nagel reißen wollten. Stellen Sie die Sache klar oder ich werde das tun!"

„Und was ist mit Armbruster und dem Puff in der LaboraVita? Sollen die unbehelligt davonkommen?"

„Herr Schmitt", Laile verdrehte die Augen, „das eine hat mit dem anderen absolut nichts zu tun. Außerdem ist das nur Ihre Überzeugung."
„Sie wollen mir doch wohl nicht weismachen, dass Sie davon nichts mitbekommen haben. Dort sind zwei Gästeappartements eingerichtet. Und zwei Begegnungszimmer, wie immer diese Begegnungen auch aussehen mögen. Und dann die Sache mit dem Geld des Patenvereins!"
„Und wenn schon? Was soll damit bewiesen sein? Natürlich habe ich mir nach unserem gestrigen Gespräch meine Gedanken gemacht. Mir ist vor zwei Wochen auch aufgefallen, dass unser dicker Posaunist mit einem der Jungen, einem hübschen neunzehnjährigen aus dem Wohntrakt kam, wo er eigentlich um die Zeit nichts zu suchen gehabt hätte."
Schmitt war baff. Murphys Gesetz: „Whatever can go wrong will go wrong".
Dann hatte er Armbruster mit seinem Bluff ja gar nicht angelogen ...
„Das muss auch der Zeitpunkt gewesen sein, nach dem Herkenrath nicht mehr mitkam. Der war an diesem Tag das letzte Mal mit mir dort. Wenn da also wirklich die Kinder verkuppelt werden, können Sie sich darauf verlassen, dass ich ordentlich Rabatz machen werde. So wie ich Rabatz mache, wenn Sie sich nicht wegen der zwanzigtausend Euro offenbaren."
„Sie sagen ja selber, dass mit dem Posaunisten ..."
„Verdammt noch mal, Schmitt", fiel Laile ihm ins Wort. „Sie regeln das mit dem Geld bis morgen. Ich verspreche Ihnen, bei Ringwald ebenfalls morgen die Sache mit dem möglichen Missbrauch zur Sprache zu bringen. Allerdings werde ich erstmal heute Nachmittag mit dem Kollegen Harbrecht reden, das ist der Posaunist, von dem ich sprach, und eventuell auch mit Armbruster. Und Sie bringen das mit dem Geld wenigstens bei Aline in Ordnung. Auch spätestens bis morgen. Basta. Ist Ihnen das jetzt alles klar?"
Laile hatte vor Wut einen roten Kopf
„Ja, alles klar", erwiderte Schmitt kleinlaut.
Er dachte daran, dass er eventuell die fünfzig Euro Überweisungsgebühr völlig umsonst in den Sand gesetzt hatte.

Laile ging ohne Abschied und Schmitt machte sich auf, seinen Termin bei Richter Schönhuber wahrzunehmen. Als er aber das Landgericht ganz in der Nähe des Konzerthauses betrat, war der Richter nicht da. Er sei noch zu Mittag, wurde ihm ausgerichtet. In seinem Kalender stehe auch kein Schmitt und es täte sehr leid, aber er könne auch nicht auf ihn warten ...

Na gut, dachte Schmitt, innerlich achselzuckend, dann eben ein andermal. Er fuhr zur LaboraVita, um Mischa Ruf vor dem Gebäude abzupassen. Armbruster war zwar nach der Auskunft der letzten Woche am Donnerstagnachmittag immer zur Fortbildung, aber Schmitt befürchtete, von der reizenden Stimme der Empfangsdame des Hauses verwiesen zu werden, sobald sie ihn bemerkte.

Er parkte so, dass er Mischa den Weg abschneiden konnte, sollte dieser aus Richtung Bismarckplatz kommen, was er fünf Minuten später auch tat. Schmitt stieg aus und ging auf Mischa zu. Als dieser ihn sah, wurde er leichenblass.

„Ich fürchte, wir müssen mal ein ganz ernstes Gespräch führen", eröffnete ihm Schmitt. „Würden Sie mich in mein Auto begleiten?"

Mischa nickte wortlos.

„So, jetzt mal raus mit der Sprache. Wie war das mit der Erpressung von Rolf Herkenrath?"

Schmitt gab sich Mühe, mit einem amtlichen Ton zu sprechen.

„Sie schreiben doch nicht darüber? Und verraten auch nichts der Polizei?"

Mischa Ruf war ein Häuflein Elend und machte den Eindruck, als würde er gleich anfangen zu weinen.

„Ich kann nichts versprechen. Das hängt davon ab, wie tief du in welchen Geschichten steckst. Und wie weit du mir helfen kannst."

An Mischa Ruf war nun nichts Arrogantes, Jungdynamisches mehr. Was da neben Schmitt saß, war die verkörperte Unsicherheit, das sinnlich erlebbare schlechte Gewissen.

„Ich werde Ihnen sagen, was ich weiß."

„Gut. Fangen wir mit der Erpressung an. Wer hat die Fotos gemacht?"

„Ich. Das werden Sie ja mittlerweile herausbekommen haben."
„Das habe ich vermutet, belegen konnte ich es aber nicht. Wann und wie? Wieso hat Herkenrath nichts davon gemerkt?"
„Ich habe ihn und Silke mit meinem Smartphone gefilmt, gleich beim ersten Besuch von Herkenrath bei meiner Schwester und dann eigentlich jedes Mal. Rolf hat nichts bemerkt, weil er ganz und gar mit was anderem beschäftigt war. Und ich verhielt mich ganz still hinter Türen, oder soweit das Wohnzimmer genutzt wurde, auch hinter Fenstern. Aus den Videos habe ich dann Standfotos hergestellt. Silke hatte ich zum Stillschweigen verdonnert. Als sie mich beim ersten Mal entdeckte, bedeutete ich ihr mit dem Finger auf meinen Lippen, nichts zu verraten. Wir haben ein sehr gutes Verhältnis und sie tut, was ich ihr sage oder auf andere Weise mitteile."
„Wieso warst du denn immer zu Hause, wenn Herkenrath Silke besuchte? Er war der Meinung, dass Silke allein war."
Schmitt war überrascht.
„Ich war nicht immer zu Hause. Meistens, aber nicht immer. Das wäre auch schlecht möglich. Rolf passte natürlich die Zeiten ab, in denen Silke allein zu Hause war. Das heißt, meine Eltern waren gleichzeitig weg und blieben auch längere Zeit außer Haus. Und ich musste auch so tun, als ob ich ginge. Und tatsächlich hatte ich schon manchmal in der Uni zu tun. Ich ging weg und kam dann durch den Garten und den hinteren Kücheneingang wieder zurück. Zum Beispiel beim ersten Mal."
„Verstehe ich das richtig: Du hast beim ersten Mal so getan, als ob du gingst?", fragte Schmitt stirnrunzelnd.
„Aber ja."
Mischa Ruf schaute etwas verwirrt.
„Woher wusstest du denn, dass Herkenrath kommt? Er hat beim ersten Mal doch gar nicht wissen können, dass Silke allein zu Hause war. Das hat sich doch alles erst daraus ergeben, ein Zufall, wenn man so will."
Mischa Ruf schaute Schmitt ungläubig an.
„Sie wissen nichts davon?"
„Was heißt das? Wovon weiß ich nichts."

„Rolf hatte Silke schon einige Zeit mit den Augen verschlungen, wenn er bei uns und sie zu Hause war. Meinen Eltern fiel das nicht auf. Sie musizierten mit ihm, aßen in fröhlicher Runde mit ihm und seiner Frau, Herrn Laile und dem einen oder anderen ihrer Freunde, gingen gemeinsam auf Konzertreisen. Sie dachten überhaupt nicht daran, dass Rolf auf Silke reagieren könnte. Ich hab das schon gemerkt, auch wenn er das zu verstecken suchte. Aber er traute sich nicht, irgendwas in Richtung Sex auch nur ansatzweise zu versuchen. Kein Berühren, kein vermeintlich zufälliges Betatschen, nix. Ich machte mir deshalb auch keine weiteren Gedanken. Bis Rolf von Herrn Laile auf eine Arbeitspatenschaft angesprochen wurde und öfter mit zur LaboraVita kam. Dort sah er Silke in einer völlig anderen Umgebung, mit ihren Freundinnen und Freunden. Und dort hat er mitbekommen, dass manche der Jungs und Mädchen dem einen oder anderen Arbeitspaten zugeführt wurden."

„Zugeführt? Du meinst, verkuppelt!"

„Egal. Jedenfalls verschwanden auf Anmeldung mittags, nachmittags Arbeitspaten meist mit ihren eigenen ‚Patenkindern', manchmal auch mit anderen Richtung Wohntrakt und tauchten nach etwa einer Stunde wieder auf, fröhlich, frisch geduscht und bester Laune."

„Die können dort nicht einfach nur nett mit den ihnen anvertrauten Jugendlichen umgegangen sein?"

„Quatsch, die haben sich befriedigen lassen, mit welchen Praktiken im Einzelfall auch immer."

„Und Herkenrath hat das spitzgekriegt?"

„Und wie er das spitzgekriegt hat. Herr Laile nicht! Herkenrath ja. Und der hat auch spitzgekriegt, dass Silke irgendwie mit von der Partie war. Zugeguckt. Im Einzelfall mitgemacht. So nach dem Motto ‚Ich will mitgehen, wenn meine Freundin Mona mit dem netten Herrn Müller verschwindet'. Sie war und ist saumäßig neugierig."

Schmitt wunderte sich, dass Mischa Ruf dermaßen emotionslos über derartige Perversionen berichtete. Es ging doch um seine Schwester. Was war bloß mit dem Jungen los?

„Und Herkenrath hat dann gedacht, was die können, kann ich auch. Ich habe es jedoch nicht nötig, das in den Werkstätten zu tun. Mit Silke kann ich das viel intimer bei meinen Freunden Gernot und Sonja Ruf zu Hause machen. Spare mir dabei auch die hundert Euro monatlich und habe Silke ganz für mich allein. Ich muss bloß die Gelegenheiten abpassen, zu denen Silke allein zu Hause ist. Stimmt das so ungefähr?"
„Genau."
Schmitts Kinnmuskeln arbeiteten, so sehr biss er die Zähne aufeinander. So ein Dreckskerl, dachte er. Und wie Herkenrath mich aufs Kreuz gelegt hat mit seiner Tour, da irgendwie reingeschliddert zu sein. Im Grunde gar nichts dafür zu können, eigentlich von Silke auf ihre kindliche Art verführt worden zu sein. So ein Dreckscharakter.
„Herr Herkenrath wusste also, was in den Behindertenwerkstätten der LaboraVita lief?"
„Na ja, er wusste es sicherlich. Beweisen konnte er wahrscheinlich nichts. Das war ja auch nicht seine Absicht. Seine Absicht war zunächst wohl eher mitzumachen, bis er herausfand, wie er mit Silke allein verkehren konnte."
„Wer hält denn die Fäden bei der LaboraVita in der Hand?"
Mischa Ruf wurde still.
„Komm schon!", insistierte Schmitt.
Mischa Ruf schwieg und sah mit unsteten Augen aus dem Fenster.
„Hör mal, Freundchen. Wenn du willst, dass ich dich in dieser Angelegenheit schone, indem ich dich und deine Erpressung decke, dann musst du schon mit der ganzen Wahrheit rausrücken."
„Ich habe niemanden erpresst", quetschte Mischa Ruf zwischen seinen aufeinandergepressten Lippen hervor.
„Ich habe niemanden erpresst, ich habe niemanden erpresst", äffte Schmitt ihn nach. „Wie nennst du das denn sonst? Du hast gefilmt. Du hast die Fotos gezogen. Es ist scheißegal, ob du selbst Herkenrath angegangen bist oder das ein Komplize von dir war. Wer steckt dahinter, wenn nicht du?"
„Ich verrate keinen!"

„Wie heldenhaft!", höhnte Schmitt.
Stille.
„Wer!" dröhnte Schmitt in die Stille hinein.
Da fing Mischa Ruf doch tatsächlich an zu weinen.
„Hör mal", wurde Schmitt versöhnlicher. „Du willst doch nicht, dass alle Welt erfährt, dass du aus dem Missbrauch deiner Schwester Kapital schlagen wolltest. Abgesehen davon, dass du mit der Erpressung ein Kapitalverbrechen begangen hast und dafür schwer bestraft werden würdest. Ich mache dir jetzt ein Angebot, und zwar nur jetzt und dann nie mehr wieder. Du sagst mir alles, sämtliche Hintergründe, du nennst mir deinen Komplizen und du erzählst mir, was du von den dreckigen Geschäften des sauberen Herrn Armbruster weißt. Und ich verspreche dir, davon nichts an die Polizei, deine Eltern oder sonst jemanden weiterzugeben. Das bleibt alles unter uns. Eventuell muss ich deinen Komplizen hinhängen. Wenn der aber dicht hält, bist du fein raus."
Schmitt glaubte in dem Moment, als er das sagte, selbst daran. Mischa Ruf hörte auf zu schluchzen und ging über die Eselsbrücke; die Brücke, über die die Esel dieser Welt gingen.
„Meinem Vater habe ich das doch selber schon erzählt. Meiner Mutter nicht, und mein Vater hat mir versprochen, ihr nichts zu sagen. Es reicht, wenn ich ihm so einen großen Kummer gemacht habe, der nicht zu heilen sein wird, sein Leben lang nicht. Ach, es ist alles Scheiße! Ich hab mir das so einfach vorgestellt. Für Silke war das ja kein Unglück, für sie war das ein Spiel, ein Kitzel, etwas Neues. Das hat sie schon in ihrer Umgebung, in den Werkstätten erlebt. Und ihren Onkel Rolf hat sie wirklich gern gehabt, auch danach noch. Für sie war das kein Problem. Und ich brauche doch ein bisschen Geld. Ich will den Führerschein machen, mir einen Roller kaufen. Ich will nicht immer der Loser sein bei meinen Kumpels und den Mädels in der Uni. Der Herkenrath hat's auch nicht anders verdient, das perverse Schwein. Der sollte nicht nur zahlen, der sollte auch schwitzen."
Schmitt fasste es nicht. Da verurteilte Mischa Ruf Herkenrath zu Recht wegen des sexuellen Missbrauchs seiner eigenen Schwester und hatte das nicht nur nicht verhindert, sondern

daraus sogar Profit geschlagen. Und schämte sich kein bisschen. Die ganze Chose war von Anfang an geplant. Wegen eines Führerscheines und eines Motorrollers. Die jetzige Scham entsprang wohl eher der Tatsache, dass die Schlinge sich immer fester um seinen Hals legte als einer Einsicht in sein verbrecherisches Verhalten. Seiner Schwester hatte das alles ja „nichts ausgemacht". Sieht so die Moral im real existierenden Kapitalismus aus, fragte sich Schmitt. Ein Zeichen der Zeit? Oder nur der verkommene Charakter eines Mischa Ruf.

„Du sagst, dass du das deinem Vater schon gebeichtet hast. Wann?", fragte Schmitt, nach außen unbeeindruckt.

„Wie bitte?"

„Wann hast du es deinem Vater erzählt? Und warum?"

„Wieso interessiert Sie das? Das verstehe ich nicht. Das hat doch nichts mit der Erpressung zu tun."

„Sag's mir einfach."

„Na gut. Als Sie letzten Donnerstag auftauchten und diese Fragen stellten, auch über die Arbeitspaten und so, habe ich gedacht, dass Sie von der Polizei sind und mir auf der Spur. Und dass das mit der Fragerei über die LaboraVita nur eine Finte ist. Mir wurde im Laufe des Tages immer mulmiger und abends bin ich dann zu meinem Vater und habe mir alles von der Seele geredet. Seitdem bin ich Luft für ihn. Nur wenn meine Mutter dabei ist, gibt er sich Mühe so zu tun, als ob alles zwischen uns in Ordnung wäre, damit ihr der Kummer erspart bleibt. Ich wollte, ich könnte alles rückgängig machen."

Schmitt hatte also Recht. Gernot Ruf hatte bereits Bescheid gewusst, als er ihn interviewte. Und er hatte es vor dem Mord gewusst.

„Jetzt erzähl mir von deinem Komplizen."

Mischa Ruf zeigte nun keine Gegenwehr mehr.

„Den habe ich beim Kiosk am Bismarckplatz kennengelernt."

Schmitts Herz zog sich zusammen. Er wollte nicht glauben, dass der sympathische Robert Heinke ...

„Und zwar ist das der Vertreter von Herrn Heinke, sein Cousin. Ich bin hin und wieder mit ihm ins Gespräch gekommen, wenn er Herrn Heinke vertreten hat oder bei ihm was trank und ich dazukam. Er heißt Achim Röllke. Er hat wohl viel Pech im Leben gehabt, aber dieses Leben war andrerseits auch ziemlich interessant. Ich habe ihm von Armbrusters Machenschaften erzählt, nur ein bisschen, aber daraus konnte er sich schon Einiges zusammenreimen. Und dann auch von Herkenrath, der größten Obersau."

Da war sie wieder, die Empörung über andere Strolche.

„Und der Achim Röllke hat so langsam vorgetastet, ob da nicht ein bisschen Kohle drin sei. Eines ergab das andere. Er brauchte Geld, damit er nicht immer so knausern musste und ich ... Sie wissen ja. Das lief alles erst mal auf der völlig abstrakten Ebene, wie ein Uniseminar über irgendeine völlig abstruse Theorie, einfach nur eine Vorstellung. Die hat sich aber verdichtet. Den Rest wissen Sie. Achim Röllke ist am Freitag zum Hauptbahnhof gegangen, hat die Ermordung von Herkenrath fast neben ihm stehend miterlebt und ist, sobald sich der erste Trubel gelegt hat, abgehauen. An das Geld hat er in dem Moment gar nicht mehr gedacht. Und als er nach einer Stunde oder so zurückkam, war es weg. Ich hatte ihm schon Donnerstagabend am Telefon gesagt, dass ich nicht mehr mitmache und wenn er das jetzt durchziehen wolle, könne er das Geld behalten."

„Und deinem Vater hast du auch von Termin und Ort der Übergabe erzählt?"

„Ja."

„Zurück zur Sache mit Armbruster. Wusste der was von der Erpressung?"

„Nein."

Mischa Ruf war jetzt ausgepumpt wie nach einem anstrengenden Lauf und wurde immer einsilbiger.

„Aber du bist dir sicher, dass Armbruster einem Teil der Arbeitspaten Jugendliche aus den Behindertenwerkstätten der LaboraVita zu Sexspielen verkuppelt."

„Ja."

„Weißt du, wer diese Arbeitspaten sind?"

„Von Einigen weiß ich, wie sie heißen, von anderen, was sie arbeiten."

„Und würdest du mir das sagen? Und vielleicht auch bei der Polizei als Zeuge auftreten?"
„Nein. Ich sage auf keinen Fall bei der Polizei aus. Da käme ich in Teufels Küche. Und Ihnen gebe ich dann nähere Informationen, wenn ich sicher bin, dass Sie Ihre Zusage einhalten und mich nirgends verraten."
„Kannst du mir wenigstens die Adresse von Röllke geben?"
„Nein."
„Fängst du schon wieder an rumzuzicken?"
„Nein, ich kenne die Adresse einfach nicht."
„Du kennst sie nicht? Du machst mit ihm einen Deal, erwartest zwanzigtausend Euro oder doch einen gehörigen Teil davon und weißt nicht, wo du deinen Partner suchen musst, wenn er sich nicht meldet? Das Geld für sich behält? Nicht mehr zum Kiosk zurückkommt?"
Schmitt war wirklich verblüfft.
„Ich hätte ja Herrn Heinke fragen können. Und jetzt will ich nicht mehr. Ich bin müde. Kann ich gehen?"
Mischa Ruf machte in der Tat einen geschafften Eindruck. Und da Schmitt mehr in Erfahrung gebracht hatte, als er vor dem Gespräch mit Mischa zu hoffen wagte, ließ er es gut sein. Mischa Ruf stieg aus und ging. Allerdings nicht zur LaboraVita, sondern zurück Richtung Bismarckplatz. Schmitt nahm an, dass er nach Hause marschierte, sich ins Bett legte und die Decke über den Kopf zog.

KAPITEL 25

Er rief Aline Herkenrath an, um sicherzugehen, dass er nicht schon wieder umsonst in den Buchenweg fuhr. Nach langem Klingeln meldete sie sich.
„Frau Herkenrath, ich würde Sie gerne heute noch sprechen und mein Honorar abholen. Ich habe Sie gestern nicht angetroffen. Auf mein Klingeln hat niemand reagiert."
„Oh Gott, natürlich, Ihr Honorar. Aber heute geht es bei mir leider gar nicht. Ich spiele am Abend ein schweres Programm im großen Saal des Klinikums. Deshalb habe ich gestern auch nicht auf irgendein Klingeln geachtet. Ich musste das Programm durcharbeiten. Auch heute muss ich daran noch feilen und mich auch sonst vorbereiten. Kommen Sie doch einfach zu meinem Konzert. Es ist ein ausgesprochen interessantes Programm mit Schumann, Beethoven, Ligeti und am Schluss natürlich Chopin. Und es kommt ein ausgesuchtes Publikum, Sie würden ganz bestimmt einen interessanten Abend erleben."
Das glaube ich nun ganz bestimmt nicht, dachte Schmitt. Das ist Gott sei Dank seit der Trennung von Mälis vorbei. Ausgesuchtes Publikum! Arrogante Fatzkes mit hochnäsigen, unbefriedigten Weibern. Und wenn ich richtig hingucke, finde ich dort auch noch die gesamten Kinderschänder dieser Stadt versammelt.
„Das glaube ich Ihnen gern. Aber leider bin ich beruflich verhindert."
„Dann kommen Sie doch morgen vorbei und berichten mir über den neuesten Stand. Und Ihr Honorar kann ich heute noch überweisen."
„Nein, nein, das hätte ich doch lieber bar."
„Gut. Rufen Sie mich doch gleich morgen Vormittag an. Dann können wir uns verabreden."
„Das mache ich. Viel Erfolg heute Abend."
Mitsamt deinem ausgesuchten Publikum, ergänzte er im Stillen. Schmitt zog die Nase hoch und verabschiedete sich von Aline Herkenrath.
Dann fuhr er zum Kiosk am Bismarckplatz. Der Kiosk war geöffnet, Heinke stand hinter der Verkaufstheke, alles wie gehabt.

Schmitt parkte sein Auto, diesmal etwas weiter weg, die Plätze in unmittelbarer Umgebung waren alle belegt.
„Tag, Herr Heinke."
„Aha, wieder der Herr Schurnalist." Heinke war wie üblich bester Laune. „Was darf's denn sein?"
„Wenn Sie schon die weltbeste Apfelschorle haben, eine Apfelschorle bitte. Und ein Schinkenbrötchen."
Schmitt überlegte, wie er am unauffälligsten an die Adresse von Röllke kommen konnte.
„Sie haben mir doch von Ihrem Cousin Achim Röllke erzählt? Wie kann ich denn mit dem in Kontakt kommen?", fragte Schmitt nun doch ziemlich gerade heraus.
„Woher wissen Sie denn, wie mein Cousin heißt?", erwiderte Heinke mit gerunzelter Stirn.
Autsch, genau mitten rein in die Scheiße, dachte Schmitt und überlegte fieberhaft.
„Ich habe mich nochmal mit Mischa Ruf unterhalten und irgendwie kamen wir auch auf Ihren Cousin zu sprechen", versuchte Schmitt, sich aus der Peinlichkeit raus zu mogeln.
„Wenn Sie etwas von Achim wollen, kommen Sie einfach am Dienstagvormittag vorbei, da vertritt er mich hier."
Heinke wusste offensichtlich immer noch nicht, was er von der Sache halten sollte.
„Das ist eine gute Idee", versuchte Schmitt zu retten, was zu retten war.
„Ach was, Quatsch, ich muss dringend mit ihm reden", entschied er sich für Klartext. „So schnell wie möglich. Ich habe nämlich Hinweise, dass er in eine üble Geschichte verwickelt ist. Rolf Herkenrath wurde erpresst und Ihr Cousin war offenbar einer der Erpresser."
Heinkes Gesicht veränderte sich langsam. Die Augen wurden schmal und kalt, die Mundwinkel verzogen sich nach unten, alle Freundlichkeit und Jovialität waren verschwunden.
„Jetzt hauen Sie aber ab, Mann. Nur weil Achim vorbestraft ist. Er hat sein ganzes Leben lang Probleme mit Typen wie Ihnen gehabt. Immer wieder haben ihm Vorurteile von Klugscheißern, wie Sie einer sind, die Chancen verbaut. Ich bekomme

noch fünf Euro zehn Cent und dann verschwinden Sie. Und zwar auf Nimmerwiedersehen!"

Heinke ähnelte mit seinem buschigen Schnurrbart jetzt mehr Josef Stalin als einem gemütlichen Walross. Schmitt zahlte wortlos und ging. Das war's dann wohl. Kein gemütlicher Abend bei einem oder zwei Bieren mit Heinke.

Schmitt stieg in seinen Peugeot und dachte nach. Er hatte jetzt einen Zeugen, dass Armbruster ein Kuppler oder besser gesagt ein Zuhälter übelster Art war. Und ganz sicher machte er das nicht kostenlos aus reiner Menschenfreundlichkeit gegenüber den perversen Spitzen dieser Stadt. Er musste noch rauskriegen, ob Armbruster allein handelte oder Komplizen in der LaboraVita oder sonst wo hatte.

Leider konnte Schmitt seinen Zeugen nicht verwenden, weil der alles abstreiten würde. Und das würde Mischa Ruf auch durchhalten, weil es immerhin um seinen Kopf ging. Schmitt wusste jetzt, dass Rolf Herkenrath ein viel größeres Schwein war als zunächst gedacht und, was für ihn noch wichtiger war, dass Armbruster ein Motiv gehabt hatte, Herkenrath zu ermorden. Und zwar ein massives. Herkenrath hatte ganz genau gewusst, was in den Behindertenwerkstätten vor sich ging, schließlich wollte er sexuell selbst davon profitieren, jedenfalls zunächst. Und Schmitt wusste, dass Gernot Ruf ebenfalls ein massives Motiv für den Mord hatte und auch die Gelegenheit. Er wusste allerdings nicht, ob letzterer ein Alibi besaß. Laile hatte ebenfalls ein Motiv, sofern er auf Aline Herkenrath scharf war und auch die Gelegenheit. Die hatte auch Röllke gehabt, aber wo lag bei ihm das Motiv?

Jetzt weiß ich das alles, aber was fange ich damit an, dachte Schmitt. Er entschied sich, seine Informationen erst einmal für sich zu behalten. Einerseits, weil er das versprochen hatte und er ja schließlich ein Ehrenmann war. Und andererseits konnte er sein Wissen zu einem anderen Zeitpunkt vielleicht besser und ertragreicher einsetzen als heute.

Er beschloss, zur Musikschule Ostratal zu fahren. Er wollte versuchen, ein Gespräch mit Sonja Ruf zu führen. Die Fahrt brachte ihn in einen Stadtteil, der bis in die zwanziger Jahre eine selbständige Gemeinde war und der sich zum großen Teil seinen Charakter erhalten hatte. Ein dörflicher Kern, eine Kirche mit schönem Kirchplatz, das ehemalige kleine Rathaus, jetzt Grundschule, mehrere Gaststätten, darunter ein paar gehobene Restaurants, viel Grün. Neben bürgerlichen Ein- und Mehrfamilienwohnhäusern standen prachtvolle Villen aus der Gründerzeit Ende des 19. Anfang, des 20. Jahrhunderts, die an einer schattigen Kastanienallee lagen. Die schönere Seite Ostratals.

In einer der Villen war der größte Teil der Musikschule untergebracht, unter anderem befanden sich hier die Klavierklassen. Schmitt betrat das Gebäude, ohne von jemandem aufgehalten zu werden, und fragte einen vorbeieilenden Musiklehrer – jedenfalls ging Schmitt davon aus, denn um einen Schüler handelte es sich eindeutig nicht – nach dem Zimmer von Sonja Ruf. Dieses liege im zweiten Geschoss und Sonja Ruf sei anwesend, war die freundliche Auskunft. Schmitt klopfte und betrat ein kleines Zimmer mit zwei Klavieren, zwei Klavierhockern, einem Tisch, zwei Stühlen, einem Schrank, zwei Notenpulten, einem Papierkorb und das war's auch schon. So anders als in meinem Büro sieht es hier auch nicht aus, dachte Schmitt. An dem einen Klavier saß ein etwa achtjähriges Mädchen, am anderen eine etwa vierzigjährige Frau mit halblangem, brünetten Haar, einem lausbübisch hübschen Gesicht, in Pulli und Jeans, mit flachen modischen Schuhen an den Füßen. Schmitt entschuldigte sich und fragte Sonja Ruf, ob er sie kurz stören dürfe, es werde nicht lange dauern, höchstens fünf Minuten. Frau Ruf nickte, murmelte dem Mädchen etwas zu, das daraufhin mit Fingerübungen auf dem Klavier begann. Sie bedeutete Schmitt, ihr auf den Flur zu folgen.

„Um was geht es denn?", fragte sie mit offenem, neugierigem Gesichtsausdruck.

„Mein Name ist Schmitt, ich arbeite für die Garant-Versicherung und suche Zeugen für einen Unfall am letzten Freitag auf dem Bahnhofsvorplatz so gegen zwölf Uhr."
Sonja Ruf war offensichtlich erstaunt und Schmitt registrierte, dass sie zu den Menschen gehörte, die ihr Gefühlsleben auf dem Gesicht spazieren führten, einem durchaus charmanten Gesicht einer anscheinend sehr netten Frau. Schmitt war beeindruckt, zumal Sonja Ruf Pianistin war und so gar nicht Schmitts Vorurteil gegenüber dieser Musikergattung entsprach. Sie passte wunderbar zu ihrem ebenfalls attraktiven und netten Mann, dachte Schmitt. Schade, dass die beiden solche Sorgen wegen Mischa hatten, wobei Sonja Ruf von diesen Sorgen noch nichts wusste. Schmitt konnte durchaus mitfühlend sein. Manchmal.
„Wie kommen Sie darauf, dass ich Zeugin für den Unfall sein könnte?", fragte Sonja Ruf konsterniert.
„Wir haben einen Hinweis bekommen, dass ein Paar Ihres Alters und in etwa Ihres Aussehens von der Fußgängerzone kommend über den Platz lief, während ein Fahrradfahrer eine alte Frau zu Fall brachte", schwafelte Schmitt drauflos.
„Und da kommen Sie auf meinen Mann und mich?"
Das war eine berechtigte Frage. Schmitts Gedanken überschlugen sich.
„Ein Zeuge, der zwar den Unfall selber nicht gesehen hatte, meinte, Sie zu erkennen. Ein gewisser Laile vom hiesigen Orchester."
Schmitt schlug sich innerlich selbst auf die Schulter, sofern man sich innerlich auf die Schulter schlagen kann.
„Ach, Herbert. Das ist ein guter Bekannter von uns. Aber da muss er sich täuschen. Am Freitag habe ich bis zwei Uhr hier unterrichtet. Und mein Mann, mein Mann hat am Vormittag sein Auto zur Inspektion gebracht."
„Dann fährt er auch nicht Skateboard?", fragte Schmitt völlig unschuldig.
Sonja Ruf musste lachen.
„Nein, er fährt nicht Skateboard. Er fährt noch nicht mal Fahrrad. Er fährt nur Auto, der faule Kerl. Ich fahre gerne, wenn

auch nicht Skateboard, dann doch Inlineskater. Früher mehr als heute. Und nie allein, immer mit einer guten Freundin. Aber wir fahren niemanden über den Haufen. Wir müssen auf unsere Hände aufpassen. Meine Freundin ist auch Pianistin. Aber ich dachte, es geht um einen Fahrradfahrer?"

„Ja, natürlich. Aber ein anderer Zeuge soll auf einem Skateboard vorbeigerauscht sein. Nun, die fünf Minuten sind längst vorbei und ich weiß jetzt, was ich wissen muss. Vielen Dank für Ihre Zeit und entschuldigen Sie mich bei der jungen Dame am Klavier, dass ich ihre Lehrerin so lange entführt habe", sagte Schmitt durchaus charmant.

„Ach, kein Problem. Ich konnte Ihnen ja leider nicht weiterhelfen."

Sie verabschiedeten sich. Schmitt ging zu seinem Auto. So eine charmante, nette Person ohne jeden Argwohn. Silke muss ihre Natürlichkeit von der Mutter haben, dachte er.

KAPITEL 27

Schmitt fuhr zunächst in sein Büro, holte dort die lichtempfindliche Kamera, legte einen neuen Chip ein und schnappte sich sein Aufnahmegerät nebst Richtmikrofon, um seinem anderen Auftrag nachzugehen. Dann fuhr er nach Hause, aß eine Kleinigkeit und gegen sechs Uhr machte er sich auf den Weg zur Arbeitsstätte seines ahnungslosen Überwachungsopfers. Schmitt sollte erst um elf nach Hause kommen, ohne Ergebnis. Der Ehemann war brav und traf sich lediglich mit männlichen Bekannten in einem Gasthaus. Sie tranken etwas und spielten Karten, zu viert. Da immer einer aussetzte, nahm Schmitt an, dass es sich um Skat handelte. Gerne hätte er mitgespielt. Aber so saß er in seinem Auto, langweilte sich zu Tode und sehnte sich nach einem Bier. Der Ehemann fuhr im Anschluss an den vermeintlichen Skatabend direkt nach Hause zu seiner sorgenden Ehefrau, die sich allerdings in erster Linie um sich selbst sorgte.
Am nächsten Morgen um neun rief Schmitt Aline Herkenrath an. Sie meldete sich ziemlich rasch, als hätte sie neben dem Telefon gewartet und brach, nachdem er seinen Namen genannt hatte, sogleich in hemmungsloses Schluchzen aus.
„Mein Gott, was ist denn los?", fragte Schmitt in eine Pause hinein.
„Laile."
Wieder Schluchzen.
„Ja? Was ist mit Laile?"
„Rolf Laile ist gestern Nacht ermordet worden!"
Schmitt blieb die Luft weg. Er war entsetzt. Als wieder genug Sauerstoff in sein Gehirn strömte, fragte er:
„Aber woher wissen Sie das denn? Im ‚Volksboten' stand nichts dergleichen."
Wieder weinte und schluchzte Aline Herkenrath. Schmitt setzte aus einigen Sprachfetzen zusammen, dass sie am Morgen die Internetausgabe des Volksboten nach einer Kritik ihres gestrigen Klavierabends durchsucht hatte und dabei auf die groß aufgemachte Meldung vom Tod Lailes gestoßen war.
„Ich komme am besten heute noch bei Ihnen vorbei", sagte Schmitt teilnahmsvoll.

„Nein“, lehnte Aline Herkenrath ab, „ich will heute keinen Menschen sehen.“
Und legte auf.

DIE POSAUNE

Montagvormittag. Kriminalhauptkommissar Peter Ringwald saß seit einer halben Stunde im Büro von Oberstaatsanwalt Karsten Berger und berichtete über den Stand der Ermittlungen in den Mordfällen Herkenrath und Laile. Dabei brachte er auch den Verdacht auf sexuellen Missbrauch Schutzbefohlener in den Behindertenwerkstätten der LaboraVita zur Sprache.
„Ist das alles? Spekulative Schlussfolgerungen eines windigen Privatermittlers?", hakte Berger nach.
„Nun ja, es deuten auch noch andere Spuren darauf hin, dass dort zielgerichtet und vorsätzlich geistig behinderte Jugendliche einigen sogenannten Arbeitspaten zwecks sexueller Ausbeutung zugeführt werden. Jedenfalls spricht eine immens große Menge an Indizien dafür, übrigens auch in Zusammenhang zumindest mit dem Mord an Laile, meiner Meinung nach sogar beider Tötungen. Vorermittlungen sind meiner Auffassung nach notwendig."
„Ich glaube, das lassen wir lieber. Sie haben mir selbst geschildert, in welches Wespennest wir damit stechen würden. Die halbe Elite der Stadt wäre betroffen. Da müssten wir schon mehr in der Hand haben, als haltlose Vermutungen und üble Nachrede. Wie sagte schon Clausewitz oder wer auch immer: ‚Fange keinen Krieg an, den du nicht gewinnen kannst'."
Ringwald schnaubte. Natürlich. Das hätte er ja ahnen können. Der sonst so forsche Herr Oberstaatsanwalt wollte schließlich noch höher hinaus, nachdem er es mit seinen gerade mal achtunddreißig Jahren bereits zum „Ober" gebracht hatte.
„Wenn in der LaboraVita Schmuddelsachen gemacht werden, und zwar mit jungen Erwachsenen, die geistig auf dem Stand von Kindern sind, und wenn davon im Laufe der Mordermittlungen die Presse Wind bekommt und damit auch die Öffentlichkeit, und wenn dann noch bekannt wird, dass wir nichts, aber auch gar nichts in dieser Richtung unternommen haben, dann kann sich das zu einem Skandal erster Güte entwickeln", insistierte Ringwald mit einem letzten Aufbäumen, weil man die Öberen mit diesem Argument eigentlich immer kriegte.

„Herr Hauptkommissar, Sie wissen, wie sehr ich Ihre Kompetenz schätze", sagte Berger. Und wie froh ich bin, dass Sie in zwei Jahren in Pension gehen, ergänzte er im Stillen. „Aber wie Sie selber sagen, es sind junge Erwachsene. Sie sind über achtzehn Jahre alt. Auch wenn sie meinetwegen auf dem intellektuellen Stand von Sechsjährigen sind, ist doch die Frage zu klären, ob es sich hierbei um einen Straftatbestand nach § 176 Strafgesetzbuch handelt, also um sexuellen Missbrauch von Kindern bis vierzehn Jahren. Oder, nach § 182 Strafgesetzbuch, sexuellen Missbrauch von Jugendlichen bis sechzehn Jahren. Oder, nach § 179 Strafgesetzbuch, sexuellen Missbrauch zum Beispiel von Menschen mit geistiger Behinderung. Und wie man das beweisen soll. Oder ob nicht vielmehr angenommen werden muss, dass die eventuell, ich betone: eventuell, mit diesem Personenkreis im doppelten Sinne des Wortes verkehrenden Männer davon ausgehen mussten, Sex mit Erwachsenen zu haben, die wussten, was sie tun, und dies vielleicht sogar genossen. Sodass die Arbeitspaten, soweit es sich um solche handelt, sich sozusagen in einem Verbotsirrtum befanden. Aber das sind nur abstrakte, akademische Fragen. Sie lassen bei Ihren Ermittlungen diese Aspekte beiseite und damit hat es sich."

Ringwald war perplex. Berger galt zwar als exzellenter Jurist, wenn auch mehr im Dienste seiner Karriere als von Recht und Gesetz, geschweige denn Gerechtigkeit. Dass er jetzt aber sämtliche einschlägigen Straftatbestände aus dem Ärmel schüttelte, verwunderte ihn sehr. War Berger etwa darauf vorbereitet, sie aufzusagen oder kannte er nur einfach das Strafgesetzbuch auswendig? Musste er erhöhten Respekt vor Bergers Kompetenz haben oder dessen Netzwerk mal genauer unter die Lupe nehmen? Mit aller gebotenen Vorsicht natürlich.

Berger sah, dass Ringwald seine typische, skeptisch-arrogante Miene aufgesetzt hatte. Jetzt muss ich diesem impertinenten Polizisten aus dem vergangenen Jahrhundert auch noch Erklärungen liefern, dachte er missmutig.

„Ich bin selbst Pate eines der Jugendlichen in den Werkstätten der LaboraVita und ich kann Ihnen versichern, dass mir

nie auch nur die leisesten Gerüchte zu Ohren gekommen sind, dass dort etwas nicht stimme. Gut, ich bin nicht sonderlich aktiv. Ganz und gar nicht, um genau zu sein. Meine Frau wurde vor Monaten von der Gattin des ..., ich glaube, des Kulturbürgermeisters angesprochen. Sie hat mich so lange bekniet, bis ich die Patenschaftserklärung unterschrieben habe. Meine Frau hielt das für besser, als selbst Mitglied zu werden. Sie meinte, ein Oberstaatsanwalt wäre für die Reputation des Vereins, na ja, Sie wissen ja selber, Herr Hauptkommissar ... Mir ist zwar bekannt, dass sich einige Paten außerordentlich engagieren, aber ich selbst, wie gesagt ... Gerade, dass ich zu den Mitgliederversammlungen gehe, wenn ich es zeitlich einrichten kann. Und an Weihnachten schickt meine Frau meinem Patenkind ein paar Geschenke oder bringt sie selbst vorbei. Ich kann auch gar nicht mit ... äh", der sonst so eloquente Oberstaatsanwalt kam ins Stottern, „wie sagt man, äh ... Zurückgebliebenen ..."
Ringwalds Lippen kräuselten sich unbewusst zu einem ironischen Lächeln. Berger hätte sich am Liebsten die Zunge abgebissen. Warum nur hatte er das Gefühl, sich vor diesem aus der Zeit gefallenen Menschen rechtfertigen zu müssen? Der sollte tun, was man ihm auftrug. Und nicht ständig mit Besserwisserei, Bedenken, kruden Vorschlägen daher kommen. Fachkompetenz und Erfahrung hin oder her.
„Sie bleiben bei der These, dass die beiden Morde von ein und demselben Täter verübt wurden, Herr Hauptkommissar?"
Berger kam unvermittelt und sachlich auf den Bericht Ringwalds über die Tötungen zurück.
„Das sieht ganz so aus, Herr Oberstaatsanwalt. Dasselbe Umfeld, möglicherweise dieselbe Tatwaffe. Und in beiden Fällen kein erkennbares Motiv, kaum verwertbare Spuren."
Ringwald hatte dem Oberstaatsanwalt schnörkellos vom Stand der Ermittlungen berichtet: Rolf Herkenrath war mit Fotos erpresst worden, die ihn beim Sex mit einer geistig behinderten Jugendlichen zeigten. Laut Privatermittler Schmitt. Aus dem Umfeld der Behindertenwerkstätten der LaboraVita Ostratal. Ebenfalls laut Privatermittler Schmitt. Der Mord geschah während der Übergabe der erpressten Summe, die

allerdings verschwunden war. Immer noch laut Privatermittler Schmitt. Der Täter kam auf einem Skateboard, das Gesicht nicht erkennbar, da mit einer Kapuze verdeckt. Geschlecht unbekannt, Alter unbekannt. Größe wegen des Skateboards nicht eindeutig bestimmbar, irgendwo zwischen 1,70 und 1,80 Meter. Die diesbezügliche Aussage von Privatermittler Schmitt wurde durch die Überwachungskameras bestätigt. Der Zeuge Laile war zwar ebenfalls anwesend, konnte aber ebensowenig zu einer näheren Beschreibung des Täters beitragen wie die anderen Zeugen. Deren Aussagen waren wie üblich diffus und widersprüchlich, ergaben aber in der Summe einen ziemlich klaren Tatablauf.

Das Mordopfer befand sich demnach zum Tatzeitpunkt im Haupteingangsbereich des Bahnhofes. Woher Herkenrath gekommen war, wurde lediglich durch Privatermittler Schmitt bezeugt, die weiteren Aussagen trugen hierzu nichts bei. Allerdings bestätigte auch Laile, dass das Opfer kurz zuvor aus Richtung des auf dem Bahnhofsvorplatz befindlichen Kiosks zum Haupteingang lief. Der Täter fuhr auf dem Skateboard an Herkenrath heran. Aus welcher Richtung, konnte nicht mit Sicherheit festgestellt werden. Er hielt unmittelbar vor ihm an, stabilisierte mit dem rechten Fuß seinen Stand auf dem Pflaster und zog aus der Bauchtasche seines Kapuzenpullis einen schmalen, länglichen Gegenstand. Diesen rammte der Täter oder die Täterin mit der rechten oder linken Faust – auch hierzu waren die Aussagen unterschiedlich, die Bilder der Kameras gaben ebenfalls nichts Genaues her – unter Herkenraths Kinn, zog diesen Gegenstand sofort wieder heraus, gab seinem Skateboard mit dem rechten oder linken Fuß einen Anschub und fuhr ruhig Richtung Fußgängerzone davon.

Das Ganze konnte nach den Erkenntnissen Ringwalds nicht länger als zwanzig bis dreißig Sekunden gedauert haben. Weder Herkenrath noch der Täter hatten einen Laut von sich gegeben. Der Privatermittler Schmitt meinte jedoch, eine Reaktion von Herkenrath kurz vor dem Heranfahren des Täters bemerkt zu haben. Demnach sollte er den Kopf gehoben und in Richtung Skateboardfahrer geschaut haben, als ob dieser ihn angerufen

habe. Diese Aussage wurde aber von niemandem bestätigt. Das Mordopfer sackte zusammen und starb etwa sieben Minuten nach der Attacke, kurz vor Eintreffen des Notarztes, ohne noch irgendetwas zu sagen. Die Obduktion ergab, dass Herkenrath an einem Stich starb, der mit großer Wucht zwischen Kinn und Hals geführt wurde und ohne Widerstände in einem Zug in das Gehirn eindrang. Eine tödliche Wunde; kein Arzt der Welt hätte ihn retten können, auch wenn er Sekunden nach der Tat vor Ort gewesen wäre.
Die Tatwaffe war ein etwa zwanzig bis fünfundzwanzig Zentimeter, langer, stiftartiger Metallkörper, vorne mit einer etwa zwei Zentimeter breiten scharf geschliffenen Spitze. Der Gerichtsmediziner war der Auffassung, dass als Waffe ein langer kräftiger Nagel gedient haben konnte, der aber mit so erheblichem Aufwand zurechtgefeilt sein musste, dass diese Theorie wohl dennoch auszuschließen sei. Er tippe deshalb auf einen langen Schraubenzieher, einen sogenannten Florettschraubenzieher, erhältlich überall im Handel und vorhanden in einschlägigen professionellen oder privaten Werkstätten. Ein Messer oder sonstige herkömmliche Stichwaffen kämen als Tatwerkzeug jedenfalls nicht in Frage.
Ringwalds Fazit: Belastbare Hinweise auf den Täter gab es nicht. Die Mordwaffe war nicht greifbar, ein Motiv nicht erkennbar. Die einzige Spur, die Herkenrath mit möglichen kriminellen Milieus in Verbindung brachte, war die Erpressung in Zusammenhang mit Vorkommnissen, durch die die Behindertenwerkstätten der hiesigen LaboraVita-Niederlassung ins Spiel kamen.

Bei dem Mord an Laile war die Situation ähnlich. Allerdings wurde Laile nicht am helllichten Tag an einem der belebtesten Plätze Ostratals getötet, sondern am Donnerstag zwischen zweiundzwanzig und vierundzwanzig Uhr, jedenfalls nach einer vorläufigen Aussage des Gerichtsmediziners. Die Leiche lag am Rand eines Parkplatzes, der zu einem Supermarkt gehörte. Und zwar mit dem Oberkörper in etwa bis zur Häfte in einem Gebüsch und mit dem Hinterteil und den Beinen auf dem Asphalt.

Supermarkt sowie Parkplatz befanden sich inmitten eines bürgerlichen Wohngebietes, in dem auch Laile seine Wohnung hatte. Nach zwanzig Uhr pünktlich mit Schließung des Supermarktes waren Parkplatz und Umgebung jedoch menschenleer, tote Hose sozusagen. Noch nicht einmal die üblichen Jugendlichen schlugen hier abends ihre Zeit tot und Bierflaschen kaputt. Laile wurde von einem leicht alkoholisierten Autofahrer gefunden, der die nächtliche Leere des Parkplatzes zum Fummeln mit der Frau eines Nachbarn nutzen wollte, die er von ihrer Nachtschicht abgeholt hatte. Als er das Paar behoster Beine aus dem Gebüsch ragen sah und der Sache auf den Grund ging, war ihm sofort klar, dass dieser Fund ihn und seine Lustgefährtin ganz schön in die Bredouille bringen würde. Also brachte er zunächst die verstörte Frau nach Hause und alarmierte dann als verantwortungsvoller Staatsbürger nicht nur die Polizei, sondern kehrte auch zum Parkplatz zurück. Dort wartete er auf die Staatsmacht und gab bis auf den Namen der Schmuserin das Seinige zu Protokoll.

Zum Dank für die Erfüllung dieser staatsbürgerlichen Pflicht durfte er dann noch in die Röhre blasen und anschließend ohne Führerschein in dieselbe gucken. Damit hatte der Staat mal wieder einen Freund fürs Leben gewonnen. Aber das nur am Rande, wie Ringwald säuerlich dachte.

Laile wurde nach ersten Erkenntnissen des Gerichtsmediziners durch einen Stich ins Herz getötet. Mit einem nagelähnlichen Gegenstand. Näheres nach der Obduktion. Ringwald hatte dem Oberstaatsanwalt auch in diesem Fall beichten müssen, dass ein Motiv nicht ansatzweise erkennbar war, sofern der Oberstaatsanwalt nicht ausschließen konnte, dass hier jemand auf diese Art nach und nach das philharmonische Orchester der Stadt auflösen wollte, haha. Oberstaatsanwalt Berger fand das sichtlich nicht lustig. Er hatte eine andere Art von Humor, eine karriereförderndere. Ringwald fuhr fort, dass es in diesem Fall ebenfalls keine Zeugen gab und eine Tatwaffe ebenso wenig gefunden worden war wie verwertbare Spuren. Auf welche Art Laile zum Parkplatz kam, weiß niemand. Sein Fahrrad stand zu Hause, sein Auto auch. Mit dem sei er Aussagen von Kollegen

und Nachbarn zufolge sowieso kaum unterwegs gewesen. Die einzige Spur ergebe sich aus einem Gespräch, das er, Ringwald, mit Laile kurz vor dessen Tod geführt habe und in dem er, Laile, ihn um einen Termin gebeten habe. Er müsse ihn über den möglichen sexuellen Missbrauch von Jugendlichen durch den einen oder anderen Sponsoren der Behindertenwerkstätten der LaboraVita informieren. Der Schwerpunkt lag laut Ringwald auf *möglich*. Vorsichtig ausgedrückt. Andrerseits deutete die einzige Spur im Fall Herkenrath auch in diese Richtung. Nachdem jedoch Herr Oberstaatsanwalt Berger mit ausführlicher Belehrung und fast schon einem Proseminar über die einschlägigen Paragrafen des Strafgesetzbuches weitere Ermittlungen in Sachen LaboraVita untersagt hatte, blieb Ringwald die vielversprechendste Spur verschlossen.
„Ich werde meine Leute dann mal auf andere Gemeinsamkeiten im Umfeld von Laile und Herkenrath ansetzen, um auf diesem Weg herauszufinden, wie die Motivlage aussieht. Derzeit ist nichts zu erkennen. Auch die Frage, wem die Morde nützen, kann im Augenblick nicht sinnvoll beantwortet werden. Vielleicht finden wir ja bald neben der sexuellen Orientierung von Herkenrath andere Hinweise, die beide Fälle miteinander verbinden."
Damit setzte Ringwald am Ende doch noch einen ihn wenigstens ansatzweise befriedigenden Schlusspunkt. Den mürrisch blickenden Augen Bergers in dessen ansonsten betont ausdruckslosem Gesicht entnahm Ringwald, dass das genauso angekommen war, wie von ihm beabsichtigt. Er verließ das sachlich und doch geschmackvoll eingerichtete Dienstzimmer Bergers, grüßte dessen Sekretärin freundlich, wie es seine Art war, und machte sich auf den Weg in die Kantine, wo er seinen Nachmittagskaffee mit einem süßen Stückchen einzunehmen pflegte.
Wenn es denn die Arbeit zuließ ...

KAPITEL 29

Das Wochenende hatte Schmitt zum Teil mit der Überwachung seines Opfers im parallel laufenden Scheidungsfall verbracht, zum Teil mit dem vergeblichen Versuch, Aline Herkenrath zu erreichen. Sie war offensichtlich von Lailes Tod erheblich mitgenommener als von der Ermordung ihres Ehemannes. Jedenfalls ging sie nicht ans Telefon. Und im übrigen tat Schmitt am Wochenende schlicht nichts.

Noch am vergangenen Freitag war es ihm gelungen, für Montag ein Gespräch mit dem Geschäftsführer des Kaufhauses Ratzeneder, einem gewissen Herrn Herrenreuther zu vereinbaren, einem der Arbeitspaten der LaboraVita. Die Adresse von Röllke hatte er noch nicht herausgefunden, ebenso wenig die von Harbrecht, dem „dicken Posaunisten", von dem Laile gesprochen und mit dem er, Schmitt, sich gerne unterhalten hätte. Im Telefonbuch waren drei männliche Harbrechts verzeichnet: Ein Walter, ein Ingo und ein Heinrich. Von der Orchesterverwaltung bekam er Harbrechts Adresse ganz sicher nicht, jedenfalls nicht ohne triftigen Grund. So blieb ihm nichts anderes übrig, als zu telefonieren und mit einer Anfrage bezüglich eines Auftritts bei einem Firmenjubiläum zu bluffen. Ingo und Walter Harbrecht meldeten sich nicht. Bei Heinrich ging eine Frau ans Telefon.

„Bei Harbrecht."

„Welscher", meldete sich Schmitt mit einem Fantasienamen.

„Kann ich bitte mit, ich weiß jetzt nicht, Ihrem Mann oder Ihrem Herrn Vater ..."

„Mein Vater ist sehr krank und kann nicht ans Telefon kommen. Um was geht es denn?"

Das konnte kaum der gesuchte Harbrecht sein, dazu klang die weibliche Stimme nicht jung genug.

„Ist Ihr Vater Posaunist?", fragte Schmitt dennoch sicherheitshalber.

„Nein, mein Vater war Vermessungsingenieur und ist jetzt in Rente. Aber ..."

„Entschuldigen Sie bitte, eine Verwechslung", fiel Schmitt ihr ins Wort und legte auf.

Da waren es nur noch zwei, dachte er.
Langsam wurde es Zeit für den Termin im Kaufhaus Ratzeneder. Schmitt zog sich eine Stoffhose statt der üblichen Jeans, ein sauberes Hemd und eines seiner zwei Sakkos an, obwohl er sicherlich mit seinem üblichen Outfit auch als freier Journalist durchgegangen wäre. Er nahm den öffentlichen Nahverkehr, allerdings nicht aus Überzeugung. Das Kaufhaus Ratzeneder lag jedoch in der Fußgängerzone und ihm waren die Gebühren in einem der Parkhäuser schlicht zu teuer.
Das Wetter hielt sich. Es war, wie überwiegend in den letzten drei Wochen, trocken und warm. Bemerkenswert für Anfang Oktober. Schmitt betrat das Kaufhaus und erkundigte sich nach der Chefetage. Die lag natürlich im sechsten, dem obersten Stockwerk. Hätte er sich denken können. Schmitt kam in ein unauffälliges kleines Vorzimmer und dieses Mal wurde er freundlich von einer älteren, gepflegten Dame empfangen, die, anders als die Mitarbeiterin im Gericht letzten Donnerstag, gleich Bescheid wusste.
„Sie werden erwartet, Herr Schmitt."
Mit einem berufsmäßigen Lächeln deutete die Sekretärin auf die einzige Tür neben der, durch die er gekommen war. Er bedankte sich und betrat das Chefzimmer. Das Büro war überraschenderweise nicht übermäßig groß und noch überraschenderer Weise sachlich und funktional eingerichtet. Kein Geprotze, keine Wichtigtuerei. Angenehm.
Dieser Eindruck verflüchtigte sich aber schnell. Zwei Herren erhoben sich aus den gediegenen Stühlen, die zum Besprechungstisch gehörten. Der eine mit einem gutsitzenden, dunklen Anzug, weißen Hemd, einer dezent-roten Krawatte, mit leichtem Bauchansatz, kurz geschnittenem schütterem Haar und einem länglichen, sorgenvollen Gesicht, mittelgroße Statur, ungefähr Mitte Fünfzig. Der andere verkörperte perfekt den Typus einer ganz bestimmten Sorte von Anwälten. Geschniegelt, grauer Anzug, blaues Hemd, dunkelblaue Krawatte, perfekt geschnittenes Haar, mit Haarwachs in Form gebracht und gehalten, ein altersloses, glattes, gebräuntes Gesicht mit dem arroganten Ausdruck seiner Zunft, sichtlich humorlos. Seinen

eventuell vorhandenen Charme hatte er im Vorzimmer abgegeben. Er kam ohne jede Begrüßung auf Schmitt zu. Seine Miene neutral zu nennen, wäre ein Schwindel übelster Art.
„Rechtsanwalt Dr. Gebhart. Ich bin der Justitiar unseres Kaufhauses. Sie hatten Herrn Herrenreuther um ein Gespräch über seine Sponsorentätigkeit zugunsten der Behindertenwerkstätten der hiesigen LaboraVita-Niederlassung gebeten. Für welche Zeitung arbeiten Sie denn?"
Schmitt verschlug es im ersten Augenblick die Sprache. Nach einer kurzen Pause antwortete er, dass er freier Journalist und für verschiedene Tages- und Wochenschriften tätig sei.
„Zeigen Sie mir bitte Ihren Journalistenausweis."
Gebharts Ton war schneidend wie der eines nassforschen Staatsanwalts vor Gericht. Schmitt reagierte automatisch, ohne nachzudenken, obwohl er völlig konsterniert war. So hatte er sich sein „Interview" nicht vorgestellt.
„Den habe ich nicht dabei. Normalerweise brauche ich den nicht."
„Dann melden Sie sich nochmal, wenn Sie ihn gefunden haben. Und bei der Gelegenheit reichen Sie Ihre Fragen vorab schriftlich ein. Guten Tag, Herr Schmitt."
Gebhart wandte sich ab und dem Chef des Kaufhauses zu, als sei Schmitt gar nicht mehr vorhanden. Herrenreuther schaute weiterhin mit sorgenvoller Miene aus dem Fenster. Schmitt ging wie in Trance, durchquerte das Vorzimmer, vergaß zu grüßen, fuhr mit der Rolltreppe ins Erdgeschoss und verließ das Kaufhaus. Was war das denn, dachte er. Wieso werde ich dermaßen abgeblockt? Jetzt erschien ihm sein Auflaufen im Gericht vergangenen Donnerstag bei Dr. Schönhuber in einem anderen Licht. Das war gar kein Missverständnis gewesen, kein Kalenderfehler, überlegte er. Offensichtlich waren die Arbeitspaten, oder jedenfalls einige von ihnen, vorgewarnt. Sein Telefon klingelte.
„Ringwald. Kann ich Sie demnächst mal sprechen, Herr Schmitt?"

KAPITEL 30

Peter Ringwald war mittlerweile einundsechzig Jahre alt und vierundvierzig Jahre in seinem Beruf. Nach der Grundschule, einst Volksschule, wechselte er auf das Gymnasium als erster in seiner Familie. Bis zur zehnten Klasse lief alles mehr oder weniger gut. In der elften wuchsen seine Haare ebenso wie das Verlangen nach nächtlichen Ausschweifungen, Mädels, Nikotin und Alkohol. Am Ende war er nur deshalb nicht hängengeblieben, weil er versprach, die Schule zu verlassen. Als Junghippie zur Polizei zu gehen, war Ende der Sechziger nicht so ungewöhnlich. Dort genommen zu werden, ebenso wenig. Da er sich im irgendwo unverbindlichen, undogmatisch-linken Milieu herumtrieb, war es ihm egal, wo er eine Ausbildung machte. Nach vielen Absagen eben die Polizei. Damit tat er auch seinen Eltern einen Gefallen. Er mogelte sich durch die Ausbildung, ohne in vorderster Front der Bereitschaftspolizei zu prügeln oder geprügelt zu werden, heiratete mit dreiundzwanzig eine spätere Grundschullehrerin (mit der er heute noch zusammenlebte), wurde Vater zweier Töchter und war seit drei Jahren Großvater. Die Sponti-Sprüche „Weg mit den Alpen, freie Sicht aufs Mittelmeer" oder „Mädels, kommt aus euren Stuben, hier unten warten rote Buben" verblassten mit den Jahren. Ebenso die romantische Sicht auf den Sozialismus. Was blieb, war eine eher sozialdemokratische Haltung, die ihm auch bei der Kripo nicht abhandenkam, bei der er bereits als junger Kommissar mit kaum achtundzwanzig Jahren landete, und auch nicht als Kriminalhauptkommissar, zu dem er, als sein schönstes Geschenk, an seinem vierzigsten Geburtstag befördert wurde.
Über die langen Jahre erarbeitete sich Ringwald eine hohe Fachkompetenz und leitete seit nunmehr sechzehn Jahren das Dezernat Tötungsdelikte im Polizeipräsidium Ostratal. Trotz seiner verhältnismäßig linken Einstellung in einem zunehmend rechtskonservativen Umfeld, genannt *Politik der Mitte*, hatte er aufgrund seines freundlichen Charakters und seines Humors keine größeren Schwierigkeiten. Ein gewisser Hang zur Besserwisserei und eine unterschwellige Überheblichkeit

hatten in den letzten Jahren allerdings zu latenten Konflikten geführt, vor allem mit opportunistischen, glatten Karrieristen wie Berger. In der Gesamtschau ein erfülltes Berufs- und Privatleben, wie es nicht viele seiner Kollegen bei der Polizei hatten. Vorsichtig ausgedrückt.

Und nun saß dieser Ringwald mit Schmitt am Montagnachmittag in einem Café an der Ostra. Ringwald, dem scheinbar alles geglückt war, und Schmitt, der Pechvogel, der schon lange resigniert hatte, rund zehn Jahre jünger als Ringwald war, aber mindestens zwanzig Jahre misanthropischer. Beide tranken Kaffee; Ringwald hatte sich einen Kognak dazu genommen.

„Mein Wunsch, Sie zu sprechen, Herr Schmitt, entspringt einer völlig ungewöhnlichen Idee und ist eigentlich absolut unzulässig. Wenn Sie dazu nein sagen, hat das Gespräch nie stattgefunden. Wenn Sie mitmachen, halten Sie auf ewig Ihren Mund. So wie ich niemandem etwas erzählen werde. Wenn Sie in meinen Augen auch ein merkwürdiger Heiliger sind und in diesem Fall beziehungsweise in diesen Fällen hundertprozentig nicht alles gesagt haben, was Sie wissen, glaube ich doch, dass Sie intelligent sind und, wenn es darauf ankommt, auch integer", leitete Ringwald ein.

„Wie kommen Sie darauf, dass ich Ihnen nicht alles gesagt habe?", versuchte Schmitt sich zu empören.

„Später, später. Ich will erstmal meine Karten auf den Tisch legen. Erstens: Ich habe in den beiden Mordfällen Herkenrath und Laile nicht eine einzige, wenigstens im Ansatz brauchbare, Spur. Von vielversprechend gar nicht erst zu reden. Zweitens: Die Spur, von der Sie meinen, dass sie zu etwas führen könnte, ist mir verbaut. Der Oberstaatsanwalt hat mir klipp und klar untersagt, in dieser Hinsicht Ermittlungen aufzunehmen. Und so bleibt das gesamte Umfeld der LaboraVita außen vor. Wie gesagt, viel mehr gibt es da nicht. Außer Ihnen."

„Was? Wieso das denn?"

Schmitt wusste nicht, ob Ringwald das ernst meinte oder einen völlig schrägen Witz machte.

„Es gibt eine Menge Leute wie zum Beispiel meinen geschätzten Kollegen Kriminalhauptmeister Kohl, die denken, dass Sie zumindest für den Mord an Herkenrath ein starkes Motiv haben", fuhr Ringwald ungerührt fort.
„Moment mal! Was soll das denn für ein Motiv sein?", platzte es aus Schmitt patzig heraus. "Worauf läuft das hier eigentlich hinaus? Ich dachte, Sie wollen was von mir."
„Raffgier, lieber Schmitt. Die gute alte Raffgier. Die ist das Motiv. Und in der Tat sind die zwanzigtausend Euro von der Erpressung schließlich weg." Ringwald fixierte Schmitt mit starrem Blick. „Allzu viele Leute wussten ja nicht, wo das Geld hinterlegt wurde und wie es verpackt war. Und Sie, lieber Schmitt, haben das Geld so nötig wie die Bratwurst den Senf. Der Erpresser beobachtet die Tat, sieht, wie der Täter das Geld holt, und erpresst seinerseits den Täter. Zur Polizei kann er schlecht gehen. Sie werden nicht zufällig erpresst, Herr Schmitt?"
Schmitt fühlte sich sichtlich unwohl. Seine Augen wussten nicht, wohin sie schauen sollten. Und seine Hände begannen, sich unkontrolliert zu bewegen. Er wollte am liebsten aufstehen und gehen.
„Nun beruhigen Sie sich mal. Ich gehöre nicht zu diesen *Leuten*. Wenn auch ich mich frage, wo das Geld geblieben ist." Ringwald fixierte Schmitt erneut. „Aber Sie haben keine Ahnung. Nichts gesehen, nichts gehört."
Ringwald machte eine Pause.
„Lassen wir es dabei. Fürs Erste."
Ringwald hörte auf zu starren. Dafür nahmen seine Augen einen deutlich spöttischen Ausdruck an. Schmitt wurde ruhiger, sagte aber weiterhin nichts.
„Okay, Herr Schmitt. Ganz direkt. Ich wünsche mir von Ihnen, dass Sie, wenn man so will, undercover an den Schweinereien in den Behindertenwerkstätten dranbleiben und da weiter ermitteln, nachdem Sie offensichtlich schon einige Vorarbeit geleistet haben. Und Sie werden mir regelmäßig berichten. Mir sind die Hände gebunden. Aber ich will andererseits diesen Komplex nicht außer Acht lassen. Wie gesagt: Ungewöhnlich und im Grunde ganz und gar unzulässig."

Das alles klang, für sich allein genommen, nicht schlecht. Schmitt kaute nachdenklich an seinem Daumen.
„Und was ist dabei für mich drin?“, fragte er unschlüssig.
„Ich lasse meine Kettenhunde an der Leine. Und erzähle Ihnen ab und zu etwas von meinem Ermittlungsstand.“
Schmitt überlegte. Der Herr Hauptkommissar war ein ganz schön hinterhältiger Hund. Er weiß genau, dass er ein riesiges Disziplinarverfahren an den Hals bekommt, wenn das publik wird. Und dass ich einerseits nicht nein sagen kann, weil der Kohl mir dann nicht mehr von den Hacken geht und ich mich andererseits nicht an offizieller Stelle beschweren kann, weil mir dort niemand glauben würde. Immerhin ist Ringwald wohl überzeugt, dass ich mit den Morden nichts zu tun habe. Das ist ja schon mal was. Jetzt bestellte auch Schmitt einen Kognak.
„Gut“, lenkte er ein, „aber auf Grund meiner Erfahrungen heute und letzte Woche benötige ich einen Presseausweis für meine Rolle als Journalist, als der ich kürzlich bei den Sponsoren der Behindertenwerkstätten der LaboraVita auftrat.“
Schmitt erzählte Ringwald von seinem vergeblichen Versuch einer Kontaktaufnahme mit dem Richter Dr. Schönhuber und dem kläglichen und vergeblichen Versuch eines Interviews bei Herrenreuther.
„Und ich brauche die Adresse eines gewissen Achim Röllke, der meiner Meinung nach in die Erpressung Herkenraths verwickelt ist, eventuell im Auftrag Armbrusters. Und Sie erzählen mir, wie Herkenrath und Laile getötet wurden“, fuhr Schmitt fort.
Ringwald konnte den Presseausweis leichten Herzens zusagen, da er mit dem Chefredakteur des „Volksboten“ noch aus dessen Zeit als Polizei- und Gerichtsreporter gut bekannt war. Auch die Anschrift Röllkes war kein Problem. Schwerer tat er sich, Schmitt über Einzelheiten der Ermittlungen zu unterrichten, zum Beispiel die Tatwaffe oder das Obduktionsergebnis betreffend. Im Fall Herkenrath war das zwar eher kein Problem, da Schmitt die Tötung fast hautnah miterlebt hatte. Ein zweiter Kognak machte es Ringwald dann leichter, die Auffindesituation im Fall Laile und die seiner Meinung nach identische Tatwaffe zu schildern.

„Sie sind also der Auffassung, dass es sich in beiden Fällen um ein und denselben Täter handelt?", fragte Schmitt.

„Das ist meine Arbeitshypothese, in der Tat. Warum fragen Sie?"

„Wenn das nicht der Fall wäre, hätte ich Laile als Mörder Herkenraths nicht ausgeschlossen. Laile hatte nach dem Tode Herkenraths eine Nacht bei der Witwe Herkenraths verbracht. Jedenfalls hatte er abends eine Verabredung mit ihr, davon gehe ich fest aus. Und frühmorgens kam er bester Laune aus ihrem Haus stolziert. Meiner Meinung nach eine eindeutige Situation. Und falls das schon eine Weile vor Herkenraths Tod so ging, ergeben sich ganz andere Perspektiven. Übrigens war Laile am Tatort, wie Sie ja von ihm selber wissen."

„Mit einem Skateboard?", nahm Ringwald Schmitt den Wind aus den Segeln.

„Nein, das wohl nicht."

Schmitt gab sich geschlagen.

Als sie kurz vor sechs Uhr aufbrachen, wies Ringwald Schmitt noch darauf hin, dass die Leiche von Rolf Herkenrath inzwischen freigegeben war. Die Beerdigung beziehungsweise der Trauergottesdienst sollte seines Wissens am Donnerstag stattfinden. So genau habe er aber nicht in Erfahrung gebracht, ob Herkenrath eingeäschert werde, oder ob es sich um eine Erdbestattung handele. Auf jeden Fall aber eine herkömmliche Angelegenheit.

Schmitt war ihm für den Tipp dankbar und nahm sich vor, noch heute oder spätestens morgen Aline Herkenrath zu kontaktieren. Den Vorschuss auf sein Honorar und auf die Spesen allerdings würde er sich noch heute Abend aus dem Rest der Erpressungssumme nehmen. Er hatte es so langsam satt, dem Geld hinterherzurennen. Und Aline Herkenrath hatte jetzt sicherlich genug zu tun mit den Beerdigungsformalitäten und mit der Trauer um ihren Freund Laile. Nach Abschluss der ganzen Angelegenheit konnte er das ja verrechnen, redete er sich ein.

KAPITEL 31

Nachdem er Aline Herkenrath erneut nicht erreicht hatte, machte er sich daran, Harbrecht ausfindig zu machen. Ingo meldete sich nicht, aber Heinrich war zu Hause. Nein, er sei kein Musiker und schon gar kein Posaunist. Schmitt fragte sich, was das wohl heißen mochte, aber er war froh, dass er nun den richtigen ermittelt hatte. Vorausgesetzt natürlich, der Posaunist Harbrecht stand überhaupt im Telefonbuch. Die Adresse, unter der Ingo Harbrecht aufgeführt war, lag in einem Neubauviertel. Schmitt nahm sich vor, Harbrecht am nächsten Vormittag einen Besuch abzustatten und ihn mit dem Verdacht zu konfrontieren, nur deshalb Arbeitspate geworden zu sein, um mit seinem Patenkind, dem laut Laile „hübschen Jungen", vögeln zu können. Heute Abend jedoch musste er seinem Zweitjob, der Scheidungsangelegenheit nachgehen, auch wenn ihm diese Nachforschungen mittlerweile gegen den Strich gingen. Schmitt fuhr ins Büro, um seine Überwachungsutensilien zu holen und anschließend nach Hause, um sich umzuziehen. Danach setzte er seinen Peugeot in Bewegung Richtung des angeblich untreuen Opfers seiner Observation. Dort angekommen stellte er fest, dass dessen PKW nicht auf dem Carport stand und auch nicht auf der Straße. Er wusste, die Garage war dem Auto von Madame vorbehalten. Offensichtlich war der Ehemann seiner Klientin noch nicht nach Hause gekommen oder bereits wieder weg. Schmitt überlegte kurz und entschied sich, bei der von der Ehefrau benannten Freundin vorbeizufahren, die möglicherweise diejenige welche war. Aber auch bei dieser Adresse war der Wagen seines Opfers nicht zu sehen. Schmitt hatte genug. Er machte für heute Schluss, bevor er weiter sinnlos in der Gegend herumfuhr. Gerade als er heimwärts starten wollte, kam eine fette Harley vor das Haus gefahren, deren Fahrer Schmitt trotz Kluft und Helm seltsam bekannt vorkam. Schmitt wartete. Die Harley wurde in der Einfahrt geparkt und sorgfältig aufgebockt. Der Fahrer zog den Helm ab und Schmitt wäre fast die Zigarette aus dem Mund gerutscht, würde er noch rauchen. Gerd Armbruster. Breitbeinig,

mit stolzgeschwellter Brust. Wie einem das Leben doch manchmal in die Hände spielte. Armbruster ging auf die Haustür zu, die sich zeitgleich öffnete. Eine von Schmitt nicht genau zu erkennende weibliche Person umarmte ihn und zog ihn ins Haus. Die Türe schloss sich. Schmitt schüttelte den Kopf. Dass er Armbruster trotz Verkleidung allein aufgrund seines Auftretens erkannt hatte, gab ihm zu denken. Spukte ihm Armbruster schon dermaßen durch den Kopf? Damit war dann wohl die Befürchtung oder Hoffnung seiner Auftraggeberin erledigt, dass ihr Mann etwas mit ihrer besten Freundin haben könnte. Denn dass sie sich neben Armbruster noch einen festen Liebhaber hielt, war für Schmitt nicht vorstellbar.
Auch die Meinung von Robert Heinke, dass Armbruster möglicherweise schwul sei, hatte sich nun endgültig als unwahr erwiesen. Das allerdings hatte Schmitt sowieso nie angenommen. Und Armbruster hatte auch ganz gewiss nicht die Neigung, sich sexuell mit behinderten Jugendlichen einzulassen. Das überließ er lieber anderen und kassierte dafür. Wahrscheinlich. Weil Ostratal letztlich so klein und überschaubar ist, haben sich somit gleich mehrere Fragen beantwortet, dachte sich Schmitt. Nur, was habe ich davon? Hat der Mann meiner Auftraggeberin eben woanders eine Andere. Und dass Armbruster eine Geliebte hat, die die beste Freundin meiner Klientin ist, geschenkt. Er fuhr noch einmal zu ihrer Adresse, um ihr gleich die Ergebnisse seiner Arbeit mitzuteilen und vor allem, weil er nichts Besseres zu tun hatte. Und siehe da: Der Wagen des Ehemanns stand im Carport. Nach etwa zehn Minuten verließ der vermeintlich untreue Gatte das Haus. Schmitt hängte sich an ihn, schließlich wurde er dafür bezahlt. Nach etwa fünfzehnminütiger Fahrt hielt der Mann in einer eher dunklen Seitenstraße, verließ sein Auto und klopfte rhythmisch an die unscheinbare Tür eines unscheinbaren Hauses innerhalb einer Gebäudefront mit mehreren identischen Zugängen. Eine Klappe in der Türe öffnete sich, dann die Tür selber und das Ziel seiner Überwachung trat ein.
Sieh an, dachte Schmitt, der das Etablissement von einem früheren Fall einer Unterschlagung her kannte, das werden

keine erfreulichen Nachrichten für meine Klientin. Ihr Mann war durchaus treu, jedenfalls soweit Schmitt das in den wenigen Tagen in Erfahrung gebracht hatte. Andererseits war er aller Wahrscheinlichkeit nach ein Spieler, denn die Räumlichkeiten hinter der ominösen Tür ohne Schilder, Leuchtreklame oder dergleichen beherbergten ein illegales Spielkasino, aus dem auf Dauer niemand reicher rausging als er reinkam. Mit Ausnahme der Betreiber.

Dann haben die Kumpels einige Abende vorher, als ich meinen Mann beobachtete, wohl auch nicht Skat gespielt, sondern etwas viel Interessanteres, mutmaßte Schmitt. Natürlich spielten die Vier damals nur um Streichhölzer, haha. War ja schließlich ein ganz normales Lokal. Nix ist es mit irgendeiner Abfindung oder einer freiwillig höheren Alimentierung, freute sich Schmitt hämisch im Voraus über die Enttäuschung seiner Auftraggeberin. Die kann froh sein, wenn die Spielfreude oder -sucht ihres Mannes ihr noch was übriglässt. Gleichzeitig dachte Schmitt mit Bedauern an den süßen kleinen Hintern der Dame. Na ja, sie wird sich bald zu trösten wissen, da war er sich sicher. Er kam hierfür allerdings leider nicht in Frage. Was soll's. Schmitt fuhr nach Hause. Jetzt erst ein Bier, dann eine Dose Fisch in Tomatensauce und irgendwas im Fernsehen: Schmitt war selbst für die Kneipe zu müde. Und der Bericht für seine Klientin in Sachen Scheidung hatte auf jeden Fall bis morgen Zeit.

KAPITEL 32

Als er zu Hause ankam, bemerkte er eine SMS auf seinem Handy. Ringwald hatte ihm die Adresse von Röllke durchgegeben und mitgeteilt, dass er, Schmitt, morgen im Laufe des Tages seinen Presseausweis bei der Sekretärin des Chefredakteurs vom „Volksboten" abholen könne. Nach einer unruhigen Nacht mit wirren Träumen, in denen Armbruster Mischa Ruf heiratete und Heinke der Brautvater war, wachte Schmitt kurz nach acht nassgeschwitzt auf. Sein übliches, mageres Frühstück, eine ausgiebige Dusche, dann zog er sich an. Er entschied sich nach einem kurzen Blick aus dem Fenster für Pulli und Windjacke, denn das Wetter hatte sich verschlechtert. Stürmisch, regnerisch und wohl erheblich kühler als die letzten Wochen. Er überlegte, wen er zuerst aufsuchen sollte, Röllke oder Harbrecht. Er entschied sich für Harbrecht, weil ihm einfiel, dass Röllke dienstagvormittags seinen Cousin Heinke im Kiosk am Bismarckplatz vertrat. Außerdem wollte er Harbrecht rechtzeitig vor Probenbeginn sprechen, denn es würde eine längere, intensive Begegnung werden. Zumindest, wenn es nach Schmitt ging.

Kurz nach neun kam er in der Neubausiedlung an. Gepflegt und gutbürgerlich, viele Grünflächen und im inneren Bereich weitgehend autofrei. Und trotzdem kam sie Schmitt irgendwie trostlos vor im Vergleich zu seinem durchmischten, lebendigen, leider zuweilen auch lauten Viertel. Hier werden wahrscheinlich in erster Linie Eigentumswohnungen erstellt worden sein, die nur zum Teil vermietet, überwiegend aber eigengenutzt sind, nahm er an. Die Straße, in der Harbrecht wohnte, war schnell gefunden, das Haus hingegen etwas weniger schnell, weil aufgrund der weit zurückgesetzten Eingänge die Hausnummern von der Straße aus kaum zu erkennen waren. Harbrecht wohnte in einem viergeschossigen Gebäude, der Anzahl der Klingeln nach mit zwölf Wohnungen. Auch auf mehrmaliges Läuten regte sich nichts. Schmitt wollte schon gehen, als eine etwas dickliche junge Frau ankam und die Haustür mit einem Schlüssel öffnete.

„Na, da kann ich doch gleich mit rein", lächelte Schmitt vertrauenerweckend.
„Gerne", sagte die junge Frau, stieg zielstrebig hinauf in das erste Obergeschoss und läutete an der linken der drei Wohnungstüren. Schmitt suchte im Erdgeschoss vergeblich nach Harbrechts Wohnung und fand sich dann ebenfalls im ersten Obergeschoss an der linken Wohnungstür wieder, an der auf dem Türschild der Name „Harbrecht" stand.
„Sie wollen auch zu Ingo, äh, Herrn Harbrecht?", fragte ihn die junge Frau.
Schmitt bejahte und so warteten sie gemeinsam auch noch nach dem dritten Läuten.
„Ich glaube, ich schaue mal nach. Ingo hat sich am Freitag krank gemeldet und kam auch gestern nicht zur Orchesterprobe. Wir machen uns Sorgen", erklärte sie zutraulich, nahm erneut den Schlüssel zur Hand und öffnete die Wohnungstür.
Ein undefinierbarer, wenn auch nur leichter Geruch, in dem zweifellos Elemente von Kot enthalten waren, schlug ihnen entgegen. Die junge Frau wurde blass. Auch Schmitt war es mehr als mulmig. Ihm kamen Fernsehkrimis in den Sinn, die kurze Zeit später nicht gut weitergingen.
„Bleiben Sie bitte hier", sagte Schmitt. „Ich werde mal nachsehen."
Er nahm seinen ganzen Mut zusammen, betrat den Flur und schaute linker Hand hinter die erste Tür. Ein Badezimmer, kein Ingo Harbrecht. Die zweite Tür stand offen. Küche, kein Ingo Harbrecht. Hinten die Türe stand ebenfalls halb offen. Schmitt stieß sie auf. Ein Schlafzimmer, gemachte Betten. Ebenfalls kein Ingo Harbrecht. Die erste Tür auf der anderen Seite des Flures war geschlossen. Schmitt öffnete sie vorsichtig. Der Gestank verstärkte sich. Schmitt warf einen Blick in den Raum. Im Zimmer stand eine der Übekabinen, von deren Vorhandensein Schmitt in seinem anderen Leben schon gehört hatte. Die Tür war geschlossen. Durch das kleine Fenster darin war kaum etwas zu sehen. Es war zu großen Teilen mit bräunlichen Spritzern bedeckt. Schmitt öffnete die Tür. Der Gestank wurde bestialisch. Ihm wurde sogleich übel und er musste sich in die Kabine übergeben.

In dem Überaum bemerkte er einen dicken, nackten Mann, halb sitzend, ohne erkennbaren Kopf. Fast parallel neben ihm befand sich eine Bassposaune, säuberlich ausgerichtet im Koffer. Eine Pistole oder ein Revolver, Schmitt war kein Fachmann, lag neben der rechten Hand auf dem Boden sichtbar. Die ganze Kabine war voll mit schwarzgeronnenem Blut, aus dem eine durch Schmitt nicht identifizierbare andersartige und auch andersfarbige Masse hervorstach. Erkennbare Exkremente mischten sich mit einer Flüssigkeit, die Schmitt für Urin hielt. Er schloss die Tür der, wie er wusste, schalldichten und, wie er jetzt ebenfalls wusste, fast luftdichten Übekabine und setzte sich auf einen in der Nähe stehenden Stuhl. Ihm war so schlecht, dass er beinahe ohnmächtig wurde.
„Rufen Sie die Polizei und bleiben Sie im Treppenhaus", rief er kaum vernehmlich nach draußen.
„Wie bitte?", kam eine piepsige Stimme zurück.
Auch der jungen Frau wurde auf Grund des ungefiltert nach außen strömenden Gestanks klar, dass etwas Grauenhaftes passiert sein musste.
Schmitt wiederholte seine Aufforderung verständlicher.
Die junge Frau hätte auch ohne Schmitts Hinweis die Wohnung nie und nimmer betreten, wählte jedoch auf ihrem Handy die 112 und bat darum, dass sofort eine Polizeistreife und ein Krankenwagen geschickt wurden. Dann setzte sie sich auf eine Treppenstufe. Schmitt fühlte sich währenddessen stark genug aufzustehen, auf den Flur zu wechseln und das letzte Zimmer zu betreten. Er schloss die Tür, damit der Gestank etwas erträglicher wurde und schaute sich um. Er sah ein völlig tragödienfreies Wohnzimmer, ruhig und friedlich. Hier deutete nichts darauf hin, dass sich nebenan der Wohnungsinhaber erschossen hatte. Nichts, bis auf einen Bogen Schreibpapier auf dem Couchtisch, den Schmitt als Abschiedsbrief identifizierte: „Es tut mir leid. Aber ich kann und will die Folgen meiner Schande nicht tragen. Liebe Eltern, liebe Geschwister, verzeiht mir. Es wird Euch sehr wehtun, ich weiß. Aber ich kann nicht anders. Ich liebe Euch und Ihr könnt nichts dafür. Euer Ingo. P.S.: Wer immer mich finden mag, Entschuldigung."

Schmitt schaute auf die wenigen mit Hand geschriebenen Zeilen und die kleinen, welligen Flecken, offensichtlich verursacht von Tränen, die Ingo Harbrecht beim Schreiben geweint hatte. Er war kurz versucht, den Brief an sich zu nehmen und die Waffe verschwinden zu lassen, damit der Selbstmord in eine Morduntersuchung münden würde. Konsequenterweise müsste dann in Richtung Armbruster ermittelt werden. Aber nach reiflicher Überlegung sah er ein, dass er niemals erneut in die Übekabine gehen würde, um die Waffe zu holen, und er außerdem bei Weitem nicht ausgebufft genug war, eine so grobe Veränderung des Tatortes vorzunehmen und durchzuhalten. Er bedauerte aber, dass der Posaunist in seinem Abschiedsbrief nicht näher auf seine „Schande" eingegangen war und keinerlei Hinweise auf die verbrecherischen Umtriebe in den Behindertenwerkstätten der LaboraVita geliefert hatte. Für Schmitt jedenfalls war klar, dass Harbrecht sich umgebracht hatte, nachdem ihm Laile die Leviten gelesen hatte und er damit rechnen musste, dass der sein Wissen um die lustvollen Stunden mit dem „hübschen Jungen" nicht für sich behalten würde. Jedenfalls sofern er sich umgebracht hatte, bevor er von Lailes Tod erfuhr. So oder so: Auch Ingo Harbrecht war in den Augen von Schmitt ein Opfer Armbrusters!

Schmitt verließ die Wohnung mit wackligen Beinen und setzte sich zu der erschütterten jungen Frau auf die Treppenstufen.

„Er hat sich erschossen", sagte Schmitt zu ihr.

Dann hörten beide das Martinshorn des Streifenwagens, das nach einer Weile verstummte. Schmitt ging ins Erdgeschoss und ließ die beiden ankommenden Polizisten herein. Die betraten die Wohnung und kamen nach kurzer Zeit leichenblass wieder heraus.

„Haben Sie auch den Notarzt geholt?", fragte einer der beiden.

„Ja".

Die Frau war ein Häufchen Elend. Der Polizist rief in der Rettungszentrale an und teilte mit, dass der Notarzt sich den Weg sparen könne.

„Bitte bleiben Sie noch etwas, bis die Kollegen kommen", sagte der eine Polizist, während der zweite das Präsidium informierte.

Nach einer Weile trampelten weitere Uniformierte, Beamte der Spurensicherung, ein Polizeiarzt und der unvermeidliche Kriminalhauptmeister Kohl die Treppen herauf. Inzwischen hatten sich auch einige Hausbewohner eingefunden; sie bevölkerten das Treppenhaus, reckten die Hälse und stellten jedem Neuankömmling, der eventuell zur Polizei gehören könnte, neugierige Fragen.
Kohl stutzte, als er die Wohnung betreten wollte und dabei Schmitt entdeckte.
„Was machen Sie denn hier? Wohnen Sie in diesem Haus?", fragte er Schmitt erstaunt und gleichzeitig misstrauisch.
Schmitt antwortete nicht. Statt seiner erwiderte einer der Polizeibeamten, dass Schmitt den Toten gefunden habe. In Begleitung der neben ihm sitzenden Frau.
„Na, das wird aber den Herrn Kriminalhauptkommissar interessieren. Und erst recht unseren verehrten Herrn Oberstaatsanwalt", kommentierte Kohl gallig. „Sie können gehen, Herr Schmitt. Und die junge Dame auch, sobald wir ihre Adresse aufgenommen haben. Ihre Aussage geben Sie später zu Protokoll", wandte er sich an besagte junge Dame. „Sie, Herr Schmitt, werden sich hingegen erneut ins Präsidium bequemen. Wissen Sie noch den Weg dorthin? Die junge Dame werden wir zu Hause aufsuchen."
Damit verschwand Kohl in der Wohnung. Und Schmitt aus dem Haus. Ebenso wie die junge Frau vom Orchester.

KAPITEL 33

Ringwald nahm den Selbstmord von Harbrecht mit größtem Interesse zur Kenntnis.
„Haben Sie die Wohnung nach weiteren Hinweisen danach abgesucht, was Harbrecht mit ‚Schande' gemeint haben könnte?", fragte er Kohl.
„Nein, dazu besteht keine Veranlassung. Es handelt sich eindeutig um Selbstmord. Die ersten vorläufigen Untersuchungsergebnisse belegen das ohne jeden Zweifel. Die Schmauchspuren an der rechten Hand, die Art der Ausführung, der nachgewiesenermaßen eigenhändig verfasste Abschiedsbrief, das Arrangement mit seiner von ihm offensichtlich geliebten Bassposaune. Zusammengenommen ergibt das ein eindeutiges Bild. Er hat sich wahrscheinlich schon am Freitag eher gegen Mittag als gegen Abend erschossen."
„Und wie kommt unser allgegenwärtiger Herr Schmitt ins Spiel?"
„Keine Ahnung. Aber das wird er uns gleich erklären. Er müsste ungefähr jetzt auftauchen."
Wie auf ein Stichwort klopfte es und Schmitt trat ein.
„Guten Tag, Herr Schmitt", rief Ringwald jovial. „Wir gehen gleich mal in einen anderen Raum. Sie kennen das ja schon."
Tatsächlich wurde Schmitt wieder in den Vernehmungsraum geführt, in dem er schon mal ausgesagt hatte.
„Kommen wir gleich zur Sache. Was hat Sie denn zu Harbrecht geführt?", fragte Ringwald.
„Die Spur LaboraVita."
„Sie meinen, Ihre Erpressungsermittlung."
Ringwald warf Schmitt einen nachdrücklich warnenden Blick zu. Schmitt verstand. Kohl war offensichtlich nicht in ihr Agreement eingeweiht und dabei sollte es wohl auch bleiben.
„Richtig. Ich gehe weiter davon aus, dass die Erpressung aus dem Umfeld der LaboraVita konkret durch Armbruster vorgenommen wurde. Und Harbrecht war mit einem Jungen der Behindertenwerkstätten zugange. Dafür habe ich einen Zeugen. Laile hat das auch gewusst. Ich wollte deshalb von Harbrecht wissen, ob er auch erpresst wurde."

Diese Variante erschien Schmitt glaubhaft genug, um Kohl auf eine falsche Fährte zu locken.
„Soso, Sie haben also einen Zeugen. Um wen handelt es sich denn da?", fasste Kohl nach.
„Das kann ich Ihnen nicht sagen. Ich habe Vertraulichkeit zugesichert. Außerdem würde er alles abstreiten."
„Und Laile kann natürlich auch nichts mehr sagen", ätzte Kohl weiter.
Schmitt wandte sich an Ringwald.
„Aber sehen Sie denn nicht, dass Harbrechts Selbstmord unmittelbar mit seinen sexuellen Verfehlungen zu tun hat? Das liegt doch auf der Hand."
„Nun, in diesem Fall muss ich dem Kollegen Kohl Recht geben. Das liegt auf Ihrer Hand, Herr Schmitt. Aber ohne Aussage Ihres Zeugen, ohne irgendwelche Aufzeichnungen Lailes in dieser Richtung und nur durch das Wort ‚Schande' in Harbrechts Abschiedsbrief belegt, gibt es nicht den geringsten Anlass anzunehmen, dass Harbrecht ein Verhältnis mit einem der Jugendlichen in den Behindertenwerkstätten der LaboraVita unterhielt", stellte Ringwald fest.
Schmitt verstand. Er hatte ja tatsächlich nach wie vor nichts Konkretes vorzuweisen. Ein paar schwache Indizien, ja. Ein paar vage Hinweise, ja. Jedenfalls so dicht, dass Ringwald ihm glaubte. Nur musste der natürlich so tun, als ob da nichts wäre, solange keine eindeutigen Beweise vorlagen.
„Haben Sie irgendetwas verändert, als Sie die Wohnung und dann auch die Übekabine betraten?", fragte Kohl und kam damit wieder zur Sache.
„Nein."
„Auch nichts angefasst oder verlegt oder weggenommen?"
„Nein. Natürlich nicht. Die Übekabine habe ich nicht betreten. Allerdings habe ich mich übergeben müssen. Das Ergebnis finden Sie in der Kabine. Das stammt von mir. Ansonsten, nein. Den Abschiedsbrief habe ich gelesen, allerdings ohne ihn zu berühren. Ich habe nun meinerseits eine Frage: Wieso hatte die junge Frau einen Schlüssel zu Haus und Wohnung?"

„Das geht Sie zwar nichts an, aber damit verrate ich keine Staatsgeheimnisse. Die junge Dame ist eine Kollegin von Harbrecht, aus der Flötengruppe des Orchesters. Die haben sich offensichtlich auf kameradschaftlicher Basis ganz gut verstanden. Deshalb hat er ihr einen Schlüssel gegeben, für alle Fälle."
Das war's dann. Ringwald begleitete ihn noch zum Ausgang, was Kohl verwundert zur Kenntnis nahm.
„Wissen Sie, Herr Schmitt, Kollege Kohl hat einen ausgezeichneten Draht zu unserem Oberstaatsanwalt. Die kennen sich aus was weiß ich für einem Verein. Und unter uns gesagt, er ist einer von den ‚Neuen Schleimern'. Deshalb muss ich in seiner Anwesenheit äußerst zurückhaltend sein in Sachen LaboraVita. Nichts für ungut. Und noch etwas: Harbrecht hatte, soviel steht schon jetzt fest, keinerlei Liebesleben mit Männern oder Frauen. Jedenfalls wird im Orchester kolportiert, dass er völlig verklemmt war, wenn es um körperliche Nähe oder unschuldige Flirts ging. Das haben wir recht schnell erfahren. Und da die allerwenigsten dieser Außenseiter ganz ohne körperliches Verlangen sind, spricht einiges für die These einer Liebschaft mit einem ganz und gar kindlichen und nur physisch Erwachsenen in den Behindertenwerkstätten, die Harbrecht als Schande betrachtete, wenn sie öffentlich bekannt wird. Aber auch das ist kein Beweis, noch nicht mal ein tragfähiges Indiz. Aber bleiben Sie bitte weiter am Ball."
Sie verabschiedeten sich. Schmitt überlegte, ob er beim Generalmusikdirektor vorbeischauen sollte, auch wenn er keinen Termin bei ihm hatte. Künstler können einem Gespräch mit einem Journalisten in der Regel nicht widerstehen, dachte er. Und er könnte seinen Journalistenausweis ausprobieren, den er sich am späten Vormittag beim „Volksboten" besorgt hatte. Die Nachmittagsprobe musste in etwa einer halben Stunde vorbei sein. Das würde gut für den Weg zum Konzerthaus reichen.

Schmitt wartete vor dem Zimmer des Chefdirigenten. Nach wenigen Minuten kam Maestro Terrini in Begleitung eines nachlässig gekleideten Mannes mittleren Alters den langen Flur an den Stimm- und Probenzimmern vorbei auf sein Büro zu, offensichtlich in ein Streitgespräch verwickelt. Als Terrini Schmitt bemerkte, brach er ab und sah mit absurd hochgezogenen Augenbrauen fragend in dessen Richtung.
„Entschuldigen Sie bitte, Herr Terrini, dass ich hier so unangemeldet auf Sie zukomme. Mein Name ist Schmitt, ich bin Journalist und schreibe an einer Serie über Sponsoren im sozialen Bereich, vor allem in der Behinderten- und Jugendarbeit. Ich war gerade in der Gegend, weil ich einen Termin mit dem armen Harbrecht hatte. Und da dachte ich, Sie könnten vielleicht ein paar Minuten für mich erübrigen“, schwindelte Schmitt mittlerweile schon sehr viel gekonnter als noch vor wenigen Tagen.
„Tja, dann muss unser Thema wohl noch ein bisschen warten, Kollege Nartenrieter“, wimmelte Terrini seinen Begleiter ab, der etwas säuerlich dreinblickte.
„Kommen Sie mit in mein kleines Reich. Allerdings habe ich nur eine Viertelstunde für Sie.“
Terrini musste zeigen, wie knapp seine Zeit bemessen war. Im Übrigen lag Schmitt mit seiner Annahme richtig, dass das Wedeln mit einem Interview, das Auftreten in der Öffentlichkeit einer Zeitschrift egal zu welchem Thema, für die Eitelkeit fast jedes Künstlers handlungsbestimmend war.
Das Zimmer des Generalmusikdirektors war ziemlich klein und völlig überladen mit Notenmaterial, Zeitschriften, Büchern, kurz: Genauso wie Klein-Mäxchen sich das Zimmer eines erfolgreichen Dirigenten vorstellte.
„Aber so nehmen Sie doch Platz, Herr äh …“
„Schmitt“, half dieser dem General auf die Sprünge.
„Ja, richtig. Sie müssen verzeihen, aber ich bin mit meinem Kopf noch halb bei der Probe und bei der Auseinandersetzung mit dem Orchestervorstand, weil der der Meinung war, dass ich angesichts des Todes von Herrn Harbrecht die Nachmittagsprobe

genauso hätte absagen müssen, wie ich die Vormittagsprobe abgebrochen habe. Aber das geht natürlich nicht. Nehmen Sie doch Platz."

Terrini nahm einige Musikzeitschriften von einem leicht gepolsterten Stuhl. Schmitt setzte sich und dachte an Susanne Mälis, die ihm schon früher von den kleinen Tricks der Dirigenten erzählt hatte, mit denen sie sich von den Normalsterblichen abzuheben versuchten. Er wunderte sich über das völlig akzentfreie Deutsch, das er so nicht erwartet hatte.

„Sie sprechen hervorragend Deutsch", stellte Schmitt deswegen fest und wartete auf eine Entgegnung, die nach einer kurzen Pause auch kam.

„Wissen Sie, ich lebe schon so lange in Deutschland, schon seit meinem Studium. Aber unsere Zeit ist begrenzt und wir sollten uns nicht mit Komplimenten aufhalten."

Die Einschränkung auf fünfzehn Minuten war wohl doch keine eitle Wichtigtuerei.

Schmitt holte einen kleinen Notizblock hervor, nachdem sein Journalistenausweis offensichtlich nicht gefragt war.

„Wie gesagt schreibe ich eine Serie vorwiegend über die Förderer von Einrichtungen der Kinder- und Jugendhilfe. Hier in Ostratal interessiert mich die Sponsorengruppe der Behindertenwerkstätte, die von der LaboraVita betrieben wird. ‚Arbeitspaten', ein etwas umständlicher Begriff."

„Sie haben völlig recht", antwortete Terrini, „aber wenn man sich darauf einlässt, bekommt er eine zutiefst einleuchtende Bedeutung. Arbeit, wissen Sie, kann man nicht hoch genug schätzen für die menschliche Existenz und das meine ich zunächst mal nicht materiell. Als Pate habe ich eine Verantwortung für ein menschliches Wesen, und zwar weit über eine reine Spende hinaus. Eine wirklich bedeutsame Verbindung dieser beiden Begriffe."

Ach du liebe Zeit, dachte Schmitt, ein predigender Schönschwätzer. Terrini war weit über sechzig, spindeldürr, graue Künstlermähne. Ein durchfurchtes Gesicht deutete auf Strenge und Selbstdisziplin hin, das Gesicht eines Asketen. Lange Arme, die ihm sicherlich das Dirigieren leichter, vieles andere schwerer machten.

„Wie sind Sie zu dem Verein gestoßen?"
„Mein Gott, als ich vor drei Jahren hierher berufen wurde, hat mich sogleich unser Soloschlagzeuger, der arme Laile, auf diese Möglichkeit des sozialen Engagements aufmerksam gemacht. Ich zauderte zunächst etwas, habe aber dann vor einem Jahr den Entschluss gefasst, mich dort zu engagieren."
Terrini sprach mit großartiger Stimme und ausladenden Armbewegungen, die Karikatur eines Dirigenten, aber sehr ernst und bedeutsam.
„Der Posaunist Harbrecht, der sich vorgestern umgebracht hat, war ja auch Pate", führte Schmitt Terrini in die Spur.
„Ja, ach ja. Der arme Harbrecht. Er war es eigentlich, der mich überzeugt hat."
„Wie sieht denn so eine Förderung konkret aus?"
„Wissen Sie", Terrini wurde wieder bedeutsam, „mit den Jugendlichen, die noch keinen Paten haben, wird man von einem gewissen Herrn Armbruster bekannt gemacht. Und wenn es, salopp gesagt, funkt, wird eine persönliche Beziehung geschlossen, so könnte man es formulieren. Man übernimmt eine aktive Patenschaft. Es gibt auch eher passive, Jugendliche können auch mehrere Paten haben. Aber ich habe mich exklusiv für einen Schützling entschieden."
Terrini meckerte ein seltsames Lachen.
„Harbrecht soll ja ein erotisches Verhältnis zu seinem Patenkind gehabt haben. Er sprach in seinem Abschiedsbrief von Schande."
Schmitt kam behutsam auf den Punkt.
„Aber was soll das denn heißen? Er hat sich vielleicht in seinen Patensohn verliebt. Harbrecht war ein ganz reizender, junger Mann, etwas kindlich vielleicht und kontaktscheu, aber für einen Blechbläser ein ganz lieber Kerl."
Was will er denn damit sagen, wunderte sich Schmitt, fragte aber weiter.
„Gibt es denn öfter solche tieferen Beziehungen?"
„Was weiß ich? Denken kann ich mir das schon. Auch meine ‚Patentochter' Manuela ist eine reizende, liebesbedürftige, kleine Person, die mir außerordentlich ans Herz gewachsen ist.

Andere halten vielleicht mehr Abstand."
„Gibt es denn auch Liebesbeziehungen?"
Terrini schwieg lange und schaute Schmitt nachdenklich an.
„Ach wissen Sie, junger Mann", seine Stimme war plötzlich tiefer und sanfter. Sein Gehabe verschwand. „Wenn man so reizende, unverdorbene Geschöpfe kennenlernt, jenseits der üblichen Berechnung, Kriecherei und Unterwürfigkeit, dann bekommt man plötzlich einen anderen Blick auf das Dasein. Jedenfalls zeitweise. Ich spiele gerne mit Manuela. Wir unterhalten uns, wenn ich sie ein-, zweimal im Monat besuche. Wir berühren uns, wir ziehen uns aus, wir streicheln uns. Wir mögen uns."
Schmitt war baff. Das erzählt der einfach so?
„Aber Sie wissen schon, dass das nicht zulässig ist?"
Terrinis Stimme wurde wieder bestimmter.
„Nicht zulässig? Wer bestimmt das? Was wissen Sie denn! Das sind zärtliche Momente, wie Sie sie wahrscheinlich nie erlebt haben und wahrscheinlich auch nie erleben werden. Für Manuela genauso wie für mich." Terrini redete sich in Rage und achtete offenbar nicht mehr darauf, mit wem er vermeintlich sprach. „Natürlich weiß ich, dass ich erledigt wäre, wenn das an die Öffentlichkeit käme. Die geifernde Meute der Medien und der Kollegen kann ich mir gut vorstellen, dieses bigotte Pack. Wie sie die kleinbürgerlichen Vorurteile bedienen würden. Und mir einen Strick drehen und mich mit größter Freude in die Schlinge schubsen. Was für ein Verbrechen soll das denn sein? Ich will Ihnen sagen, was ein Verbrechen ist. Da müssen Sie nur mal richtig zuhören, was viele meiner Kollegen der Musik antun. Das ist Vergewaltigung, mein Lieber. Ja, Manuela und ich gehen nackt miteinander um. Ja, wir berühren uns. Ja, wir streicheln uns. Aber nein, wir ficken nicht!" Terrini brüllte jetzt. „Ich bin doch nicht pervers!"
Schmitt wartete ab, bis Terrini sich beruhigt hatte.
„Sie sehen das also als eine reine und unschuldige Beziehung?", fragte er dann vorsichtig.
„Ich sehe das nicht nur so. So ist das auch. Und wenn Sie nur eine Zeile darüber schreiben, werde ich Sie durch die Gerichte

jagen, dass Sie keine ruhige Minute mehr haben. Und glauben Sie mir, ich habe die Möglichkeiten und die Beziehungen."
Terrini war wieder der Alte.
Das glaube ich dir gerne, dachte Schmitt, wobei ihm Dr. Gebhart und der Oberstaatsanwalt vor Augen standen.
„Welche Rolle spielt eigentlich Armbruster in diesem Zusammenhang? Und warum hat sich Harbrecht umgebracht, wenn doch alles angeblich so harmlos ist? Und wie kommt ein Posaunist an einen Revolver?"
Schmitt hatte noch viele Fragen. Terrini gab sich jetzt zugeknöpft.
„Die Viertelstunde ist um."
„Herr Terrini, wenigstens ein paar kurze Antworten. Sie können mich jetzt nicht einfach abwimmeln. Harbrecht hat sich umgebracht. Herkenrath und Laile wurden ermordet. So harmlos, wie Sie das darstellen, kann das alles doch nicht sein!" Schmitt bettelte.
Terrini schwieg. Er wischte sich mit der rechten Hand über Stirn und Augen. Er überlegte angestrengt.
„Herr Schmitt, um was geht es Ihnen eigentlich? Wollen Sie einen Kreuzzug starten gegen was und wen auch immer? Sie schreiben doch keine allgemeine Story über Jugendhilfe oder sowas. Aber ein paar Dinge kann ich sicherlich beantworten und damit Ihren Wissensdurst stillen. Harbrecht war in einem Schützenverein. Das weiß ich deshalb, weil wir mal darüber gesprochen haben, ganz allgemein über Schusswaffen. Den Revolver wird er sicherlich daher haben. Und er hatte wohl Angst vor der Entdeckung seiner Liebschaft mit seinem ‚Patenkind'. Und als ein solches Sensibelchen ... Anders als die Blechbläser und die Schlagzeuger im Allgemeinen. Die stehen ja mit beiden Beinen im tatsächlichen Leben. Die sind notfalls in der Lage, sich illegal einen Revolver zu besorgen. Alle Blasinstrumente, die in Blaskapellen gespielt werden, sind eben ‚volkstümlich'. Wobei die Flöten, die Flöten sind weiblich geworden. Oboe und Fagott, na ja, das sind die Außenseiter. Und die Oboisten sind ja eh' die Neurotiker unter den Orchestermusikern, siehe Herkenrath. Die Streicher lassen wir jetzt mal beiseite."

„Und Herr Armbruster?"
Schmitt wollte die wieder erwachte Redebereitschaft Terrinis nicht erneut gefährden.
„Herr Armbuster ist die Seele von allem. Ohne ihn gäbe es keinen Sponsorenkreis, keine Paten. Ohne ihn gäbe es die Möglichkeiten dieser Art von direkter Begegnung ebenso wenig wie die Räumlichkeiten für diese Begegnungen. Er ist Anlaufstelle, Organisator, Beichtvater, Finanzverwalter. Ein guter Freund und ein Genie."
„Ist Ihnen nie der Gedanke gekommen, dass Sie sich erpressbar machen?"
„Ach was. Durch wen denn und für was? Wir Paten, jedenfalls die, die ihre Patenkinder lieb haben, halten zusammen. Und Herr Armbruster hat uns auch aufs genaueste instruiert, zum Beispiel, dass wir nicht eindringen dürfen. Das hat er auch seinen Schutzbefohlenen gesagt, richtig eingetrichtert hat er es ihnen. Denn das wäre strafrechtlich wirklich übel."
Terrini wirkte richtiggehend angeekelt. Schmitt wusste gar nicht, wie er den aufsteigenden Brechreiz unterdrücken sollte. Die waren gecoacht, die Drecksäcke. Jetzt war ihm auch klar, warum Silke so viel Angst vor dem Eindringen Herkenraths hatte.
„Und Geld spielt in dem Zusammenhang keine Rolle?"
Terrini wurde sichtlich ungehalten.
„Nein, natürlich nicht. Wir Sponsoren mit direkten Kontakten zu unseren ‚Kindern' zahlen eine Pauschale über unseren Mitgliedsbeitrag hinaus. Dieses Geld wird von Herrn Armbruster verwaltet. Er bezahlt damit kleine Geschenke, aber auch Ausflüge oder ein etwas schickeres Kleidungsstück, als es durch die oft beschränkten Mittel der Eltern beziehungsweise der LaboraVita denkbar ist."
„Und für sich hat er nichts behalten?"
„Das weiß ich nicht. Das wäre mir auch egal. So, und nun ist Schluss. Das alles hat doch gar nichts mehr mit Ihrem Artikel zu tun."
Terrini stand auf und machte überdeutlich, dass er Schmitt jetzt zur Tür begleiten wollte. Schmitt hatte alles erfahren, was er erfahren wollte und noch Einiges darüber hinaus.

„Und nochmals, Herr Schmitt: Ein Wort über diese Unterredung in der Öffentlichkeit, in welcher auch immer, und ich mache Sie fertig. Glauben Sie mir. Ich werde alles abstreiten. Und ich habe die Mittel und die Kontakte, dafür zu sorgen, dass Sie nie mehr irgendwo auch nur eine Zeile veröffentlichen. Darauf können Sie sich verlassen."

Das glaube ich dir gern, dachte Schmitt, verabschiedete sich und ging.

KAPITEL 35

Da es noch früher Abend war, fuhr Schmitt zu der von Ringwald angegebenen Adresse, um ein Gespräch mit Röllke zu führen. Die Wohnung lag in einem heruntergekommenen vierstöckigen Appartementhaus in einem Vorort von Ostratal, gut mit dem Auto, aber auch mit öffentlichen Verkehrsmitteln zu erreichen. Rechts und links ebenfalls Appartementhäuser. Sichtlich aus den achtziger Jahren des vergangenen Jahrhunderts. Jeder Eingang war mit einer Vielzahl von Klingeln bestückt, die darauf hindeuteten, dass hier überwiegend Einzimmerappartements gebaut waren, vielleicht auch einige wenige Zweizimmerwohnungen. Schmitt nahm an, dass die Häuser hoch subventioniert als „Studentenbuden" erstellt und nach Ablauf der Förderungsmaßnahme dem freien Markt zur Verfügung gestellt wurden. Offensichtlich war in den letzten Jahren nichts mehr in den Komplex investiert worden. Irgendwann wird der ganze Klumpatsch abgerissen, die Grundstücke werden schick neu bebaut oder die Wohnungen zu Eigentumswohnungen umgewandelt, um auf diese Art noch einen letzten Reibach zu machen, dachte Schmitt verbittert. Er klingelte neben dem Namensschild „Röllke". Nichts rührte sich. Schmitt ging zurück zu seinem Auto, das am Straßenrand parkte. Er beobachtete das Haus. Die Zeit tropfte. Schmitts Gedanken wanderten. Ob ihm das Bild des toten Harbrecht je wieder aus dem Kopf gehen würde? Und der Geruch aus der Nase? Er war da in etwas hineingeraten ... Mit Röllke musste er auf jeden Fall sprechen, obwohl für Schmitt die Geschichte mit der Erpressung aufgeklärt schien. Aber Mischa Ruf hatte Röllke sicher genau wie ihm vom Treiben in der LaboraVita erzählt und das aus freien Stücken. Schmitt wollte vor allem herausbekommen, ob Mischas Verbrecherkumpel dies nicht zu weiteren Erpressungsversuchen oder Absahnereien bei beziehungsweise mit Armbruster genutzt hatte. Schließlich hatte Röllke jahrelang die entsprechenden Aus- und Weiterbildungen in den Gefängnissen der Republik genossen. Allmählich begann es zu dämmern. Sinnlos, hier unten zu warten. Schmitt ging erneut auf die Haustür zu.

Er klingelte nochmals bei Röllke. Nichts. Einer der Bewohner oder Besucher kam aus der Tür. Schmitt nutzte diese Gelegenheit, um in das Gebäude zu gelangen. Der Lage der Klingel nach musste Röllkes Wohnung im vierten Stockwerk liegen. Klar, ächzte Schmitt, vierstöckig. Damals sparte man sich den Aufzug. Auch nach mehrmaligem Klingeln an Röllkes Wohnungstür rührte sich nichts. Er klingelte an der Nachbartür. Die wurde vorsichtig einen Spaltbreit geöffnet.
„Ja?"
Das langgezogene „Ja" kam aus dem Munde eines ungefähr siebzigjährigen, ungepflegten Mannes, der Schmitt misstrauisch ansah. Aus der Wohnung entwich ein undefinierbarer, unangenehmer Geruch. Schmitt wurde aufs Übelste an Harbrecht erinnert.
„Ich wollte eigentlich zu Herrn Röllke."
„Der ist nicht da."
„Wissen Sie, wann er wieder nach Hause kommt? Ist er noch arbeiten? Im Kiosk seines Cousins?"
Schmitt versuchte, über die zur Schau gestellte Kenntnis der näheren Lebensumstände Röllkes an genauere Auskünfte zu kommen, was ihm auch gelang.
„Davon weiß ich nichts. Herr Röllke kam heute Morgen mit einem Koffer und einer Tasche aus der Wohnung. Ich nehme an, dass er für länger verreisen will."
Schmitt war wie vom Donner gerührt. Weg. Röllke war weg. Aus Angst vor Armbruster? Oder vor der Polizei, weil Mischa ihm gebeichtet hat, was er Schmitt alles erzählt hatte? Wieder eine Spur weniger. Wieder ein Schuss in den Ofen. Und Schmitt bezweifelte, dass Heinke ihm beim Aufspüren seines Cousins behilflich sein würde.

Schmitt versuchte Aline Herkenrath telefonisch zu erreichen, was ihm zu seiner eigenen Verblüffung auch gelang.
„Frau Herkenrath, schön, dass ich Sie erwische. Geht es Ihnen mittlerweile besser?"
„Danke für die Nachfrage. Ja, doch, der erste Schock ist einigermaßen überwunden. Wenn mich Herberts Tod auch immer noch mitnimmt."

„Frau Herkenrath, ich wollte Ihnen berichten, dass ich die Erpressungsgeschichte weitgehend aufgeklärt habe, wenn mir auch immer noch ein Detail fehlt. Und natürlich will ich mich auch erkundigen, wann die Beerdigung Ihres verstorbenen Mannes stattfindet. Ich hörte, dass sie am Donnerstag sei. Ich würde gerne daran teilnehmen. Ach ja, und wegen meines Honorars ..."
Für Schmitt war das zwar die falsche Reihenfolge. An erster Stelle stand für ihn sein Honorar. Dann die Beerdigung. Danach der Bericht. Aber er wollte natürlich nicht den Sympathiebonus verspielen, den er bei Aline Herkenrath zu haben glaubte.
„Ich hatte Ihnen doch angeboten, die Summe zu überweisen. Nachdem Sie nun alles aufgeklärt haben, wie Sie sagen, steht die Endsumme wohl fest."
Schmitt kam ins Stottern.
„Na ja, ganz fertig mit meiner Arbeit bin ich nicht. Ich habe noch immer keinen Hinweis, wo die zwanzigtausend Euro abgeblieben sind."
„Nun gut, dann stellen Sie mir eine Zwischenrechnung aus. Und wir unterhalten uns bei Gelegenheit über Ihre weiteren Schritte und Ihre Honorarvorstellungen für die Beschaffung des Geldes. Übrigens: Die Trauerfeier für meinen Mann ist erst am Dienstag nächster Woche. Ich bin mir noch nicht im Klaren darüber, ob ich sie nur im allerkleinsten Kreise mit seinen unmittelbaren Verwandten, den Eltern und Geschwistern begehe. Natürlich wurde ich schon vom Orchester und von Freunden und Bekannten darauf angesprochen. Aber nach dem, was Rolf mit Silke Ruf angestellt hat und was er damit auch mir antat, hätte ich große Lust, ihn anonym unter die Erde zu bringen, ihn am liebsten einfach zu verscharren. Aber das wird wohl nicht gehen, natürlich nicht. Auf alle Fälle verzichte ich auf eine Todesanzeige, das steht fest. Was sollte ich da auch reinschreiben? Er wird verbrannt, ohne großes Getue! Jedenfalls werden Sie wieder von mir hören."
Aline Herkenrath hatte es erneut geschafft, Schmitt zu verunsichern. Sie klang völlig geschäftsmäßig und distanziert, wenn auch leicht durch den Wind. Lailes Tod sollte sie immer noch

mitnehmen? Nichts davon war spürbar. Und sein Bericht über die Erpressung schien sie nicht im Geringsten zu interessieren.
„Übrigens, Herr Schmitt, Ihre Erkenntnisse in Sachen Erpressung teilen Sie mir bitte persönlich mit, nicht am Telefon. Ich werde Sie wegen eines Termins anrufen."
Erkenntnisse in Sachen ... Schmitt war perplex wegen dieser bürokratischen Ausdrucksweise. Die Stimmungsschwankungen von Aline Herkenrath waren mehr als erstaunlich.
„Selbstverständlich, Frau Herkenrath", beeilte Schmitt sich in beflissenem Ton zu antworten. „Ich werde eine schriftliche Zusammenfassung vorbereiten. Und auch die Zwischenrechnung erstellen. Ich habe aber weiterhin Ihren Auftrag, dem Verbleib des Geldes nachzugehen?"
„Aber ja, das sagte ich bereits. Und jetzt entschuldigen Sie mich bitte, ich habe zu tun."
Kalt wie eine Hundeschnauze. Schmitt kam gerade noch zu einem „Auf Wiederhören", da hatte Aline Herkenrath bereits aufgelegt. Er brauchte dringend ein Gespräch mit seiner Ex. Ganz dringend.

KAPITEL 36

Ringwald und Kohl hatten im Laufe des Dienstags einige Vernehmungen zu führen. Am späten Nachmittag beabsichtigten sie, auch mit dem Intendanten des Ostrataler Orchesters zu sprechen, nachdem die Kollegen von Herkenrath bereits letzte Woche ausgesagt hatten. Das Ehepaar Ruf war auf den frühen Abend eingeplant. Und da nicht die geringsten Verdachtsmomente gegen diese Personen vorlagen, war es auch nicht nötig, sie in das Präsidium vorzuladen.

„Kommen Sie, Herr Kohl, wir haben Termine“, forderte Ringwald gutgelaunt gegen vier Uhr seinen Mitarbeiter auf.

Sie verließen das immer noch als Großraumbüro genutzte Dienstzimmer und stiegen in der Tiefgarage unter dem Polizeigebäude in Ringwalds privaten Ford Focus. Kohl war wieder angesäuert, weil Ringwald alle dienstlichen Fahrten, wenn es irgend ging, mit seinem Privatwagen ausführte. Um mit dem Kilometergeld sein privates Budget aufzubessern, wie Kohl missgünstig unterstellte. Um den Wagenpark der Polizei zu entlasten, wie Ringwald sich zu seinen Gunsten einredete.

Kohl war schlank und hochgewachsen. Er hatte volles, halblanges Haar, stets gut geschnitten. Sein eher längliches Gesicht war perfekt proportioniert, mit grauen Augen, schmaler Nase und einem Mund mit nicht zu vollen Lippen. Insgesamt ein herb-männlicher Typ. Eine Gesamterscheinung, die in jedem Hollywoodfilm bestehen könnte. Einerseits. Andererseits ließ er jeglichen Charme vermissen und machte stets einen verdrossenen Eindruck, als ob sich das Leben weigerte, ihm zurückzuzahlen, was es ihm schuldete. Ein missgünstiger Mensch, das zeigte sich nicht nur bei seiner Einschätzung bezüglich des Kilometergeldes für Ringwald.

Die beiden verpassten Schmitt nur um wenige Minuten, als sie das Konzerthaus betraten und sich in den leeren Fluren mühsam zum Zimmer des Orchesterintendanten durchfragten.

Der Raum von Andreas Bellheim, seit nunmehr fünf Jahren Intendant der Ostrataler Philharmonie, bereits zu Zeiten des eigenständigen Theaters Ostratal Orchesterverwalter, war wie

das Büro von Terrini nicht sonderlich üppig bemessen. Bellheim hatte zwar ein Vorzimmer und eine Sekretärin, man merkte aber, dass die Kunst in aller Regel nicht viel Geld für derartige Aufgaben in die Hand nahm. Ringwald stellte sich und seinen Mitarbeiter Kohl vor. Bellheim führte sie zuvorkommend zum Besuchertisch, an dem alle drei Platz nahmen.
„Kaffee? Tee?"
Das immerhin, Gäste wurden von den Kunsteinrichtungen immer gut behandelt. Man wusste ja schließlich nie ...
Bellheim war ein unauffällig gekleideter Mann mittleren Alters, auf dezente Art gepflegt, mit einem offenen, freundlichen Gesicht.
„Was wollen Sie wissen?", fragte er.
„Uns interessiert vor allem, ob es Spannungen oder Eifersüchteleien im Orchester gab und gibt. Irgendetwas, was ein Motiv für die Morde an Herkenrath und Laile sein könnte, auch wenn es noch so weit hergeholt erscheint. Ihre von unseren Kollegen bereits befragten Musiker scheinen hier zu mauern."
Ein leises Lächeln stahl sich in Bellheims Blick.
„Eifersüchteleien, Spannungen und Neid, das alles gehört zu einem Ensemble wie der Koks zu Rockmusikern. Ich will nicht von einem Lebenselixier sprechen, aber ohne diese Eigenarten, die vorwiegend aus einem schon in der Jugend geschürten Konkurrenzdenken stammen, sind Orchester gar nicht lebensfähig."
Ringwald hatte den Eindruck, dass Bellheim des öfteren derartige Beurteilungen abgab.
„Deshalb haben die von Ihren Kollegen befragten Orchestermitglieder auch nicht gemauert", fuhr Bellheim fort. „Sie können darin nur nichts Besonderes erkennen. Auch ich sehe nicht den geringsten Zusammenhang zwischen den Morden und irgendwelchen orchestertypischen Querelen."
„Na ja", sagte Ringwald, „es wird wohl über das von Ihnen beschriebene Alltägliche hinaus auch die eine oder andere ernsthafte Eifersucht in Partnerschaften geben, Ärger wegen nicht zurückbezahlter Privatdarlehen, Drogenprobleme oder Ähnliches."

„Davon ist mir nichts bekannt. So geschwätzig Musiker auch sein mögen, bis zur Verwaltungsspitze dringen solche Geschichten nicht vor. Drogenprobleme innerhalb des Orchesters kann ich allerdings ausschließen."

Kohl verzog ungläubig das Gesicht, sagte aber nichts.

„Sie sprachen von Konkurrenzdenken, Herr Bellheim", hakte Ringwald nach. „Wir gehen zwar davon aus, dass es sich in den Fällen Herkenrath und Laile um ein und denselben Täter handelt. Soviel kann ich verraten, ohne Dienstgeheimnisse zu verletzen. Es könnte aber auch anders sein. Wäre es vorstellbar, dass Herkenrath oder Laile umgebracht wurden, um deren Job zu bekommen? Immerhin werden die sogenannten Stimmführer im Orchester, in diesem Fall der Solooboist beziehungsweise der Soloschlagzeuger wesentlich besser bezahlt als die anderen Musiker dieser Instrumentengattung." Ringwald machte eine kleine Pause. „Soviel ich weiß", fügte er fast demütig hinzu.

Kohl sah seinen Chef verwundert an.

„Oder können Sie sich vorstellen, dass jemand dem Orchester als Ganzem vorsätzlich schaden will?", wollte Kohl zusätzlich wissen, mal so ins Blaue zielend.

Bellheim schüttelte den Kopf.

„Das kann ich alles mit nein beantworten. Ich will Ihnen auch sagen, warum. Natürlich ist dem Orchester durch den Tod gleich dreier seiner Mitglieder, denn wir sollten ja den armen Harbrecht nicht vergessen, immenser Schaden entstanden. Abgesehen von der menschlichen Tragödie. Und es wird sehr schwer sein, für die Zeit bis zu einer Wiederbesetzung adäquaten Ersatz zu finden."

Ringwald musste sich revidieren. Bellheim war wohl einer der wenigen Menschen, die die Gabe besaßen, druckreif zu sprechen. Ohne dass dies aufgesetzt wirkte.

„Wie Sie richtig bemerkt haben, Herr Ringwald, handelt es sich um Führungspositionen", referierte Bellheim weiter. „Die werden wir nicht, auch nicht als Übergangslösung, mit Musikern unseres Hauses besetzen. Und das wissen die betreffenden Kollegen. Diesbezüglich hat also niemand was von einem Mord.

Und was die Neubesetzung angeht, die ist viel schwieriger als zum Beispiel die Besetzung meiner Stelle oder der GMD-Position“, fügte Bellheim zur Klarstellung hinzu.
Kohl schaute fragend zu Ringwald.
„Gleich Generalmusikdirektor gleich Chefdirigent“, erläuterte dieser, ohne ein süffisantes Lächeln ganz unterdrücken zu können.
„Und Chefdirigent gleich Gott, wenn auch glücklicherweise auf Zeit“, ergänzte Bellheim ironisch. „Maestro Terrini ist allerdings absolut unersetzlich.“
Das breite Grinsen des Intendanten strafte seine Worte sogleich Lügen.
Kohl nahm die Aufklärung schulterzuckend hin und war sich sicher, dass er sie alsbald unter „nicht merkenswert“ ablegen würde.
„Meine letzte Bemerkung bleibt natürlich wie auch die vorangegangenen entre nous“, fuhr Bellheim fort. Und mit einem Blick auf Kohl: „Unter uns.“
„Ich spreche Französisch“, giftete dieser.
„Sie können uns also aus dem Orchester heraus nicht weiterhelfen?“, kam Ringwald zur Sache zurück.
„Nein, beim besten Willen nicht. Ich kann gerne noch mal das eine oder andere Orchestermitglied fragen. Vielleicht, dass mir gegenüber eher etwas ausgeplaudert wird. Aber ein Motiv, dazu noch für die beiden Morde, nein, da kann ich nichts entdecken.“
„Herr Bellheim, zum Schluss noch eine Frage: Gehören Sie auch dem Kreis der Arbeitspaten der Behindertenwerkstätten bei der LaboraVita an?“
Ringwald hatte seine unschuldige Miene aufgesetzt. Kohl sah erstaunt auf. Auch Bellheim schaute irritiert.
„Laile und Harbrecht waren in diesem Verein aktiv und auch Ihr General Terrini, soviel ich weiß.“
„Ach so, nein, ich bin weder Mitglied noch Unterstützer. Natürlich wurde ich auch gefragt. Von Laile vor mehr als einem Jahr, glaube ich. Aber nein, ich bin kein Vereinsmeier.“
„Eine letzte Frage noch, dann sind Sie uns los.“ Ringwald ahnte zwar, dass Kohl auf merkwürdige Gedanken kommen konnte,

aber das war ihm egal. „Wissen Sie, weshalb Harbrecht sich dermaßen schämte, dass er sich umbrachte?"
Bellheim zögerte. Aber schließlich rang er sich doch zu einer Antwort durch.
„In dieser Sache gab es tatsächlich Gerüchte und Kantinengeschwätz, alles hinter vorgehaltener Hand und in ganz kleinem Kreis. Allgemein bekannt war, dass Harbrecht keine festen Beziehungen hatte, weder zum weiblichen noch zum männlichen Geschlecht. Auch nichts Flüchtiges irgendwo auf dem Strich. Er gehörte, was das anging, irgendwie nicht richtig dazu. Verstehen Sie mich bitte nicht falsch. Er war ein netter, irgendwie kindlicher Kollege und ein guter Posaunist. Und im, wie gesagt, kleinsten Tratschkreis wurde gewispert, dass er sich wohl zu Kindern hingezogen fühlte. Aber das ist reine Spekulation. Und außerdem hat er doch Selbstmord begangen, oder etwa nicht?"
Ringwald nickte.
„Dann ist das alles ja hinfällig, nicht wahr? Friede seiner Asche", fuhr Bellheim fort.
Ringwald bedankte sich für die Offenheit und zusammen mit Kohl verließ er das Büro des auskunftsfreudigen Intendanten.
„Was sollte das denn?", fragte Kohl bissig, als sie das Konzerthaus verließen.
„Was denn?", stellte Ringwald sich dumm.
„Na, das mit der LaboraVita und jetzt zum Schluss noch mit Harbrecht!"
„Das geht Sie nichts an!", wies Ringwald ihn ganz gegen seine Art zurecht.
Kohl zog ein beleidigtes Gesicht, war aber trotzdem in Fahrt.
„Und ich bitte Sie, mich nicht immer vor anderen als Idioten hinzustellen."
Ringwald wusste natürlich, was Kohl meinte und gab ihm im Stillen recht. Aber nur im Stillen.
„Mein Gott, Herr Kohl, nun haben Sie sich nicht so. Ich kann doch nichts dafür, wenn Sie das eine oder andere nicht wissen. Und wenn Sie nicht wollen, dass ich Ihnen was erkläre, dann schauen Sie mich eben nicht hilfesuchend an."

Kohl schwieg erbittert und so gingen sie ohne ein weiteres Wort zu Ringwalds Wagen.

KAPITEL 37

Mittlerweile war es dunkel geworden; es war nicht so einfach, das Haus der Rufs im Neufelsring zu finden.
Sonja Ruf empfing die beiden Kripobeamten freundlich, wenn auch offensichtlich etwas verunsichert. Gernot Ruf kam ihnen aus dem Wohnzimmer entgegen. Er wirkte im Gegensatz zu seiner Frau zwar nicht unfreundlich, aber doch spürbar reserviert, um nicht zu sagen kühl. Ringwald wusste zwar nicht genau, was er sich von dem Gespräch mit den beiden versprach und vor allem, von welchem der beiden; die Ehefrau schien ihm jedoch die Vielversprechendere zu sein. Sie bot ihnen zuvorkommend etwas zu trinken an.
„Und vielleicht eine Kleinigkeit zu essen?"
Ihr Mann warf ihr einen tadelnden Blick zu, völlig überflüssigerweise, denn Ringwald lehnte für sich und Kohl ab und erklärte, dass sie mit einem Glas Wasser bestens bedient seien.
Gernot Ruf und die beiden Polizeibeamten nahmen in der Sitzgruppe um den Couchtisch Platz und warteten auf die Hausherrin, die nach kurzer Zeit mit zwei Gläsern Wasser dazukam.
„Es tut mir leid, dass wir Sie zu Hause belästigen, aber ich fand, das sei angenehmer als eine Befragung in den ungastlichen Räumen unseres Präsidiums", eröffnete Ringwald das Gespräch. „Wir haben einige Fragen zum Fall Herkenrath und vielleicht auch zum Fall Laile. Mit Rolf Herkenrath haben Sie kammermusikalisch zusammengearbeitet. Und Sie waren auch befreundet. Kann man das so sagen?"
„Zum Ersten: Ja. Wir haben in den letzten Jahren einige Programme zusammen gemacht. Zum Zweiten: Nein, befreundet waren wir nicht. Eher gut bekannt. Wie man zu Berufskollegen halt steht, mit denen man hin und wieder zusammenarbeitet. Aber befreundet waren wir nicht."
Sonja Ruf warf ihrem Mann einen verwunderten Blick zu, der Ringwald nicht entging.
„Und mit Laile?"
„Laile kannten wir über Rolf ganz gut. Aber zusammen musiziert haben wir nicht. Es ist schon schwer genug, Ensemblestücke

für Geige, Oboe und Klavier, manchmal ergänzt um Cello, als Originalliteratur oder Transkription zu finden. Aber dazu noch Percussion, da gibt es so gut wie nichts. Vielleicht in der ganz zeitgenössischen Musik. Aber da sind wir ...", Ruf unterbrach sich „ ...waren wir keine Experten."

„Was für ein Mensch war Rolf Herkenrath? Sie haben ihn doch nicht nur bei Proben und Konzerten erlebt."

Sonja Ruf setzte zur Antwort an, aber ihr Mann war schneller, was sie erneut merklich irritierte.

„Er war ein netter, kollegialer Typ. Aber das war vielleicht Fassade, wer weiß. Wir kannten ihn privat ja nur eher oberflächlich. Und ich hatte keine Veranlassung, Charakterstudien zu betreiben."

Gernot Ruf zeigte sich weiter zugeknöpft und ausgesprochen wenig hilfsbereit. Seine Frau wurde unterdessen immer zappeliger und ergriff schließlich auch das Wort.

„Gernot, was redest du denn da. Natürlich waren wir mit Rolf befreundet und natürlich kannten wir uns nicht nur oberflächlich. Und natürlich war Rolf nicht nur nett, er war auch in gewissem Maße unglücklich. Er war mit seiner Orchestertätigkeit nicht mehr zufrieden. Immer dasselbe. Immer fremdbestimmt. Das war doch der Grund, warum er so viel und so gerne Kammermusik machte. Unterrichtet hätte er auch gerne. Aber Oboe? In unserer Stadt? Und seine Frau ist ein wenig, wie soll ich sagen, ich bin ja mit Aline befreundet, aber eine barocke Genießerin menschlicher Freuden ist sie nicht. Sie hatte wohl auch die Hosen an in der Ehe, wenn Sie verstehen, was ich meine."

„Oh ja", warf Ringwald ein. Kohl lachte humorlos.

„Klavier und Oboe, wie soll das auch gutgehen."

Sonja Ruf meinte das anscheinend wirklich ernst. Ihr Mann atmete hörbar aus, fuhr sich mit einer Hand durch die Haare und verdrehte die Augen zur Zimmerdecke, sagte aber nichts. Ringwald ging über die offensichtlichen Dissonanzen hinweg.

„Hatte er Feinde? Leute, die ihm beruflich oder privat übel wollten?"

Gernot Ruf war wohl doch verletzt, denn er schaute ostentativ zum Fenster hinaus. Seine Frau ermahnte ihn leise: „Gernot".

„Nicht, dass ich wüsste“, bequemte Ruf sich dann doch zu einer Antwort. „Im Orchester war er mit einigen gut bekannt, mit Laile befreundet. Er hat dort niemandem etwas angetan, was jemanden zu einem Mord motivieren könnte. Und auch im privaten Umfeld wüsste ich nicht, wer ihn so gehasst haben sollte. Sein Bekanntenkreis war auch nicht sonderlich groß, soviel ich weiß.“
„Er wurde immerhin erpresst. Da muss er doch irgendetwas getan haben, was nicht ganz astrein war. Und davon wollen Sie nichts wissen? Als gute Bekannte, wenn wir uns auf diesen Begriff einigen können?“, funkte Kohl dazwischen, im Gegensatz zu Ringwald ohne jede Spur von Freundlichkeit.
Sonja Ruf schaute verwirrt und verständnislos zu ihrem Mann, in dessen Gesicht keine Regung zu lesen war.
„Wegen was erpresst? Weißt du davon, Gernot?“, fragte sie.
In diesem Moment betrat Silke das Zimmer und schaute neugierig auf die fremden Männer. Beide erhoben sich wohlanständig zur Begrüßung, aber Sonja Ruf bedeutete ihnen, sitzen zu bleiben. In Gernot Rufs Gesicht spiegelte sich eine enorme Konzentration wieder, die sich nach und nach in einem Lächeln auflöste.
„Ich wollte ‚Gute Nacht‘ sagen“, erklärte Silke. „Wer sind die Männer?“
„Das sind Polizisten. Sie sind wegen Onkel Rolf hier“, klärte ihre Mutter sie auf.
„Oh, Polizisten“, trällerte Silke aufgeregt und vergnügt. „Aber Onkel Rolf ist doch tot. Er ist im Himmel.“
„Ist gut, mein Schatz. Gib deinem Papa einen Gutenachtkuss und dann bringe ich dich ins Bett“, sagte Sonja Ruf.
„Oooch“, maulte die Tochter, fügte sich jedoch in ihr Schicksal und gemeinsam verließen die beiden das Zimmer.
„Meine Tochter Silke. Sie ist durch einen Gendefekt auf dem Stand einer Sechsjährigen“, erläuterte Ruf kurz angebunden.
„Was für eine Verschwendung“, rutschte es aus Kohl heraus.
Ruf schaute ihn eisig und mit zornstarren Augen an.
„Entschuldigung, das habe ich gequatscht, ohne zu überlegen.“ Kohl wurde sogar rot.

„Stimmt", pflichtete Ringwald ihm lakonisch bei.
Ruf entspannte sich etwas.
„Meine Frau ist jetzt etwa zehn Minuten mit Silke beschäftigt. Wenn sie wiederkommt, möchte ich, dass Sie gehen. Ja, ich wusste, dass Rolf Herkenrath erpresst wurde. Ich habe es von Laile erfahren. Es musste irgendetwas mit Unzucht zu tun haben, in erster Linie mit geistig zurückgebliebenen Jugendlichen. So wie unsere Tochter. Ich wusste davon seit dem Donnerstagabend vor Rolfs Tod. Meiner Frau habe ich nichts gesagt. Sie weiß es nicht und soll es auch nicht erfahren. Daraus resultieren auch die unterschiedlichen Beurteilungen unseres Verhältnisses zu Rolf. Klar waren wir befreundet und Sonja wäre es immer noch, sie haben es ja gehört. Aber ich bin es seit anderthalb Wochen nicht mehr."
„Und Laile? Können Sie uns zu dem etwas sagen?", wollte Ringwald wissen.
„Nein, den kenne ich tatsächlich nicht so gut."
„Aber er kennt Sie gut genug, um Ihnen von Herkenraths schmutziger Geschichte zu erzählen?", fragte Kohl barsch.
Ruf schwieg. Eine Tür klappte.
„Ich glaube, wir müssen uns demnächst nochmal unter vier Augen unterhalten", sagte Ringwald leise zu Gernot Ruf.
Sonja Ruf betrat wieder das Zimmer. Sie lächelte entschuldigend.
„Kinder! Wenn Silke auch ein ganz besonderes ist."
„Haben Sie noch weitere Kinder?", fragte Ringwald unschuldig, obwohl er nicht das geringste Interesse daran hatte.
„Einen Sohn", antwortete Gernot Ruf schmallippig.
„Aha. Nun ja, ich glaube, es ist alles gesagt und wir können gehen. Was meinen Sie, Herr Kohl?" Ringwald war schon aufgestanden.
„Ja", erwiderte Kohl und erhob sich ebenfalls.
Sie verabschiedeten sich und Sonja Ruf brachte sie zur Haustür.
„Sie müssen meinen Mann entschuldigen", bat sie. "Seit Rolfs Ermordung reagiert er komisch auf manche Dinge. So kenne ich ihn gar nicht. Eigentlich ist er ein ganz Netter."

Damit waren Ringwald und Kohl entlassen.
„Was meinen Sie, sind wir heute Abend weitergekommen, Herr Kohl?“, fragte Ringwald auf dem Weg zum Auto.
„Das sehe ich nicht“, meinte Kohl.
„Aber doch, durchaus. Warten Sie mal ab, bis wir Herrn Ruf bei uns im Präsidium haben“, tönte Ringwald frohgemut.

KAPITEL 38

Für den Dienstagabend hatte Schmitt tatsächlich eine Verabredung mit Susanne Mälis zustande gebracht. Allerdings bestand Mälis darauf, dass sie sich in einer Weinstube trafen, zwei Nebenstraßen von ihrer Wohnung in der Wilhelmstraße entfernt. Zum einen wollte sie einen anständigen Weißwein trinken und den gab es ihrer Meinung nach in der Kneipe gegenüber von Schmitts Wohnung nicht. Zum anderen wollte sie bei dem ungemütlicher werdenden Wetter keine längeren Fahrten unternehmen, vor allem keine Rückfahrt. So sehr sie auch sonst Schmitts, na ja, Stammlokal schätzte.
Schmitt hatte nichts gegen *längere Fahrten*, schätzte kurz ab, wie viel er wohl trinken werde („höchstens drei Bier") und kam zu dem Schluss, dass er eine Autotour riskieren konnte. Kurz vor halb neun tauchte er demzufolge mit seinem Peugeot vor der Weinstube auf. Er fand allerdings erst in mehreren hundert Metern Entfernung einen halbwegs legalen Parkplatz.
„Hätt' ich mir denken können. Scheißwohngegend!", grummelte er vor sich hin und musste fast zehn Minuten laufen.
Mälis saß bereits an einem der wenigen freien Tische und hatte ein Glas des von ihr geschätzten Rieslings vor sich. Mit einem „Hallo, wie geht's" setzte sich Schmitt zu ihr, nachdem er an der Theke ein Bier geordert hatte nebst Fingerzeig zum Ort der Lieferung.
„Mir geht's gut. Dir wohl eher nicht, wenn du wieder eine Unterstützung meinerseits brauchst."
„Nee, nicht ganz so gut. Einerseits wächst mir alles über den Kopf, andererseits rinnt mir alles durch die Finger."
Das bestellte Bier wurde gebracht. Zum Verdruss von Schmitt handelte es sich um Flaschenbier.
„Find ich schön, Susanne, dass du hier besseren Wein bekommst. Dafür bekomme ich Bier in Glas verpackt", beschwerte er sich.
„Mecker nicht rum, das ist nun mal eine Weinstube. Und ich kann auch gleich wieder gehen, wenn du weiter so stinkig bist."
Schmitt schenkte sich ein.

„Na gut, ich reiß mich ja schon zusammen", lenkte er ein, „aber es ist im Moment wirklich nicht lustig. Schau mal, das mit Herkenraths Erpressung ist mein Fall. Endlich mal was Größeres. Und auch Armbrusters ‚Kinderpuff' mit den obersten Perversen der Stadt habe ich aufgedeckt. Mein Fall! Und wie stehe ich da? Was habe ich davon? Nichts. Die Erpressung habe ich aufgeklärt. Aber der Erpresste ist tot, einer der Erpresser verschwunden und dem anderen habe ich versprochen, ihn nicht hinzuhängen. Bei Armbruster komme ich nicht weiter. Der lacht mich aus. Einer von denen, die mit den Jugendlichen rumgemacht haben, hat sich umgebracht. Ein anderer hatte die Chuzpe, mir alles haarklein zu erzählen. Aber gleichzeitig hat er mir gedroht, mich zu vernichten, sollte ich irgendetwas davon benutzen. Andere blocken mich einfach ab ...", Schmitt hielt resigniert inne. „Und der zuständige Oberstaatsanwalt hält seine schützende Hand über die ganze Bagage", beendete er sein Lamento. „Das einzig Positive ist, dass einer der Kripobeamten mich gebeten hat, in der Sache LaboraVita quasi undercover weiter zu ermitteln, nachdem der Staatsanwalt ihm das verboten hatte. Dabei scheinen mir die beiden Morde an Herkenrath und Laile nach wie vor am ehesten aus dieser Ecke zu kommen."

„Hast du etwa geglaubt, durch *deinen Fall* würdest du reich und berühmt werden?", spöttelte Mälis.

„Nein, natürlich nicht. Aber durch die Aufklärung und das Bekanntwerden meiner guten Ermittlungsarbeit könnte ich sicherlich bessere Aufträge als Scheidungen und Eierdiebstähle an Land ziehen."

„Du bist dir wirklich ganz sicher, dass Armbruster die behinderten Jugendlichen in der LaboraVita zu Sexspielen verkuppelt?"

„Ja. Aber ich kann's halt nicht beweisen", maulte Schmitt.

„Und du glaubst, dass Armbruster Herkenrath und Laile umgebracht hat, weil die ihm auf die Schliche gekommen sind?"

Die Tonlage in Mälis Stimme zeugte von so viel Unglauben, dass selbst Schmitt das nicht überhören konnte und stinksauer wurde.

„Er oder einer von den Jungs, die er vor Jahren betreut hat. Das liegt doch auf der Hand, da brauchst du gar nicht so süffisant zu werden. Er ist erpressbar, auch wenn der Korpsgeist unserer Scheinmoralapostel ihn schützt. Und wer weiß, vielleicht steckt ja noch mehr dahinter. Organisierter Missbrauch unter dem Deckmäntelchen der LaboraVita!"

„Jetzt verrennst du dich aber wirklich, Schmitt! Und die Polizei setzt dich in dieser Sache undercover ein? Das kann ich mir gar nicht vorstellen."

„Nicht die Polizei. Kommissar Ringwald, der Leiter der Mordkommission. Sonst weiß keiner davon. Selbst sein Assistent nicht. Dem traut Ringwald wohl nicht. Aber ich glaube nicht, dass er einen Zusammenhang zwischen Armbruster und den Morden für wahrscheinlich hält. Dem geht es in erster Linie um den Missbrauch der Jungs und Mädels. Das geht ihm wohl enorm gegen den Strich, obwohl er da gar keine Zuständigkeiten hat. Und andererseits hat er in der Mordsache bis jetzt überhaupt keine Anhaltspunkte. Stell Dir mal vor, sein Assistent verdächtigt sogar mich."

„Warum nicht, das tue ich ja auch", warf Mälis ein.

Schmitts Gesicht verdunkelte sich. Mälis lachte laut auf.

„Meine Güte, du müsstest dich jetzt mal sehen. Und fang mir bloß nicht mit deiner Selbstmitleids- und Paranoiamasche an. Die hat uns vor neun Jahren auseinandergebracht und das tut sie heute Abend auch, wenn du so weitermachst."

Schmitt beruhigte sich und brachte sogar ein Lächeln zustande.

„Kann man Armbruster nicht in Zusammenhang mit dem Selbstmord, von dem du gesprochen hast, einen Strick drehen? War das einer der Arbeitspaten? Einer aus der hiesigen Oberschicht?"

„Nein, das war ein junger Posaunist aus dem Orchester."

„Die werden ja ganz schön dezimiert."

Mälis hatte wohl ihren sarkastischen Abend. Schmitt schaute sie missbilligend an.

„Ich habe ihn gefunden. Schrecklich, sage ich dir. Das werde ich nie vergessen. Und wenn du dabei gewesen wärst, würdest du deine blöden Witze lassen." Schmitt reagierte nach seinem Erlebnis mit Harbrechts Tod empfindlich. „Und nein, für einen Strick gibt das nichts her. Er hat zwar einen Abschiedsbrief

geschrieben, aber in dem weist nichts direkt auf die Labora-Vita-Umtriebe hin."
Schmitt orderte ein zweites Bier. Mälis blieb bei ihrem ersten Glas.
„Und der arme Laile?", fragte sie.
„Nichts. Niente. Keine Tatwaffe, keine Spuren. Keine denkbaren Motive. Nichts außer der Witterung, die er aufgenommen hatte zu den Behindertenwerkstätten und Armbruster. Darauf hatte ich ihn gebracht."
Dass Laile ihn wegen des erpressten Geldes genötigt hatte, verschwieg Schmitt. Sein Verhalten in dieser Sache war schließlich keine Ruhmestat. Auch wenn er ein ausgezeichnetes Vertrauensverhältnis zu seiner Ex hatte, alles musste sie nun doch nicht wissen.
So plauderten sie noch über den einen oder anderen Aspekt der Fälle, Schmitts Fälle, in einem sich langsam leerenden Lokal. Und obwohl Schmitt durchaus noch Bierdurst hatte, versagte er sich eine dritte Flasche. Auch Mälis blieb eisern bei ihrem ersten Glas. Sehr zum Missvergnügen der Bedienung.
Wir werden alt, dachte Schmitt.

KAPITEL 39

Am Mittwoch trafen sich, nach einem für Schmitt ereignisarmen Vormittag, Ringwald und er in der Mittagspause in Schmitts, na ja, Stammlokal, weitab vom Polizeipräsidium, vorgeblich, weil Ringwald sich informieren lassen wollte über den Ermittlungsstand in Sachen sexueller Missbrauch in der LaboraVita. Tatsächlich jedoch wollte er nach seinem Gespräch mit Gernot Ruf Schmitt nochmal auf den Zahn fühlen, um zu erfahren,was es nun tatsächlich mit der Erpressung Herkenraths auf sich hatte. Denn eines war ihm klar: Gernot Ruf konnte nicht von Laile erfahren haben, dass und womit Rolf Herkenrath erpresst wurde, jedenfalls nicht am Donnerstag vor Herkenraths Ermordung. Da waren also noch Fragen offen.

„Sie haben's hier ja ganz gemütlich. Wenn das Lokal auch nicht gerade in allen Restaurantführern steht, nehme ich an", freute sich Ringwald sichtlich über den Ort ihrer Begegnung.

„Und vor allem praktisch. Ein paar Schritte schräg gegenüber meiner Wohnung", sagte Schmitt fast mit Besitzerstolz.

„Mit sowas vor der Haustür können Sie sich ‚von' schreiben. In meinem Neubauviertel sucht man eine Kneipe vergeblich. So, Herr Schmitt, nun erzählen Sie mal von Ihren Nachforschungen als Undercoveragent der Ostrataler Kripo."

Aber zunächst kam die Bedienung und Ringwald orderte ein alkoholfreies Weißbier, Schmitt ein Pils *mit viel Alkohol*. Er nahm an, dass Ringwald in besseren, sprich jüngeren Zeiten über den alten heutigen herzlich gelästert hätte. Aber Führerschein und Beamtenstatus haben eben ihren Preis, entschuldigte Schmitt großmütig die offensichtlich auf Sicherheit gehende Bestellung Ringwalds.

„Ergebnisse, tja, so richtige Ergebnisse habe ich leider nicht. Das heißt, habe ich schon. Nur kann ich sie nicht verwerten und damit sind die auch für Sie nicht brauchbar."

„Erzählen Sie trotzdem", forderte Ringwald Schmitt auf.

„Ich habe Ihnen bereits von den Schwierigkeiten berichtet, Zugang zu dem einen oder anderen Arbeitspaten der LaboraVita zu bekommen. Jetzt hatte ich gestern tatsächlich ein längeres

Gespräch mit dem Chefdirigenten unseres Orchesters und das, ohne meinen Presseausweis zeigen zu müssen. Trotzdem vielen Dank dafür. Ich rechnete mit der Eitelkeit des Herrn Terrini und bin einfach auf ihn zugegangen."

Schmitt schilderte die Einzelheiten.

Am Ende seiner Ausführungen stellte er fest: „Aber so lange nichts bewiesen werden kann, kriege ich nur eine Verleumdungsklage an den Hals, die sich gewaschen hat. Und meine Lizenz dürfte auch flöten gehen. Immerhin hat mit Terrini einer dieser Schweine unverblümt zugegeben, dass er mit einem der Mädchen in den Werkstätten der LaboraVita rummacht, dass Armbruster die Hände im Spiel hat und die ganze Sache nicht zufällig, sondern organisiert über die Bühne geht. Harbrecht war eines der weiteren Schweine. Und Dr. Schönhuber, der famose Richter sowie Herrenreuther, der hochangesehene Kaufhausvorstand, gehören auch zu den Kinderfickern."

„Na, nun mal langsam. Terrini, okay, der hat Ihnen das ja offensichtlich gestanden. Harbrecht gehörte aller Wahrscheinlichkeit nach auch dazu, so wie die Dinge liegen. Aber Schönhuber und Herrenreuther? Nur weil der eine einen Termin platzen ließ und der andere mit einem Anwalt als Schutz operierte? Das ist ein bisschen dünn, meinen Sie nicht auch? Und was ist mit Ihrem famosen Herrn Röllke? Was haben Sie aus dem herausbekommen?"

Schmitt wurde kleinlaut.

„Der ist abgehauen. Hat wohl Wind von der Sache gekriegt", sagte er mit einem bedauernden Achselzucken.

Ringwald stützte sein Kinn auf seine linke Hand und runzelte die Stirn.

„Das ist in der Tat nicht viel. Daraus kann ich keine Verdachtsmomente gegen Armbruster oder gar eine Sexmafia stricken. Schließlich geht es um Mord. Und mein Staatsanwalt zieht seine schützende Hand nicht wegen Aussagen zurück, die kaum zu belegen sind. Und weil ein Knastbruder vielleicht für ein paar Tage in Urlaub gefahren ist."

„Aber ich habe noch einen Zeugen. Der wird bloß ebenfalls alles abstreiten", ereiferte sich Schmitt in der Hitze des Gefechts.

„Noch einer, der nur mit Ihnen redet? Unter dem Siegel der Verschwiegenheit? Und wer soll das nun wieder sein?"
Ringwalds Skepsis war deutlich spürbar. Schmitt jedoch war so erschrocken über sich selbst, dass er erst mal ein weiteres Pils orderte, um Zeit zu gewinnen. Hatte er doch vor lauter Eifer nicht bedacht, dass er Mischa Ruf versprochen hatte, nichts von seinen Aussagen zu verwenden. Und erst recht hatte er nicht bedacht, dass er die tatsächlichen Hintergründe der Erpressung Herkenraths bislang nicht erwähnt hatte und sie auch weiterhin für sich behalten wollte. Selbst Aline Herkenrath hatte er bei weitem nicht alles berichtet. Er wollte seine Karten nicht ausspielen, jedenfalls nicht alle auf einmal. Und außerdem hatte er schließlich einen ganz persönlichen Grund. Besser gesagt, zwanzigtausend gute Gründe ...
„Das kann ich nicht sagen", ließ er sich endlich vernehmen.
Schmitt befand sich auf dem Rückzug. Sein Mienenspiel verriet auch naiveren Geistern als Ringwald, dass Schmitts Verteidigungswall mehr als löchrig war.
„Weshalb das denn?", fragte Ringwald.
Schmitt schwieg. Ringwalds Stirn zog sich drohend über der Nasenwurzel zusammen.
„Jetzt aber raus mit der Sprache", raunzte er Schmitt an und schlug mit der flachen Hand auf den Wirtshaustisch.
Die wenigen anderen Gäste verstummten und schauten erschrocken in ihre Richtung. Ringwald wedelte beschwichtigend mit seinen Händen.
„Jetzt habe ich aber langsam die Schnauze voll von Ihnen, Herr Schmitt. Ich weiß doch, dass Sie mir immer noch nicht die ganze Wahrheit über die Einzelheiten von Herkenraths Erpressung erzählt haben. Das war mir allerdings verhältnismäßig wurscht, weil für mich kein Bezug zum Mordfall zu erkennen war. Jetzt bin ich mir allerdings nicht mehr so sicher."
Ringwald bestellte noch ein Weißbier, diesmal eines mit Alkohol. Er hatte sich in Rage geredet. Oder tat zumindest so. Das Bier kam und er fuhr mit leiser Stimme fort.
„Herr Schmitt, ich habe derzeit nur zwei in Frage kommende Verdächtige mit je einem, sagen wir mal, halben Motiv. Das ist

einmal Armbruster, weil er eventuell von Herkenrath und Laile erpresst wurde, oder weil er eventuell davon ausging, dass die beiden ihn anzeigen wollten. Sehr eventuell! Und von Kollegen Kohl habe ich Ihnen ja schon erzählt. Der ist nach wie vor der Meinung, dass Sie sich die Beute unter den Nagel reißen wollten. Zwanzigtausend Euro wären für Sie ein richtiger Hauptgewinn. Mehr und mehr gewinne ich dieser Theorie einiges ab. Und zu Laile wird mir auch noch etwas einfallen."

Schmitt schaute erschrocken.

„Aber ich war hunderte Meter von Herkenrath weg, als es passierte."

„Halten Sie erstmal den Mund! Ihre Aussage ist doch bei näherem Hinsehen keinen Pfifferling wert. Sie hatten ewig Zeit, sich einen Plan zurechtzulegen. Zum Beispiel konnten Sie in der Nähe des Ortes, an dem Sie sich von Herkenrath verabschiedet haben, Skateboard und Kapuzenpulli versteckt haben. Während Herkenrath zum Haupteingang des Bahnhofes ging, hätten Sie sich dieser Theorie zufolge umgezogen. Das dauert wirklich nicht lange. Dann mit dem Board zu Herkenrath. Die von den Zeugen beschriebene Größe, die von den Kameras bestätigt wurde, trifft in etwa auf Sie zu. Sie töten Herkenrath und verschwinden in der Fußgängerzone. Dann stellen Sie das Board ab, ziehen den Kapuzenpulli aus, lassen ihn verschwinden und laufen ganz gemütlich zum Kiosk, um das Geld zu holen. Sie nehmen es aus der Lidltüte raus, stecken es ein und verlassen den Platz. Sie können sicher sein, dass das Board innerhalb einer halben Stunde geklaut ist, sodass nichts mehr auf Sie hinweisen kann. Vielleicht stecken Sie sogar in der Erpressung mit drin. Und Laile hat Sie vielleicht seinerseits erpresst, wer weiß? Ein Alibi haben Sie für die Nacht seines Todes wahrscheinlich nicht."

Ringwald fixierte Schmitt mit seinem durchdringenden Blick. Schmitt wurde es mulmig, wie immer bei Ringwalds starr bohrenden Augen. Er entschied sich, jetzt doch mit offenen Karten zu spielen. Ein weiteres Pils und ein Birnenschnaps sollten ihm dabei helfen. Ringwald winkte ab, sein Glas war eh noch halb voll.

„Okay. Herkenrath wurde nicht erpresst wegen Missbrauchs verschiedener Jugendlicher in den Behindertenwerkstätten, sondern wegen der sexuellen Beziehung zu einer einzelnen jungen Frau, nämlich zu Silke Ruf. Aufgrund seiner Freundschaft mit den Rufs kannte er Silke gut. Er hat sie einmal zu Hause abgepasst und verführt. Das tat er anschließend noch öfter. Dabei wurde er von Mischa Ruf fotografiert. Der wiederum kannte Achim Röllke von dessen Tätigkeit in einem Kiosk in der Nähe der LaboraVita und erzählte ihm von der Sauerei, die Herkenrath mit seiner Schwester anstellte und von seiner Fotodokumentation. Röllke sah eine prima Chance zum Geldverdienen und so beschlossen sie beide, Herkenrath um die besagten zwanzigtausend Euro zu erleichtern. Röllke sollte das Geld holen und war wohl auch am Hauptbahnhof, zog aber Leine, als er sah, wie Herkenrath ermordet wurde. Hat mir Mischa Ruf erzählt. Von dem ich auch die ganzen Einzelheiten erfahren habe, die ich mir aber größtenteils bereits selbst zusammengereimt hatte. Wie nennt man das im Strafgesetzbuch: Von einer geplanten Straftat zurücktreten? Jedenfalls machte Mischa nicht mehr mit, beichtete am Donnerstag vor dem Mord alles seinem Vater und sagte auch Röllke Bescheid, dass der das Geld alleine haben könne. So in etwa und in aller Kürze war's das. Ich habe Mischa versprochen, von seiner Rolle bei der Erpressung nichts zu verraten. Er würde sowieso alles abstreiten, wenn es zum Schwur kommt. Und nachdem Röllke auch nicht mehr verfügbar ist ..."

Schmitt schaute auf den Tisch und dann zu Ringwald hoch.

„Und das ist jetzt alles?", fragte dieser forschend.

„Ja", sagte Schmitt leise.

„Und das Geld?"

„Keine Ahnung", sagte Schmitt, immer noch leise.

„Wenn das jetzt die Wahrheit ist, Herr Schmitt, ist Armbruster aus dem Schneider. Das ist Ihnen doch klar? Der hätte ja dann kein Motiv, Herkenrath umzubringen, jedenfalls kein mir ersichtliches. Und die Ein-Täter-Theorie ist nach wie vor unerschüttert. Also gehe ich davon aus, dass Armbruster auch Laile nicht getötet hat."

„Aber, aber, aber ...", stotterte Schmitt.

„Sie können von mir aus wegen der Kuppelei und den sexuellen Schweinereien bei der LaboraVita nachforschen, Schmitt." Das „Herr" war also schon mal gestorben. „Allerdings nicht in meinem Auftrag. Das ist nicht mein Ressort."

„Und es berührt Sie gar nicht?"

„Natürlich berührt es mich. Wenn ich mich aber beruflich um all das kümmern würde, was mich berührt, wäre ich schon längst in der Klapse."

„Und was ist mit Gernot Ruf. Und mit Mischa Ruf?", fragte Schmitt.

„Meinen Sie, Mischa hat plötzlich den Moralischen gekriegt, nachdem er alles seinem Vater gebeichtet hat, und denjenigen umgebracht, dem er gerade noch das Geld aus den Rippen leiern wollte?", höhnte Ringwald. „Und wie hätte er das seinem Kumpel Röllke erklären sollen? Gut. Überprüfen werde ich das. Vor allem werde ich mir Gernot Ruf vornehmen. Rache ist natürlich immer ein dankbares Motiv. Wobei ich dann nicht weiß, wie Laile ins Bild passt."

Schmitt war klar, dass es jetzt um seinen Kopf ging. Dass er im Moment der Einzige war, der für beide Morde ein Motiv haben könnte. Wenn auch ein weit hergeholtes, zumal Ringwald nichts von der Nötigung durch Laile wegen des Geldes wissen konnte. Und der von Ringwald konstruierte Tathergang beim Mord an Herkenrath war völlig abstrus. Andererseits war Schmitt davon überzeugt, dass manch ein Unschuldiger schon aufgrund dünnerer Indizien verurteilt wurde. Wahrscheinlich ist der Verdacht gegen mich nach wie vor nur in der Fantasie Kohls vorhanden, setzte Schmitt auf Ringwalds Erfahrung und Kompetenz. Aber wenn Ringwald auch noch erfährt, dass ich die zwanzigtausend Euro sichergestellt, vulgo geklaut habe, war abzusehen, dass Ringwald sich Kohls Meinung anschließen wird. Und auch ohne diesen Aspekt: Wie lange wird sich Ringwald dem Fahndungsdruck noch entziehen können?

Ringwald sah Schmitt an, dass er litt, aber er tröstete ihn mit keinem Wort, keiner versöhnlichen Geste. Der soll ruhig schmoren, so blöde wie er sich verhalten hat, dachte Ringwald.

„Ich habe noch gar keine Traueranzeige vom Orchester für Herkenrath und für Laile gesehen. Von Aline Herkenrath weiß ich, dass sie wohl keine aufsetzen wird", versuchte Schmitt, das Gespräch in einer harmloseren Bahn weiterzuführen.
„Die werden wohl auf die Bekanntgabe des Termins und des Ortes der Beerdigung beziehungsweise der Trauerfeier warten", brummte Ringwald, verlangte die Rechnung, natürlich nur für seine zwei Weißbiere, beglich sie und erhob sich.
„Ach ja, noch eine mehr persönliche Frage: Warum nennen Sie Ihre Detektei *Schulzenrieder*?"
„Das ist der Geburtsname meiner Mutter. Ich dachte einfach, damit kann ich im Zweifel Schwierigkeiten aus dem Wege gehen. Nach außen bin ich ja nur ein Angestellter. Eigentlich eine Schnapsidee."
Schmitt war froh über dieses, wie er meinte, unverfängliche Thema. Falsch gemeint.
„Dann haben Sie also bereits die Gründung Ihrer Schnüffelpraxis mit einer Lüge verbunden", sagte Ringwald ernst und fuhr fort: „Kommen Sie nicht auf die Idee, sich in die Mordermittlungen einzumischen, um Ihre Unschuld zu beweisen. Da reagiere ich empfindlich."
Sprach's, zog sich seine warme Jacke gegen die doch schon spürbare Herbstkälte an, grüßte zum Tresen und ging.
Schmitt blieb zurück, aufgewühlt und fassungslos. So hatte er sich den Mittag mit Ringwald nicht vorgestellt. Er ging in seine Wohnung hinüber, legte sich so, wie er war, auf die Couch, zog sich seine Wolldecke über den Kopf und stellte sich tot.

Ringwald hingegen war in seinen Ford Focus gestiegen und im Gegensatz zu Schmitt äußerst zufrieden. Er rief Kohl an und bat ihn, gleich für morgen früh einen Termin mit Gernot Ruf zu vereinbaren. Und anschließend mit Mischa Ruf.
„Vielleicht erwischen Sie die beiden auf Anhieb. Wäre mir sehr recht."
„Kommen Sie nicht mehr ins Büro?", fragte Kohl.
„Doch. Allerdings will ich mich auf gewisse Dinge konzentrieren und hoffe, dass ich nicht gestört werde. Auch nicht von Ihnen."

Dann fuhr er ins Präsidium. Er betrat sein Büro, scherte sich nicht um die dort arbeitenden Kollegen, die er kaum grüßte. Er fand eine Notiz vor, nach der Kohl für den nächsten Morgen einen Termin mit Gernot Ruf um halb zehn und mit Mischa Ruf um halb zwölf abgemacht hatte. Dann verzog er sich mit diversen CDs der Überwachungskameras aus der Bahnhofsgegend vom vorletzten Freitag in eines der Vernehmungszimmer. Ihn interessierte jetzt selbst, was außerhalb des direkten Eingangsbereichs des Hauptbahnhofes zu entdecken war. Die Mitarbeiterinnen und Mitarbeiter, die auf den Fall angesetzt waren, hatten zwar die Aufzeichnungen aller Kameras des Platzes gesichtet, kannten aber Schmitt nicht. Kohl und Ringwald hatten sich hingegen auf die Aufzeichnungen der Kameras beschränkt, die unmittelbar auf den Haupteingang gerichtet waren. Ihnen war mitgeteilt worden, dass der Weg, den der Täter zum Tatort und dann zur Fußgängerzone nahm, keinerlei verwertbare Erkenntnisse lieferte.
Da es sich nur um fünf weitere Überwachungskameras handelte und der Zeitraum zwischen halb zwölf und halb eins durchaus begrenzt war, hoffte Ringwald, sich nicht allzu lange mit der Auswertung aufhalten zu müssen. In der Tat gaben die ersten drei Bänder nichts her. Auf dem vierten jedoch entdeckte Ringwald, wie Schmitt um wenige Minuten nach zwölf Uhr ins Bild trat und zwar in seinen normalen Klamotten, weit und breit kein Kapuzenpulli und kein Skateboard. Er ging, soweit erkennbar, mit benommenem Gesichtsausdruck auf den Kiosk zu, wobei er immer wieder ängstlich in Richtung Bahnhof schaute, zog die Lidltüte aus dem Papierkorb und verschwand aus dem Bild Richtung Fußgängerzone, wie Ringwald annahm. Nichts war es also mit Kohls schöner Theorie, die Schmitt zum Mörder machte. Was zu beweisen war. Insgeheim freute Ringwald sich darüber. Denn wenn Schmitt auch ein nicht sonderlich sympathischer Zeitgenosse zu sein schien, irgendwie hatte Ringwald ihn, na ja, ins Herz geschlossen wäre zu viel gesagt. Aber irgendwie gern. Ein Verlierertyp, eine einsame Seele. Da konnte Ringwald schon mal weich werden. Aber nicht so weich, dass er Schmitt die jetzt eindeutig nachweisbare

Sache mit der unterschlagenen Summe aus der Erpressung durchgehen ließe. Kohl musste allerdings nichts davon erfahren. Zufrieden fuhr Ringwald nach Hause und freute sich auf einen ruhigen Abend.

KAPITEL 40

Am nächsten Morgen betrat Ringwald sein Büro erwartungsfroh wie seit zwei Wochen nicht.

Gernot Ruf traf mit einer kleinen Verspätung um kurz nach halb zehn ein. Ringwald und Kohl führten ihn in eines der Vernehmungszimmer. Ruf sollte merken, dass es sich um eine förmliche Zeugenvernehmung handelte und nicht um ein unverbindlich-freundliches Gespräch.

„Haben Sie etwas dagegen, dass unsere Unterredung aufgenommen wird?", fragte Ringwald.

„Ist das ein Verhör? Brauche ich einen Anwalt?", fragte Ruf eher belustigt zurück.

„Nein, Sie werden als Zeuge in der Mordsache Herkenrath einvernommen. Wenn Sie allerdings meinen, einen Anwalt zu benötigen, bitte schön. Dann kann daraus aber ganz schnell das Verhör eines Tatverdächtigen werden", antwortete Kohl völlig humorlos, wie es seiner Art entsprach. Er hatte sich offensichtlich für die Rolle des bösen Bullen entschieden. Stand ihm auch gut zu Gesicht.

„Nein, nein. Ist schon in Ordnung. Was interessiert Sie denn so brennend?"

„Ihre Frau hat gestern geäußert, dass Sie durchaus mit Herkenrath befreundet waren, nachdem Sie dies ja erstmal in Abrede gestellt haben. Wie verhält es sich denn nun tatsächlich damit?", fragte Ringwald.

„Wir waren über das gemeinsame Musizieren hinaus in der Tat befreundet. Übrigens auch mit seiner Frau. Das heißt, eher meine Frau. Ich meine, meine Frau war mit seiner Frau ...", Ruf war ein bisschen durcheinander. „Ich wurde mit Aline Herkenrath nie richtig warm", fuhr er fort. „Aber das tut ja nichts zur Sache. Unser Kammermusikensemble bestand im Kern aus Rolf, meiner Frau am Klavier – wenn sie verhindert war, übernahm Aline – und mit mir an der Geige. Dazu kamen dann je nach Programm noch weitere Streicher oder Bläser aus dem Orchester hier in Ostratal. Aber mit denen hatten wir nur ein rein professionelles Verhältnis."

„Und die Freundschaft mit Herkenrath endete, weil ...?“, wollte Kohl wissen.
„Sie endete, weil ich erfahren habe, dass Rolf was mit meiner Tochter Silke angefangen hatte. Das Schwein. Mit der Tochter seines besten Freundes. Die trotz ihrer dreiundzwanzig Jahre über das Gemüt und den Verstand einer Sechsjährigen verfügt ...“
Rufs Stimme wurde immer leiser und verebbte schließlich in einem unverständlichen Murmeln.
„Wie haben Sie das erfahren?“, fragte Ringwald in seiner wie üblich ruhigen und verständnisvollen Tonlage nach.
„Das tut nichts zur Sache“, antwortete Ruf mit nach wie vor leiser Stimme.
„Genau das tut es aber“, schaltete sich Kohl ein und wurde laut. „Wir wüssten gerne, wie Sie das herausgefunden haben. Haben Sie Herkenrath in flagranti erwischt? Hat es Ihnen jemand erzählt?“
„Unser Sohn Mischa.“ Ruf wand sich. „Mischa hat es mir gesagt.“
„Wann?“ Kohls Stimme war wie ein Peitschenknall.
Ruf schaute hilfesuchend zu Ringwald. Der sah ihn ruhig an.
„Sie müssen uns schon helfen und die Wahrheit sagen, Herr Ruf. Natürlich müssen Sie sich nicht selbst belasten. Als Zeuge können Sie die Aussage nicht verweigern. Als Beschuldigter dagegen schon. Das sind Sie jedoch nicht. Wir haben keinen Grund zur Annahme, dass Sie etwas mit dem Tod von Herkenrath zu tun haben.“
Ringwald wirkte nach wie vor freundlich und sachlich. Ruf beruhigte sich.
„Mischa hat es mir vor genau zwei Wochen am Donnerstagabend erzählt. Am Tag vor Herkenraths Tod.“
„Na, sehen Sie. War doch gar nicht so schwer.“
Ringwald war ganz der menschenfreundliche Polizist. Er wusste, dass die Meisten derer, die hier saßen, aus den Kriminalromanen und aus der Tatortreihe des Fernsehens die Rollenverteilung der vernehmenden Polizisten kannten. Und sich dieser dann doch nicht entziehen konnten.

„Wussten Sie von der Erpressung Herkenraths?", fragte Ringwald weiter.
„Ja, von Herkenrath selber", antwortete Ruf und schaute auf die Tischplatte.
Ringwald starrte ihn an. Alle schwiegen. Nach einer Weile ergänzte Ruf, wieder sehr leise, dass er es von seinem Sohn erfahren habe.
„Wussten Sie von ihm auch Termin und Ort der Geldübergabe?"
„Nein, dann hätte Mischa ja etwas mit der Erpressung zu tun haben müssen!"
Ruf war aufgebracht.
„Ja, das hätte er. Und nach unseren Informationen hat er das auch", sagte Ringwald nach einer Weile.
Ruf wurde bleich.
„Wissen Sie, Herr Ruf, wir fragen das alles nicht zum Spaß. Und wir stochern auch nicht einfach so im Nebel herum, sondern haben durchaus unsere Gründe."
Ringwald war nicht mehr ganz so freundlich und fürsorglich. Aber nach wie vor versuchte er, Ruf zu beruhigen.
„Schauen Sie, Sie müssen Ihren Sohn ja gar nicht belasten. Nach unseren Informationen ist er von der Erpressung rechtzeitig zurückgetreten, sodass er strafrechtlich nicht belangt werden kann."
Kohl schaute Ringwald erstaunt an.
„Und uns interessiert die Erpressung sowieso nicht. Die scheint mit dem Mord nichts zu tun zu haben. Also?", fuhr Ringwald ungerührt fort.
„Mein eigener Sohn hat nichts gegen die Schweinereien Herkenraths in meinem eigenen Haus unternommen", brach es nun verbittert aus Ruf heraus. „Im Gegenteil hat dieser Asoziale heimlich Fotos gemacht, bloß um mit einem Dreckskomplizen Kohle zu machen für was weiß ich, Kaschmirklamotten oder handgenähte Schuhe oder so einen Scheiß. Und dann kommt er am Donnerstagabend vor zwei Wochen zu mir und jammert und weint, dass Herkenrath am nächsten Tag um zwölf seinem Komplizen das Geld am Bahnhof übergibt. Lidltüte im Kioskpapierkorb. Wie banal. Und

mit diesem Kerl soll ich weiter unter einem Dach sein und darf mir noch nicht einmal etwas anmerken lassen, damit seine Mutter nichts mitbekommt. Verstehen Sie, was für eine Scheißsituation das ist? Wie soll ich so weiterleben?"
„Nun beruhigen Sie sich mal." Erneut Ringwald, der Fürsorgliche. „ Herr Kohl, holen Sie Herrn Ruf doch ein Glas Wasser. Oder möchten Sie lieber einen Kaffee?"
Ruf schüttelte den Kopf.
„Mischa wollte dann nichts mehr mit der Geschichte zu tun haben. Aber sie rückgängig zu machen, dazu war es natürlich zu spät."
„Sind Sie dann am Freitag am Hauptbahnhof gewesen?", fragte Kohl.
„Nein, ich wollte zwar. Aus lauter Neugier, mit wem sich Mischa da eingelassen hat. Und überhaupt wollte ich sehen, wie das abläuft. Aber ich hatte einen Werkstatttermin mit meinem Wagen und der ließ sich nicht verschieben."
„Sie werden einsehen, dass wir das überprüfen müssen".
Ringwald agierte zwischenzeitlich fast väterlich.
„Ja, natürlich", murmelte Gernot Ruf.
Nachdem er Kohl die Adresse der Autowerkstatt gegeben hatte, verabschiedete er sich. Ein geschlagener Mann.

Ringwald schaute Kohl an.
„Wenn sein Alibi bestätigt wird, haben wir einen Verdächtigen weniger, von dem ich mir so viel versprochen hatte."
Kohl sah wiederum Ringwald an. Nachdenklich wie selten.
„Woher wussten Sie eigentlich, dass Herkenrath Silke Ruf missbraucht hat? Und dass Mischa einer der Erpresser war?", fragte er.
„Intuition, mein Lieber, Intuition", spöttelte Ringwald. „Das ist ja der Grund, weshalb ich Hauptkommissar bin!"
Kohl verzog das Gesicht.
„Jetzt warten wir mal ab, was Mischa Ruf uns erzählt. Der müsste gleich kommen. Würden Sie ihn an meinem Zimmer abpassen und hierher geleiten, lieber Herr Kohl?", bat Ringwald äußerst liebenswürdig.

Kohl wusste nicht, was er mit diesem Verhalten Ringwalds anfangen sollte, presste die Lippen zusammen und entfernte sich, ohne ihn einer Antwort zu würdigen. Ringwald holte sich in der Zwischenzeit einen Kaffee aus der Kantine. Als er zurückkam, saßen Kohl und Mischa Ruf bereits im Vernehmungszimmer. Mischa war sichtlich nervös, auch wenn er sich äußerlich alle Mühe gab, cool und lässig zu erscheinen. Ringwald betrachtete den jungen Mann eine Weile, ohne etwas zu sagen, was die Nervosität Mischas verständlicherweise noch steigerte.

„Guten Tag, Herr Ruf. Ich heiße Ringwald und bin der Leitende Kriminalhauptkommissar für Gewaltdelikte im hiesigen Polizeipräsidium." Ringwald machte sich zwecks Einschüchterung absichtlich ein bisschen wichtig. „Sie wissen, warum Sie bei uns sind?"

„Ich nehme an, dass es um die Erpressung von Rolf Herkenrath geht", antwortete Mischa manierlich.

„Ach, haben Sie in der Zwischenzeit mit Ihrem Vater gesprochen?", fragte Ringwald scheinbar überrascht.

Mischa Ruf schaute ihn verwirrt an.

„Tun Sie nicht so, als ob Sie von nichts wüssten", blaffte Kohl. „Das sieht doch ein Blinder, dass Sie mit Ihrem Vater Kontakt hatten, nachdem er vorhin hier vernommen wurde."

„Nun mal langsam, Herr Kohl." Ringwald war die Güte selbst. „Lassen Sie Herrn Ruf doch erstmal Zeit zum Nachdenken."

„Aber nicht zu viel", konnte Kohl sich nicht verkneifen.

„Natürlich hat mein Vater mich angerufen. Er wusste ja, dass ich einen Termin bei Ihnen habe."

„Dann könnten wir uns die Einzelheiten Ihrer Entgleisung also sparen. Könnten. Der Vollständigkeit halber bitte ich Sie dennoch um Ihre Version. Sie haben doch nichts dagegen, dass wir Ihre Aussage aufzeichnen?"

Ringwald war wie üblich freundlich und sachlich. Allerdings verließ man sich besser nicht zu sehr auf seine höfliche Art.

„Nein, natürlich nicht. Bloß eines will ich vorausschicken. Mein Vater hat mir gesagt, dass meine Handlung für mich keine strafrechtlichen Konsequenzen haben wird, weil ich rechtzeitig von der Straftat zurückgetreten bin. Ich sage nur aus, wenn Sie mir das bestätigen."

Ganz schön gewieft, der Junge, dachte Ringwald. Sieht aus wie ein etwas weichlicher Yuppie, allerdings ohne die rotzige Selbstsicherheit dieser Typen, sofern sie das elterliche Vermögen und den überwiegend väterlichen Einfluss hinter sich wissen. Mischas zur Schau gestellte Selbstsicherheit hingegen war nur Fassade, vermutete Ringwald.

„Das muss der Staatsanwalt entscheiden. Ich gehe aber davon aus, dass es in Ihrem Fall gar nicht erst zu einer Anzeige kommt. Außer Ihrer Aussage und der eines Privatermittlers namens Schmitt gibt es nur Vermutungen und Indizien für eine Straftat Ihrerseits. Vielleicht müssen wir, Kollege Kohl und ich, dem Staatsanwalt noch nicht mal berichten. Je nachdem, was wir von Ihnen erfahren. Und ja, ein rechtzeitiger Rücktritt von einem geplanten Verbrechen wirkt sich strafbefreiend aus", erläuterte Ringwald kompetent und überzeugend. Bei sich dachte er: Warten wir mal ab ...

Daraufhin erzählte Mischa ohne Umschweife, wie er die Praktiken einiger Arbeitspaten mit tätiger Unterstützung Armbrusters in den Werkstätten der LaboraVita erlebt hatte. Wie er mitbekommen hatte, dass Rolf Herkenrath Interesse an derartigen Ausschweifungen zeigte und in diesem Zusammenhang begehrliche Blicke auf Silke warf. Natürlich kannte er sie gut, hatte sie aber bislang nicht als sexuelles Wesen betrachtet. Wie er, Mischa, dann bemerkte, dass Herkenrath Silke exklusiv für sich beanspruchte, aber nicht in den Räumen der LaboraVita, sondern im Hause Ruf. Und wie ihm dann die Idee kam, das Treiben Herkenraths mit seiner Schwester auf der Handykamera festzuhalten. Zunächst ohne Hintergedanken. Einfach aus Spaß und weil er es konnte. Zufällig habe er mit einem Bekannten darüber gesprochen und der habe ihn darauf aufmerksam gemacht, dass damit Geld zu verdienen sei. Immerhin handele es sich bei Herkenrath um einen gutverdienenden Musiker, der eine bürgerliche Existenz zu verlieren habe, wenn seine abartigen Sexpraktiken bekannt würden. Je länger er, Mischa Ruf, darüber nachdachte, desto weniger kam ihm eine

Erpressung wie eine Straftat vor, sondern viel mehr wie eine angemessene Bestrafung Herkenraths. Aber als es dann zum Schwur kam, wurde ihm doch die Tragweite seiner Handlungen bewusst und er wollte nicht mehr, zumal besagter Schmitt ihn in die Mangel genommen hatte und er dadurch Angst vor der Entdeckung bekam.

„Wie heißt Ihr Komplize?", fragte Ringwald.

„Das kann ich nicht sagen. Ich bin kein Verräter."

„Kann es sein, dass ein gewisser Röllke in die Sache verwickelt ist?", fragte Ringwald weiter.

Zwei Augenpaare richteten sich auf ihn. Die von Mischa blickten erschreckt, die von Kohl völlig konsterniert.

„Woher wissen Sie das?"

Die Frage wurde fast synchron im Duett gestellt. So genau konnte Ringwald nicht ausmachen, von wem die Frage zuerst kam.

„Das tut nichts zur Sache. Also?"

„Ja, Achim Röllke", knickte Mischa ein.

„Wusste Röllke von Ihnen über die Aktivitäten Armbrusters und der Arbeitspaten in der LaboraVita Bescheid? Haben Sie ihm davon erzählt?"

„Genau weiß ich das nicht mehr. Ich glaube schon. Aber das war mir nicht so wichtig. Und so gut war meine Bekanntschaft mit Röllke auch nicht."

„Aber gut genug, mit ihm die intimsten Einzelheiten aus dem Sexualleben eines guten Freundes Ihrer Eltern und Ihrer geistig behinderten Schwester zu teilen", bellte Kohl.

Mischa sagte nichts.

„Haben Sie nur so das Gefühl gehabt, dass in der LaboraVita die geistig behinderten Jugendlichen an Arbeitspaten verkuppelt wurden oder haben Sie handfeste Beweise?", fragte Ringwald.

„Das war doch eindeutig. Immer wieder mal kam einer dieser widerlichen Typen, meist zu Armbruster, der holte dann den gewünschten Jungen oder das gewünschte Mädel. Die beiden verschwanden in einem der Besucherzimmer. Nach einer gehörigen Weile kamen sie dann wieder. Der Besucher alberte noch der Form halber ein bisschen mit seiner Gespielin oder seinem

Gespielen rum, unterhielt sich in aller Regel noch ein wenig mit Armbruster, wenn der da war und ging dann wieder. So lief das über Wochen und sicherlich auch schon, bevor ich mein Praktikum dort begonnen habe. Und Armbruster spielte den dicken Maxe mit dem Geld, das er von den guten Onkels bekam."

„Aber die Männer könnten doch auch nur zu Gesprächen, zu harmlosen Beschäftigungen wie zum Beispiel Gesellschaftsspielen in die Zimmer gegangen sein", insistierte Ringwald.

Kohl behagte offensichtlich die ganze Richtung der Vernehmung nicht. Er signalisierte dies überdeutlich in Richtung Ringwald, der dies ebenso deutlich ignorierte.

„Wie naiv muss man sein, das anzunehmen!"

Mischa Ruf hatte im Moment das deutliche Gefühl, gehörig Oberwasser zu bekommen.

„Aber konkret können Sie nicht belegen, was in den Zimmern passierte?", wollte nun Kohl wissen.

„Wenn Sie so direkt fragen: Nein", musste Mischa einräumen.

Kohl schaute befriedigt zu Ringwald.

„Wer hat denn die Verhandlungen mit Herkenrath geführt und die Summe festgelegt?", wollte Kohl wissen.

„Röllke", antwortete Mischa überzeugend.

„Können Sie sich vorstellen, dass Röllke auch Armbruster erpresst haben könnte mit dem Wissen, das er von Ihnen hatte?", fragte Ringwald zu Kohls offensichtlichem Verdruss.

„Nein. Wie Sie ja vorhin selbst sagten, konnte ich schließlich nichts beweisen." Mischa wurde immer selbstsicherer. „Bei Herkenrath hatten wir ja Fotos. Bei Armbruster hatte ich außer dem Offensichtlichen nichts."

„Wo waren Sie am vorletzten Freitagvormittag zwischen elf und eins?", funkte Kohl wieder dazwischen.

„Was?" Auf einen Schlag wirkte Mischa wieder verschreckt.

„Das ist doch eine einfache Frage. Darauf wird es doch wohl auch eine einfache Antwort geben", sagte Kohl provozierend.

„Glauben Sie denn, dass ich Herkenrath getötet habe? Wieso sollte ich das tun?" Mischa wirkte ganz durcheinander.

„Aus Wut? Um die Familienehre wieder herzustellen? Ihre Ehre, wenn Sie sowas überhaupt kennen?"

Kohl war die Verachtung in Person.
Mischa Ruf dachte nach. Er dachte angestrengt nach. Kleine Schweißperlen bildeten sich auf seiner Oberlippe.
„Fahren Sie Skateboard, Herr Ruf?"
Jetzt war Ringwald wieder dran, nicht unfreundlich. Mischa warf ihm einen dankbaren Blick zu.
„Nein, nicht mehr. Mit vierzehn das letzte Mal. Mein Bekannten- und Freundeskreis ist darüber schon lange hinaus."
„Und fällt Ihnen so langsam ein, wo Sie am Freitagvormittag waren?", fragte Ringwald weiterhin mit ruhigem Ton.
„Ich war sicherlich in der Uni. Das Freitagsseminar hört um zwölf Uhr auf. Aber dafür habe ich keine Zeugen, nur die Anwesenheitsliste. In die trägt man sich jedoch zu Beginn ein. Gegen Ende kann man natürlich verschwinden, ohne dass es groß auffällt. Normalerweise gehe ich freitags im Anschluss in die Mensa. Lassen Sie mich nachdenken. Das müsste so gegen zehn nach zwölf gewesen sein. Und da sitze ich meistens mit denselben Leuten zusammen."
„Dann schreiben Sie bitte bald die Namen, die Adressen und die Telefonnummern dieser Leute auf und geben uns die Liste rein. Wir werden Ihre Angaben natürlich überprüfen, das ist Ihnen wohl klar?", sagte Kohl.
„Ja, das ist mir klar", erwiderte Mischa einigermaßen erleichtert.
„Dann können Sie jetzt gehen." Ringwald wies auf die Tür.
„Und das mit der Erpressung hat für mich keine Folgen, nicht wahr?", wollte sich Mischa Ruf nochmals vergewissern.
Ringwald schaute ihn ein letztes Mal lange an. Mischa wurde es wieder heiß. Nach einer Weile antwortete Ringwald doch noch.
„Wohl nicht."
Lange Pause.
„Wenn der Mord an Herkenrath nichts mit der Erpressung zu tun hat."

Nach einer verständlicherweise unruhigen Nacht, in der Schmitt nach eigener, gewöhnlich täuschender, Wahrnehmung wenig bis gar nicht geschlafen hatte, stand er widerwillig auf, machte sich sein frugales Frühstück und überlegte, wie er aus dem Schlamassel einigermaßen unbeschadet herauskommen könnte. Zu diesem Zweck wollte er gleich heute Morgen versuchen, Heinke doch noch dazu zu bewegen, ihm bei der Kontaktaufnahme mit Röllke zu helfen. Außerdem wollte er Armbruster noch mal rannehmen, obwohl er sich nicht sicher war, ob der das so einfach mit sich machen ließ. Schmitt fuhr also zunächst zum Bismarckplatz und parkte seinen Peugeot bewusst möglichst weit weg vom Kiosk, damit er einige Zeit zu Fuß benötigte. Die brauchte er, um sein Gespräch mit Heinke gedanklich vorzubereiten. Irgendwie gelang ihm dies dann doch nicht und er musste improvisieren, als er am Kiosk anlangte. Heinke war allein. Kein anderer Kunde in Sicht. Kein Grüß Gott, kein Servus von seiner Seite. Nur beredtes Schweigen.

„Ich weiß, Sie sind sauer auf mich. Aber wenn Sie mir etwas Zeit geben, erkläre ich Ihnen, in welcher Situation ich bin", eröffnete Schmitt demütig das Gespräch. „Und wenn es geht, geben Sie mir eine Apfelschorle und ein Salamibrötchen."

Jetzt bloß keine Späßchen, zwang Schmitt sich zur Sachlichkeit. Immer noch wortlos machte sich Heinke daran, die Bestellung zu erledigen. Immerhin werde ich noch bedient, dachte Schmitt etwas hoffnungsfroher. Dann ging er in die Offensive.

„Ich sage Ihnen geradeheraus, was Sache ist: Das *Früchtchen* Mischa hat einen Freund der Familie Ruf dabei erwischt, wie der die *süße* Silke vernaschte. Anstatt einzuschreiten, fotografierte er die Szene. Dasselbe passierte an weiteren Tagen. Mischa erzählte das Ihrem Cousin und der kam auf die Idee, den Freund der Familie zu erpressen."

Heinke wollte protestieren, aber Schmitt redete schnell weiter. „Das ist belegt, Herr Heinke. Und es ist mittlerweile auch polizeibekannt. Der Freund wurde ermordet. Einer seiner Freunde ebenfalls. Ich bin im Moment der Hauptverdächtige. Sie haben

wahrscheinlich schon vermutet, dass mein Job nicht der eines Journalisten ist. Tatsächlich bin ich Privatdetektiv und sollte die Erpressung verhindern beziehungsweise aufklären. Wie auch immer, ich glaube, dass Armbruster hinter den Morden steckt. Weil die beiden Musiker, die umgebracht wurden, etwas gegen ihn in der Hand hatten. Und ich glaube, dass Ihr Cousin ebenfalls etwas gegen Armbruster in der Hand hat. Vielleicht hat er deshalb nach den Morden Angst bekommen und ist abgehauen. Denn vor der Polizei muss er sich nicht fürchten. Ich bin aus den verschiedensten, sehr guten Gründen der Meinung, dass gegen Mischa und Ihren Cousin nicht ermittelt werden wird."
Schmitt war etwas außer Atem, so schnell hatte er auch ohne Vorbereitung seine Geschichte heruntergerasselt, damit Heinke ihm nicht ins Wort fallen konnte. Der sah ihn nach wie vor finster an. Sein ehedem so gemütlich wirkender Seehundbart hatte immer noch eine stalinistische Aura.
„Ich bekomme vier Euro", sagte er.
„Herr Heinke, Sie müssen mir helfen. Ich brauche einen Kontakt zu Ihrem Cousin. Und wenn auch nur, um ihm mitzuteilen, dass er von der Polizei nichts zu befürchten hat. Vielleicht wird er ein wenig in die Mangel genommen, aber ..."
Schmitt biss sich auf die Lippen.
„Aber das ist er ja gewöhnt. Das wollten Sie doch sagen, oder?" Heinke war immer noch unversöhnlich. „Und falls er wirklich vor Armbruster Angst haben muss, was dann?"
„Dann kann er dem nur durch eine Aussage bei der Polizei ein Ende machen. Mit dem, was er weiß."
Schmitt war froh, jetzt doch einen Ansatzpunkt für das Gespräch mit Heinke zu haben.
„Sie sind ein Schlaumeier, nicht wahr? Einer, der auf alles eine schnelle Antwort hat", erwiderte Heinke weiterhin unterschwellig aggressiv. „Heißen Sie überhaupt Schmitt? Haben Sie wenigstens in diesem Punkt die Wahrheit gesagt?"
Schmitt sah seine Felle davonschwimmen. Hier kam er wohl nicht mehr weiter. Trotzdem gab er noch nicht ganz auf.
„Ich verstehe Sie ja", lenkte er fast schon hilflos ein. „Aber wenn ich Ihren Cousin nicht auftreibe, hängt mich die Polizei hin.

Und Armbruster mit seinen Machenschaften, mit denen er die geistig behinderten Jugendlichen an prominente Bürger der Stadt verkuppelt, kommt ungeschoren davon. Vielleicht sogar mit den zwei Morden. Wenn er's denn war."
Heinke wurde jetzt doch hellhörig.
„Das soll der Armbruster gemacht haben? Und mein Cousin soll ihm auf die Schliche gekommen sein? Was reden Sie denn da für einen Quatsch? Eines immerhin kann ich Ihnen sagen: Mein Cousin ist nicht vor Armbruster abgehauen, von dem weiß er gar nichts. Er ist vor Ihnen und den Bullen weg. Weil er Angst hat, dass Mischa Ruf ihm alleine oder zumindest als Anstifter die Erpressung anhängt. Und wenn es so ist, wie Sie sagen, kann er ja zurückkehren, sobald Gras über die Sache gewachsen ist. Und jetzt hauen Sie ab, Mann. Und nochmal: Tauchen Sie hier nie wieder auf!"
Heinke hatte sich bedrohlich über die Theke gelehnt und machte nicht den Eindruck, als ob er je wieder den Mund aufmachen wolle. Schmitt presste die Lippen aufeinander und verließ den ehemals anheimelnden Ort, ebenfalls wortlos. Und ohne einen Blick zurückzuwerfen.

Und jetzt in die Höhle des Löwen. Dahin ging er ebenfalls zu Fuß. Er musste seinen Kopf auslüften. Schmitt wusste nicht, was er sich von einem weiteren Gespräch mit Armbruster versprach. Aber er fühlte sich in einer solchen Klemme, dass er nichts unversucht lassen wollte.
Schmitt bog nach etwa zwanzig Minuten in die Wohlgemuthstraße ein und hatte dabei alles andere als wohlgemute Gedanken. Vielleicht verwies ihn die nette Dame am Empfang gleich des Hauses oder weigerte sich zumindest, Armbruster Bescheid zu geben. Schmitt widerstand all diesen defätistischen Anwandlungen, betrat die Räume der LaboraVita und ging auf die Dame mit der wunderbaren Stimme zu. Als sie ihn sah, erkannte er bereits an ihrem Gesichtsausdruck, dass der Weg wohl vergeblich war. Aber er ließ sich nicht abhalten, denn zum Glück erblickte er Hackenjoos, der ihm vorletzte Woche bei seinen *journalistischen* Nachforschungen geholfen hatte.

Schmitt mied den Empfang und ging gleich auf Hackenjoos zu. „Herr Hackenjoos, schön Sie zu sehen. Ich wollte eigentlich mit Herrn Armbruster sprechen. Aber Sie sind mir natürlich auch recht."
Hackenjoos runzelte die Stirn. Schmitt sah ihm an, dass er Mühe hatte sich zu erinnern. Dann ein Lächeln.
„Ach ja, der Journalist. Müller, Schmitt, Meier oder so ähnlich. Aber Herr Armbruster ist nicht mehr bei uns."
„Schmitt. Seit wann denn das?"
„Seit wann was?"
„Seit wann arbeitet Herr Armbruster nicht mehr hier? Ich habe doch vor wenigen Tagen noch mit ihm gesprochen. Warum hat er denn so kurzfristig aufgehört, bei Ihnen zu arbeiten?"
„Fragen über Fragen", spöttelte Hackenjoos. „Ich weiß bloß, dass er Freitag letzter Woche noch hier war. Hat dann wohl seinen Resturlaub genommen. Aber wieso ist das für Ihre Reportage von Interesse? Sie sind doch Journalist?"
Ein leichtes Misstrauen schwang in Hackenjoos Frage mit. Schmitt zeigte seinen Presseausweis und war jetzt doch froh, einen zu haben.
„Aber ziemlich ungewöhnlich ist es doch, oder? So Knall auf Fall", sagte er.
„Das stimmt. Zumal er eine starke Stellung im Hause hatte, großen Rückhalt bei der Geschäftsführung. Aber man munkelt, dass er sich wohl mit seiner Idee der Patenschaften für die Jugendlichen hier im Betrieb vergaloppiert hat. Da gibt es einen Verein der Paten und Sponsoren und Armbruster konnte wohl einigermaßen frei mit dessen Geldern umgehen. Vielleicht hat er darüber seine Harley und den Alfa mitfinanziert. Aber ich will nichts gesagt haben. Möglicherweise war alles auch ganz anders." Hackenjoos blickte Schmitt nachdenklich an. „Ich muss leider weiter. Mal sehen, wie es mit dem Verein weitergeht. Ich glaube, dass dort einige Veränderungen anstehen."
Sprach's und ließ Schmitt erschlagen zurück. Das sieht ganz nach verbrannter Erde aus, dachte er. Armbruster war weg und das bestimmt nicht freiwillig. Wahrscheinlich war einigen Herren die Sache zu heiß geworden. Und aufgrund ihrer

gesellschaftlichen Stellung konnten sie es sich wohl leisten, auf einem Bauernopfer namens Armbruster zu bestehen. Der Verein der Arbeitspaten wird sicherlich nach einer gewissen Schamfrist aufgelöst werden, vermutete Schmitt, denn ein Großteil der Mitglieder hat schließlich ein Interesse an schäbigem Sex und nicht an Altruismus, wovon er weiterhin fest überzeugt war. Sein Kopf schwirrte. Wie sollte er in dieses Wespennest jetzt noch reinstechen können? Einen Zusammenhang zwischen den Morden und Armbruster zu beweisen, schien ihm nun unmöglich.

Sein Telefon klingelte.

„Herr Schmitt." Aline Herkenrath klang geschäftsmäßig und kühl wie meistens. Sie hatte es nicht nötig, sich mit Namen zu melden, was Schmitt ärgerte. „Können Sie heute Nachmittag um drei bei mir vorbeischauen? Ja? Das wäre nett. Sie bringen die Rechnung und Ihren Bericht mit, nicht wahr. Ich habe dann auch etwas Zeit, alles Weitere mit Ihnen zu besprechen."

Wenigstens komme ich jetzt zu meinem Geld, dachte Schmitt und ging zurück zu seinem Auto.

KAPITEL 42

„Sie treten auf der Stelle, Herr Ringwald.“
Oberstaatsanwalt Dr. Berger stellte diese Tatsache ohne Emotion fest.
„Das stimmt nicht ganz. Wir können immerhin Einiges ausschließen. Aber viel haben wir nicht, das muss ich zugeben.“
Ringwald fühlte sich spürbar unwohl.
„Was ist denn mit der These von Kohl, dass Schmitt, dieser Privatschnüffler, was mit dem Mord an Herkenrath zu tun haben könnte?“
„Gerade das habe ich gestern ausschließen können. Die Überwachungskameras belegen seine Unschuld.“
„Und das hatte Kohl übersehen?“, fragte Berger ungläubig.
„Tja, auch ein Kohl kann sich täuschen“, sagte Ringwald mit schlecht zurückgehaltener Genugtuung. „Uns bleibt eigentlich nur noch Armbruster.“
Berger schaute Ringwald seltsam an.
„Den können Sie vergessen. Und übrigens: Hatte ich Sie nicht angewiesen, Ermittlungen in Richtung LaboraVita zu unterlassen?“
Weiß der was, was ich nicht weiß?, fragte sich Ringwald.
„Keine Ermittlungen meinerseits. Das ist doch klar, Herr Staatsan ...“
Berger fiel ihm barsch ins Wort.
„Was wollten Sie denn sonst damit sagen, dass Ihnen nur noch Armbruster bleibt?“
Ringwalds trotziges Schweigen brachte Berger auf die Palme. Aber er beherrschte sich.
Schließlich sagte Ringwald: „Auf Armbruster weisen andere Spuren hin. Aber wirklich vielversprechend sind die in der Tat auch nicht.“
„Wie gesagt: Vergessen Sie's“, wiederholte Berger und beendete das Gespräch.
Ringwald traf auf dem Weg zu seinem multifunktionalen Büro Kohl, der ihm gerade recht kam.
„Haben Sie schon die Alibis von Mischa und Gernot Ruf überprüft?“, fragte Ringwald bissig.

Kohl schaute erschrocken. Was war denn mit seinem Chef los?
„Nein, dazu bin ich noch nicht gekommen."
„Dann machen Sie mal", blaffte Ringwald. Der alte Schleimer Kohl!
„Ich bin dann mal weg", zitierte Ringwald ohne Quellenangabe etwas versöhnlicher. Sollte Kohl doch denken, was er wollte.
Ringwald musste raus aus dem Präsidium. Auch er musste den Kopf frei bekommen. Da passte es, dass er sowieso zu Aline Herkenrath wollte.

KAPITEL 43

Schmitt fand einen Parkplatz direkt vor dem Hause Herkenrath. Aline Herkenrath öffnete heute so unmittelbar auf sein Klingeln, als hätte sie hinter der Haustür gewartet. Eher förmlich als freundlich wurde Schmitt ins Haus gebeten. Im geschmackvollen Wohnzimmer hatte sie Kaffee, Tee, einige Kekse und sonstiges Knabberzeug vorbereitet.

„Dann berichten Sie mal, Herr Schmitt. Den schriftlichen Part können Sie auf dem Sekretär ablegen."

Auf dem Sekretär ablegen, äffte Schmitt sie in Gedanken nach. Wir befinden uns doch hier nicht auf einem englischen Landsitz. Aline Herkenrath schaute ihn fragend an, denn auf den ersten Blick hatte er nichts dabei, das irgendwie nach *schriftlich* aussah.

„Den habe ich leider noch nicht fertigstellen können. Da kamen mir gestern einige Spuren dazwischen, die ich verfolgen musste", log Schmitt ungeniert, der in Wirklichkeit noch keine einzige Zeile geschrieben hatte.

Aline Herkenrath war darüber sichtlich nicht amüsiert.

„Nun gut, dann zunächst mal nur mündlich."

Schmitt nahm ihr Angebot an und entschied sich dankend für Kaffee.

„Ich muss nicht bei Adam und Eva anfangen, Frau Herkenrath. Sie wissen, weswegen Ihr Mann erpresst wurde. Meine umfänglichen und aufwändigen Recherchen haben ergeben, dass Mischa Ruf gemeinsam mit einem Komplizen namens Achim Röllke, einem vorbestraften Kriminellen, dafür verantwortlich ist."

Schmitt haute ein klein wenig auf den Putz. Aline Herkenrath war sprachlos.

„Mischa? Das kann ich nicht glauben."

Nun schilderte Schmitt rasch die Einzelheiten, auch die Zusammenhänge mit der LaboraVita und deren Behindertenwerkstätten. Aline Herkenrath hörte aufmerksam zu und unterbrach ihn nicht weiter.

„Allerdings wird Mischa kaum strafrechtlich belangt werden, weil er sich am Tag vor der Geldübergabe von seinem Vorhaben zurückzog. Sein Komplize ist flüchtig. Die Beute hatte er auch

nicht abgeholt, weil er durch den Mord an Ihrem Mann in Panik geriet."
Aline Herkenrath war sichtlich mitgenommen.
„Alles in allem kommen, ich sag jetzt mal: die Bösen davon. Mischa. Sein Komplize. Und auch ein gewisser Armbruster, der so eine Art Bordell mit geistig behinderten Jugendlichen in einer Einrichtung der LaboraVita betrieb, wird wohl nicht belangt werden: Gegen ihn wird noch nicht mal ermittelt."
„Was erzählen Sie denn da?", wollte Aline Herkenrath etwas ratlos wissen.
„Ohne ins Detail zu gehen: In dieser Einrichtung hatte Ihr Mann Silke auf eine Art erlebt, die ihn überhaupt erst auf die Idee mit seinen Eskapaden brachte."
„Auf eine Art erlebt? Wie meinen Sie das?", fragte sie nach.
„Silke war in die sexuellen Ausschweifungen dort eingebunden und sendete auf Grund dessen unbewusst und unbedarft erotische Signale aus", erläuterte Schmitt geschwollen.
Aline Herkenrath runzelte die Stirn.
„Und bei aller gebotenen Zurückhaltung: Silke ist eine besonders hübsche junge Frau. Wenn man nicht von der Behinderung weiß, na ja ..." Den Rest ließ Schmitt offen.
Aline Herkenraths Augen schossen Blitze.
„Nichts falsch verstehen, bitte", beeilte Schmitt sich zu entschuldigen.
„Ich verstehe Sie schon richtig, Herr Schmitt. Und im Übrigen wusste Rolf von der Behinderung!"
Aline Herkenrath war jetzt noch nicht einmal mehr förmlich.
„Aber ja, natürlich, keine Frage ... Ich wollte ja nur ...", stotterte Schmitt.
Und als er merkte, dass er sich mit seinen unsortierten Reden immer tiefer in den Schlamassel ritt, kam er aufs Geschäftliche zurück.
„Die Rechnung habe ich übrigens fertigstellen können."
Er suchte in seinen Jackentaschen und förderte ein einfaches Rechnungsformular zu Tage.
„Ihr Mann hatte mich schon für sieben Tage bezahlt vom Dienstag vorletzter Woche bis Montag letzter Woche. Darüber habe

ich Sie ja bereits bei Auftragserteilung informiert. Vom darauffolgenden Dienstag bis heute bekomme ich also für zehn Tage à zweihundertfünfzig Euro zusammen zweitausendfünfhundert Euro sowie fünfzig Euro Spesen pro Tag. Das haut in etwa hin, denn alles in allem bin ich rund vierhundertfünfzig Kilometer mit dem Auto gefahren à sechzig Cent. Das macht zweihundertsiebzig Euro. Dazu kommen einige Straßenbahnfahrten. Da habe ich verständlicherweise keine Belege aufbewahrt. Dann musste ich verschiedentlich unterwegs essen. Und ich habe dem einen oder anderen Informanten hier einen Fünfziger, dort einen Zwanziger zugesteckt. Ohne Quittung natürlich. Summa summarum kommen Sie mit fünfhundert Euro Spesen für die zehn Tage ganz gut weg. In der Rechnung ist nur das Honorar aufgeführt. Über die Spesen möchte ich keine Rechnung schreiben. Die sind ja nur Ersatz für meine Aufwendungen. Dafür haben Sie sicherlich Verständnis."

Aline Herkenrath musterte ihn. Er sah ihr an, dass sie alles andere als begeistert war. Aber nach einer Weile nickte sie.

„Was soll ich mich mit Ihnen darüber streiten", sagte sie etwas versöhnlicher. „Ich werde Ihnen die Summe überweisen."

Schmitt seufzte, schrieb aber die Bankverbindung der Detektei Schulzenrieder auf das Rechnungsformular.

„Kann ich wenigstens die fünfhundert Euro Spesen in bar haben?", fragte er kleinlaut.

„Ja, das geht. Die gebe ich Ihnen nachher mit."

„Eine gute Nachricht habe ich übrigens auch noch für Sie. Das Erpressungsgeld stellte ich am Tag der Übergabe sicher. Ich werde Ihnen die Summe übergeben, sobald Sie Ihren Erbschein haben."

Im selben Moment, da Schmitt im Versöhnungsüberschwang mit dieser Tatsache herausplatzte, sah er Aline Herkenrath an der Nasenspitze an, dass er einen kapitalen Bock geschossen hatte.

„Das haben Sie mir bisher verschwiegen", sagte sie äußerst beherrscht. Nur an ihren arbeitenden Kiefermuskeln erkannte Schmitt ihren Zorn. „Sie haben sich meinen Auftrag also von Anfang an unter Vorspiegelung falscher Tatsachen erschlichen, Herr Schmitt."

Schmitts Gedanken überschlugen sich.
„Ich musste das Geld doch sofort nach dem Mord sicherstellen. Erstens vor dem Erpresser. Aber auch vor zufälligen Findern. Und dann wusste ich nicht, wohin damit und wollte erstmal die Entwicklung abwarten. Mit der Polizei hatte ich das übrigens abgesprochen. Und bei Ihnen wusste ich ja noch nicht, wohin die Reise geht", fügte er noch hinzu.
Beides eine glatte Lüge. Ohne Not. Aline Herkenrath sah ihm dies offensichtlich auch an. *Oh Scheiße*, dachte Schmitt, *heute ist nicht mein Tag*.
„Ich stelle erneut fest, was für ein gemütliches und gediegenes Heim Sie haben", versuchte er ein Friedensangebot.
Und tatsächlich, wider Erwarten wurde ihr Gesichtsausdruck etwas weicher. *Da habe ich den richtigen Dreh gefunden*, freute sich Schmitt.
„Das Haus habe ich von meinen Eltern geerbt", fing Aline Herkenrath überraschenderweise an, einen Teil ihrer Lebensgeschichte zu erzählen.
„Und auch einen Großteil der Möbel habe ich behalten. Mein Vater war Bildhauer. Er hat vor allem mit Holz gearbeitet und war ziemlich gut im Geschäft. Und da meine Mutter als Gymnasiallehrerin auch gut verdiente, hatten wir keinerlei materielle Sorgen. Mit siebzehn habe ich meine Eltern allerdings durch einen Autounfall verloren. Ein Patenonkel von mir, der Rechtsanwalt war, übernahm die Vormundschaft. Ich studierte in Hannover Klavier bis zur Konzertreife. Dort habe ich Rolf kennengelernt. Der studierte in Hamburg, hat aber des Öfteren aushilfsweise im Hochschulorchester Hannover mitgespielt. Er bekam noch im Studium die Position des Stimmführers der Oboengruppe, hier im Ostrataler Sinfonieorchester, damals noch das Opernorchester. Das war ganz außergewöhnlich. Es ist zwar kein hoch renommierter Klangkörper, aber trotzdem musste sich Rolf gegen eine Riesenkonkurrenz aus ganz Europa, den USA und Asien durchsetzen."
Sie schaute versonnen aus dem Fenster und schwieg eine Weile.
„Ja, und so landeten wir beide in Ostratal, heirateten und zogen in mein elterliches Heim."

Und wenn er nicht gestorben wär', dann lebten sie noch heute, resümierte Schmitt respektlos.

Aline Herkenrath hing immer noch ihren Gedanken nach. Plötzlich wandte sie sich so offen wie noch nie seit Beginn ihrer Bekanntschaft an Schmitt:

„Soll ich Ihnen die Werkstatt meines Vaters zeigen?"

„Gerne", sagte Schmitt, hocherfreut über diese Wendung.

Aline Herkenrath erhob sich und er folgte ihr durch einen Flur in die Küche, von dort hinaus auf einen überdachten Weg, der zu einer etwa einhundert Meter entfernten großen Holzhütte führte. An der Hauswand unter dem Küchenfenster lehnte ein Skateboard.

„Sie fahren Skateboard?", fragte Schmitt erstaunt.

Aline Herkenrath schaute ihn forschend an.

„Hin und wieder. Früher öfter mit Sonja. Sonja Ruf. Mittlerweile leider allein. Auch wenn es für eine Pianistin nicht ganz ungefährlich ist. Die Hände, wissen Sie. Aber bitte."

Sie wies ihm den Weg zur Tür der Werkstatt ihres verstorbenen Vaters.

Schmitt trat ein, immer noch gefangen vom Anblick des Skateboards. Die begonnenen Arbeiten im Schuppen nahm er kaum wahr. Auch der schwache Holzgeruch verbunden mit dem Moder vieler Jahre drang nicht wirklich zu ihm vor. Rein instinktiv bemerkte er eine Bewegung seitlich von sich und drehte sich halb um. Ein heftiger Schmerz durchfuhr seinen rechten Oberarm. Er blickte auf und sah, wie Aline Herkenrath erneut und diesmal auf seinen Hals zielend zustach. Mit einem Holzwerkzeug, einem Stechbeitel, wie er mit einem kurzen Blick erkannte. Er konnte gerade noch zurückweichen. Der Stechbeitel ritzte nur seine Wange. Schmitt flüchtete hinter eine Werkbank. Aline Herkenraths Gesicht war jetzt nicht mehr förmlich, erst recht nicht freundlich und vor allem alles andere als weich. Es sah aus wie eine gefrorene Maske. Schmitt hörte entfernt eine Klingel und schrie. Sein Verstand hatte ausgesetzt. Die pure Todesangst hatte Schmitt jetzt im Griff.

Ringwald wollte Aline Herkenrath die Nachricht überbringen, dass Schmitt im Besitz des Betrages war, den Mischa Ruf und Achim Röllke von ihrem Mann erpressen wollten. Außerdem hatte er einige Fragen, was das Verhältnis ihres Mannes zur Familie Ruf und zu Schmitt anging. Er parkte seinen Ford Focus hinter einem alten Peugeot 306 mit dem Kennzeichen OT-TO 12. Schon wieder eine Wunschnummer. Für so einen Quatsch haben die Leute Geld, dachte Ringwald. Er folgte dem geplättelten Weg zur Haustür und klingelte. Nichts. Er klingelte nochmal. Als einzige Reaktion vernahm er einen Schrei, offensichtlich aus dem hinteren Teil des Grundstücks. Ringwald lief über den Rasen um das Haus herum. Da hörte er einen zweiten Schrei, voller Todesangst. Der puren und tiefsten kreatürlichen Angst, die es gibt. Die Tür zu einem großen Holzschuppen stand halb offen.

Den Anblick dort drinnen würde er nie vergessen, das war Ringwald sofort klar. Leichenblass, das Gesicht blutüberströmt, der rechte Ärmel blutdurchtränkt stand Schmitt mit herausquellenden Augen, völlig panisch, am Ende eines Werktisches. Ebenfalls leichenblass, das Gesicht zu einer fanatischen Maske verzerrt, lauerte Aline Herkenrath auf der gegenüberliegenden Seite, einen dünnen Stechbeitel in der Hand, jederzeit bereit zu einem tödlichen Hieb. Ringwald war unbewaffnet. Seine Dienstwaffe nahm er wie die meisten seiner Kripokollegen nur mit, wenn ein entsprechend gefährlicher Einsatz bevorstand. Ringwald erfasste die Situation sofort.

„Legen Sie das Werkzeug weg", befahl er eindringlich.

Sie reagierte nicht.

„Legen Sie das Werkzeug weg", wiederholte Ringwald erheblich eindringlicher.

Wieder keine Reaktion.

„Sie legen sofort das Werkzeug weg!" Jetzt schrie Ringwald.

Aline Herkenrath erwachte aus ihrer Erstarrung und warf erschrocken den Stechbeitel auf den Werkzeugtisch. Schmitt atmete hörbar aus, als hätte er seit fünf Minuten die Luft

angehalten. Auch aus seinem Gesicht wich die Anspannung, das Entsetzen. Aline Herkenrath sank auf einen Stuhl. Langsam verlor sich der kalte, wilde Ausdruck ihrer Augen.
„Ich wollte das alles nicht“, murmelte sie.
„Was alles?“, fragte Ringwald sanft.
„Eben alles“, wiederholte sie und machte eine unbestimmte Handbewegung.
Dann schwieg Aline Herkenrath. Sie schwieg, als die uniformierte Polizei nebst dem unvermeidlichen Kohl kam. Sie schwieg, als die Spurensicherung eintraf. Sie schwieg im Polizeipräsidium. Sie verlangte keinen Anwalt. Erst tags darauf, nach einem Gespräch mit ihrem Therapeuten, begann sie zu reden ...

Einige Tage nach diesen Geschehnissen versuchte Schmitt, Ringwald zu erreichen. Er wollte gut Wetter machen, nachdem sich alle Verdachtsmomente gegen ihn in Luft aufgelöst hatten. Und er wollte alle Einzelheiten und Hintergründe aus berufenem Mund hören. Schließlich hatte er ein Recht auf eine umfassende Aufklärung, war er doch immerhin Beteiligter und direkt Betroffener und dazu noch quasi Hilfsorgan der Polizei, zumindest zeitweise, zumindest eines Polizisten ...

Und tatsächlich, Ringwald war entgegen realistischer Erwartung bereit, sich mit Schmitt zu treffen. Lag das nun an der nach Ringwalds Meinung gemütlichen Kneipe schräg gegenüber von Schmitts Zuhause oder lag es an seinem etwas schlechten Gewissen Schmitt gegenüber wegen des falschen Verdachts und der teilweise schofligen Behandlung, auch wenn Schmitt diese selbst provoziert hatte. Was immer der Grund sein mochte, an einem Donnerstagabend saßen Ringwald und Schmitt in dessen Stammkneipe, beide mit einem Pils vor der Nase. Das von Ringwald war diesmal ebenfalls *nix alkoholfrei*. Schmitts rechter Arm war gestreckt und fest verbunden. Und die Gesichtswunde hatte sich doch als übler herausgestellt, wie im ersten Moment gedacht. Sie musste auf drei Zentimetern genäht werden.

„Das war knapp am letzten Donnerstag", kam Schmitt auf Aline Herkenraths Attacke zu sprechen. „Wenn Sie nicht gekommen wären, hätte sie mich bestimmt zerfetzt. Ich hatte noch gar keine Gelegenheit, mich dafür zu bedanken. Also, das erste Bier geht auf mich. Was haben denn die Vernehmungen ergeben?"

„Ihnen ist doch sicher klar, dass ich darüber nicht reden kann. Aber in einem ähnlich gelagerten Fall vor etwa vierzig Jahren", Ringwald machte ein verschmitztes Gesicht, griff zum Glas und trank einen großen Schluck.

"Vor etwa vierzig Jahren hat eine Ehefrau ihren Mann erstochen, weil sie den Eindruck hatte, er entglitte ihr."

„Das war alles?"

„Die Frau hatte schon einige Jahre ein schwindendes Bedürfnis nach Sex, aber offensichtlich ein gleichbleibendes, wenn auch natürlich nur vermeintliches, Eigentumsrecht an ihrem Mann. Das war auch lange kein Problem, weil sie überzeugt war, dass ihr Mann völlig mit seinem, sagen wir, Fagott beschäftigt war. Er war Musiker, müssen Sie wissen. Und es störte sie auch nicht, wenn er ab und zu mit einer anderen schlief. Solange er sich nicht von ihr, seiner angetrauten Frau, abwandte. Plötzlich schien es aber so, als hege er doch eine etwas intensivere Beziehung zu einer anderen. Glaubte sie zumindest. Dann gestand er ihr auch noch, eine Menge Geld im Ausland gebunkert zu haben, von dem sie nichts wusste. Deshalb nahm sie an, dass er sie verlassen würde, wann immer er wollte. Das konnte sie nicht zulassen. Er war schließlich ihr Eigentum. Er wohnte in ihrem Haus. Sie hatte ihn finanziell aus dem erheblichen Erbe ihrer Eltern unterstützt, als er noch nicht seinen Orchesterjob hatte."

„Sie fuhr zum Hauptbahnhof?"

„Richtig. Sie wusste von ihm selbst, wann er dort war, schnappte sich ihr Board ..."

„Vor vierzig Jahren", mischte sich Schmitt ein.

„Schnappte sich ihre Rollschuhe, zog ihre üblichen Sportklamotten an und nahm einen Stechbeitel aus dem Werkzeugkasten ihres Vaters. Das schien ihr die geeignetste Waffe zu sein, mit Messern kannte sie sich nicht gut aus. Sie fuhr, wie gesagt, zum Hauptbahnhof, wo sie ihren Mann am Eingang stehen sah. Und damit er nicht plötzlich verschwand, rief sie seinen Namen. Das war der Ruf, den ein Zeuge vernahm, der später aussagte, dass der Ehemann den Kopf in eine bestimmte Richtung gedreht habe. Sie steuerte auf ihn zu, balancierte das ..., na, die Rollschuhe aus und hieb ihm den Stechbeitel so kräftig unter das Kinn, dass er durch Unterkiefer, Nasennebenhöhlen und Stirnhöhle in das Gehirn drang. Dabei kam ihr zugute, dass sie eine durchtrainierte und sportliche Dame war. So richtig geplant und durchdacht und vorbereitet war das alles nicht. Zum Beispiel zog sie ihre Kapuze nicht über den Kopf, um sich zu maskieren, sondern weil sie beim Laufen oder Fahren oder Joggen immer die Kapuze über den Kopf zog, wenn es nicht zu heiß war. Das geschah ganz automatisch. Sie hätte ihren

Mann auch langsam vergiften können oder bei einer Wanderung einen Abhang hinunterstoßen. Aber als er ihr von der Erpressung erzählte, deren Motiv sie ihm nicht glaubte, und von der Summe in Luxemburg, da rastete etwas aus in ihrem Kopf. Und dann passierte es eben mehr oder weniger von jetzt auf gleich. Natürlich war es vorsätzlicher Mord, denn sie nahm den Stechbeitel mit, um ihren Mann zu töten. Und sie nutzte ganz bewusst die Erpressung aus, weil damit eine falsche Fährte gelegt war. Und es war Heimtücke! Denn ihr Mann war ohne Argwohn."

„Und Herbert Laile? Besaß sie da auch irgendwelche Eigentumsrechte?", fragte Schmitt wissbegierig.

„Herbert Laile? Kenn' ich nicht."

Ringwald schüttelte unwillig seinen Kopf. Und sowas hatte Jura studiert. Wenn auch ohne abschließendes Examen ...

„Nein, Quatsch. Ich meine, gab es nicht noch einen zweiten Mord, äh, vor vierzig Jahren."

Schmitt hätte sich ohrfeigen können ob der Blöße, die er gezeigt hatte. Sie bestellten beide das nächste Pils.

„Da ging es vielleicht auch ein wenig um Eigentumsrechte. Aber vor allem fühlte sie sich erneut hintergangen. Der Freund ihres Mannes hat sie natürlich nach dessen Tod getröstet. Wir wollen mal annehmen, dass das erstmal rein freundschaftlich ablief. Vielleicht wurde die Trösterei dann ein bisschen wärmer, die Witwe hatte nach langer Zeit wieder einmal das Bedürfnis nach körperlicher Zärtlichkeit. Es wurde heiß und heißer ..."

„Ja, ja", funkte Schmitt dazwischen, "und heißer und noch heißer. Und dann?"

„Das gibt das Protokoll in den alten Akten nicht so genau her. Das ist aber auch nicht der Punkt. Auch wenn ein Zeuge den genannten Freund morgens um neun aus dem Haus der Witwe kommen sah, offensichtlich bestens gelaunt und lockeren Schrittes. Der Punkt ist, dass der besagte Freund von den Machenschaften ihres Mannes wusste und vermeintlich nichts dagegen unternahm. Das wurde ihr von einem Trottel erzählt. Ebenso, dass ihr Mann ein junges Mädchen vögelte, ein Kind noch, und jener Freund dies hingenommen haben soll."

Schmitt wurde knallrot und schaute angelegentlich in sein Bierglas.
„Hinzu kam, dass ihr beim Frühstück auch klar wurde, dass aus dem nächtlichen Zusammensein keine festere Beziehung entstehen würde."
Schmitt schaute wieder auf.
„Sie fühlte sich hintergangen und beschmutzt", fuhr Ringwald fort. „Und ihr Hirn verfügte offensichtlich über keinerlei Hemmschwellen mehr. Hätte sie den Freund ihres Mannes gefragt, hätte der sie aufgeklärt, dass er als einer von wenigen den Kinderpornoklub, in dem ihr Mann seine Kleine kennengelernt hatte, aus rein sozialen Gründen unterstützte. Ob sie ihm geglaubt hätte, steht auf einem anderen Blatt. Im Gegenteil verfestigte sich ihre Meinung über ihn noch, als er ausgerechnet von dem jungen frühreifen Mädchen im Kinderbordell schwärmte, mit dem sich ihr Mann zusammengetan hatte. Also verabredete sie sich mit ihm auf dem Parkplatz eines Supermarktes, in dessen Nähe der Freund ihres Mannes wohnte. Sie schob vor, nach einem Konzert mit ihm essen gehen zu wollen. Den Treffpunkt hatte sie ganz gezielt ausgewählt. Er war, wie gesagt, nicht weit von der Wohnung des Mannes gelegen und deshalb von ihm gut zu Fuß zu erreichen. Am späten Abend und nachts war der Platz unbeleuchtet und üblicherweise menschenleer. Sie kam mit dem Auto, ging zu ihm hin und stach ohne ein Wort mit dem Stechbeitel zu. Genau wie ihr Mann war auch er vollkommen arglos. Deshalb war an Gegenwehr nicht zu denken. Bevor er mitbekam, was passierte, war er schon tot. Im Gegensatz zur Tötung ihres Mannes ging diesmal der Stoß ins Herz. Anatomische Kenntnisse besaß sie nicht. Bei ihrem Mann zielte sie aufgrund dessen, dass sie mit den *Rollschuhen* etwa gleich groß war, einfach von unten her aufs Kinn. Und beim Freund, erheblich größer und dicker als ihr Mann, ebenfalls von unten, diesmal aber schräg nach oben in die rechte Bauchhöhle, durch die der Stechbeitel direkt ins Herz ging. Zufall, aber doch irgendwie gewollt."
„Sie spielte ganz cool ihren Klavierabend, hatte den Stechbeitel dabei und die feste Mordabsicht im Kopf?", fragte Schmitt erschüttert.

„So wird das wohl damals gewesen sein, auch wenn eine solche Gefühlskälte kaum zu fassen ist", sagte Ringwald.
„Da hat sie dem Verantwortlichen von diesem Kinderbordell unbewusst ziemlich aus der Patsche geholfen, indem sie den Freund tötete", stellte Schmitt fest.
„Das ist wahr. Der wollte die Sache nämlich auffliegen lassen, nachdem er mitgekriegt hat, dass sein Freund, der Fagottist, wiederum bemerkte und auch noch ausnutzte, was da läuft. Und er hat diesbezüglich einen der Betreuer im Kinderpuff angesprochen, ausgerechnet den Wolf im Schafspelz. Der ihn natürlich vertröstete. Und dem ein Felsbrocken vom Herzen gefallen sein muss, als er hörte, dass derjenige, der ihm sehr gefährlich werden konnte, nennen wir ihn mal Bleile, ermordet worden war. Und die Polizei steht nun ohne Zeugen da und die hochgestellten Kinderschänder kommen davon. Nur der Betreuer, der verlor den Job. Soweit ich mich erinnern kann. Aber ich könnte mir vorstellen, mit einer gehörigen Abfindung. Und auf die Beine wird der auch wieder gekommen sein."
„Und der Angriff auf den *Trottel*?"
Schmitt lernte dazu. Aber in diesem Fall war das unnötig.
„Nun, bei Ihnen waren alle vielleicht verbliebenen Hemmschwellen der Witwe restlos verschwunden. Wenn man so will, war sie das Töten inzwischen gewöhnt. Als sie erfuhr, dass Sie die zwanzigtausend Euro ihres Mannes unterschlagen haben", Schmitt erbleichte. Ihm wurde übel. „fühlte sie sich wieder hintergangen. Alles und alle waren gegen sie. Niemandem konnte sie vertrauen. Und es war doch ihr Geld. Ihr Eigentum. Sie rastete völlig aus. Dazu kam, dass sie bei Ihnen wohl ebenfalls eine Hinwendung zu den körperlichen Reizen von Silke zu spüren glaubte. Und dann haben Sie das Skateboard an der Wand lehnen sehen! Sie müssen darüber einen so nachdenklichen Eindruck gemacht haben, dass sie sicher war, entdeckt worden zu sein. Na ja, und der Stechbeitel lag fein säuberlich geputzt in greifbarer Nähe im Werkzeugkasten ihres Vaters, wo er hingehörte."
„Irgendwie", Schmitt suchte nach Worten, „irgendwie kriege ich das nicht auf die Reihe, dass Aline Herkenrath nach ihren Taten

ganz eindeutig völlig erschüttert war, als ich mit ihr sprach beziehungsweise telefonierte. Ist sie eine so gute Schauspielerin?“
Ringwald zuckte mit den Achseln.
“Sie war wohl tatsächlich erschüttert. Über den von beiden an ihr begangenen Betrug. Und dass sie sowohl von ihrem Mann als auch von dessen Freund, der ja auch ihr Freund war, zum Morden geradezu gezwungen wurde. Diese Tragik löste wohl die Trauer aus. Über ihr eigenes Schicksal, nicht über das der Toten.“
„Ob Aline Herkenrath zurechnungsfähig im Sinne des Strafrechts ist?“
„Was weiß denn ich, warum sie einen an der Klatsche hat. Hat die Mama ihr in der Kindheit etwas verweigert, das für sie wichtig gewesen wäre? Oder war der Papa ein kaltherziger Egomane? Hat die Oma die falschen Märchen vorgelesen und der Opa seine Versprechen nicht gehalten? Keine Ahnung. Ganz sicher ist sie psychotisch. Aber das werden wie üblich die hochintelligenten Gutachter und die noch hochintelligenteren Richter herausfinden.“
Ringwald trank sein Bier aus.
„Übrigens, bevor ich diesen Aspekt außer Acht lasse: Aline Herkenrath kann ja nicht erben, da sie ihren Mann umgebracht hat und daraus keinen Nutzen ziehen darf. Also werden wahrscheinlich seine Eltern oder irgendein Cousin zweiten Grades Herkenraths ganzes Vermögen erhalten. Und wenn keine erbberechtigte Verwandtschaft existiert, geht alles an den Staat. In dieses Erbe fließen auch die zwanzigtausend Euro ein, die Sie am Bahnhof mitgehen ließen, Herr Schmitt.“
Ringwalds Äußerungen waren an Deutlichkeit nicht zu überbieten.
„Aber ich werde doch wenigstens mein ausstehendes Honorar abziehen können?“, fragte Schmitt mehr verzweifelt als hoffend.
„Das würde ich an Ihrer Stelle nicht tun. Da kämen Sie in Teufels Küche. Sie können Aline Herkenrath natürlich auf Zahlung des von ihr geschuldeten Honorars verklagen. Das wird gewiss eine höchst interessante Auseinandersetzung. Apropos zahlen: Die Biere übernehme ich.“

Sprach's und tat's. Dann verabschiedete sich Ringwald durchaus freundlich von Schmitt, grüßte zur Theke hinüber, wie er es seit Jahrzehnten in den Kneipen der Stadt gewohnt war, und verschwand. Schmitt blieb noch eine Weile sitzen, bestellte und bekam ein drittes Bier und nahm einen Schnaps dazu. Haderte mit sich, seinem Schicksal (noch ein Bier und noch ein Schnaps) und mit Ringwald (ein weiteres Bier und ein weiterer Schnaps). Er haderte mit allem: Mischa Ruf und Achim Röllke würden wohl straffrei ausgehen. Armbruster erhielte eine Abfindung und würde einfach irgendwo neu anfangen, mit seinen üblichen Machenschaften und Durchstechereien. *Nur ich gucke in die Röhre,* dachte er. Wenn der Prozess gegen Aline Herkenrath läuft, werde ich zur Lachnummer. Der große Detektiv, der keinen Täter fasst und stattdessen nach Meinung aller blind in die Venusfalle tappt. Niemand wird meine Leistungen erkennen, da die Erpressung in der Verhandlung kaum eine Rolle spielen wird und deren Aufklärung sicher unter den Tisch fällt. Schmitt zerfloss in Selbstmitleid und tippte schließlich eine Nummer in sein Handy.

„Mälis."

„Hallo ..., du hör mal, kann ich auf einen Sprung vorbeikommen? Ich hab dir Einiges zu erzählen."

„Das passt mir gar nicht, Schmitt. Mein Banker und ich fliegen gleich morgen früh zwei Wochen nach Gouadeloupe und ich muss noch packen. Tut mir leid."

„Na, dann schöne Ferien."

„Das meinst du doch nicht im Ernst, Schmitt!"

„Nein", sagte Schmitt und legte auf.

AUTOR

Manfred Klimanski, 1947 in Rendsburg (Schleswig-Holstein) geboren, Vater von drei Kindern und Großvater von sieben Enkelkindern, wohnhaft in der Nähe von Freiburg im Breisgau. Ex-Kanzler der Hochschule für Musik Freiburg (1979 bis 2011), davor tätig an der Staatlichen Hochschule für Musik und Darstellende Kunst Stuttgart, Professor h.c. der nationalen Musikakademie „A. W. Neschdanowa" Odessa. In jungen Jahren Tellerwäscher, Werbetexter, Gründer und Betreiber eines politisch-kulturellen Klubs vulgo Kulturkneipe in Stuttgart u.v.a.m. ...

Schmitts Fall ist unter dem Titel „SENZA FIATO – La prima indagine di Heinz Schmitt" in der ELLIOT-Edizione auch in Italien veröfffentlicht.

VON MANFRED KLIMANSKI BISHER ERSCHIENEN

Schmitts tiefer Fall

ISBN 978-3-7374-7300-6

Schmitts letzter Fall

ISBN 978-3-7431-2824-8

Allerhand los in der Rutmannsfelder Landstraße

ISBN 978-3-7481-0804-7

All die vielen Toten

ISBN 978-3-7519-3626-2

Das vergessene Verließ

ISBN 978-3-7562-7535-9

FSC
www.fsc.org
MIX
Papier aus verantwortungsvollen Quellen
Paper from responsible sources
FSC® C105338